나타나가 아니올 리 없다

나타나가 아니올 리 없다

원명희

차례

007 　서문
　　　한 물 빛같이 흰하다

017 　산턍도 섫게 물은 슬픈 날
022 　돌각담에 머루송이 깜하니 익고
029 　잘 먹고 가라 서리서리 물러가라
035 　체 병을 낫게 할 약이 있는 줄 안다고
039 　모든 것을 다 잃어버리고 넋 하나를 얻는다
042 　온통 자작나무다
046 　청문집 가난이는 열다섯에 늙은 말공한테 시집을 갔겄다
053 　어쩐지 이 사람들과 친하니 싸단니고 싶은 밤이다
059 　아득한 옛날에 나는 떠났다
065 　청춘이여, 사랑이여, 꿈이여, 목숨이여
075 　돌아온 사람아
080 　가난한 내가 아름다운 나타샤를 사랑해서
087 　바다와 같이 당신을 사랑하고만 싶구려
093 　길이다
103 　어쩐지 쓸쓸한 것만이 오고 간다
109 　초생달과 바구지꽃과 짝새와 당나귀가 그러하듯이
116 　이 세상에 나들이를 온 것이다
124 　눈은 폭폭 나리고
130 　너는 오늘 아침 무엇에 놀라서 우는구나
137 　우리들은 외로워할 까닭도 없다

142	어진 사람이 많은 나라에 와서
148	푸른 하늘에 비낀 실구름이여
157	바람과 물과 세월과 같이
164	해는 저물고 날은 다 가고 별은 서러웁게 차갑다
170	아무도 이기지 못할 슬픔도 시름도 없이
179	내 눈에 뜨거운 것이 핑 괴일 적이며
186	이깔나무 대들보 굵기도 한 집에
190	도야지고기는 돗바늘 같은 털이 드문드문 백였다
201	누구 하나 부럽지도 않다
206	생각하면 쓸쓸한 일이다
212	오늘 고향의 내 집에 있는다면
220	내 뜻이며 힘으로, 나를 이끌어 가는 것이 힘든 일인 것을 생각하고
228	조용히 조용히 눈이 내린다
237	한울 빛같이 훤하다
240	나는 이 세상에 가난하고 외롭고 높고 쓸쓸하니 태어났다
245	캄캄한 비속에 새빨간 달이 뜨고
248	이 못된 놈의 세상을 크게 크게 욕할 것이다
253	나타샤가 아니 올 리 없다
267	너는 분명히 하늘이 사랑하는 시인이나 농사꾼이 될 것이로다
277	참고문헌
278	작가의 말

*

　이 소설은 실재했던 분의 삶을 떠오르게 하는 부분들이 있지만 모두 작가가 허구로 쓴 글임을 밝혀둡니다. 글은 허구지만 그분의 삶이 한 편의 시와 같지 않았을까 감히 짐작해봅니다.

서문

한을 빛같이 훤하다

화장터.

복도엔 코끝을 찌르는 향냄새가 진동한다. 필시 삶이 소멸하고 죽음이 피어오르는 냄새일 것이다. 난영은 유족 대기용 의자에 앉아 있다. 눈을 감은 채 두 손을 그러잡은 모습이 푸르스름한 형광 불빛 아래 처연하다. 이윽고 부저 소리와 함께 3호실 전광판에 불이 들어온다.

'화장 완료'

난영의 맞은편 의자에 앉아 있던 사촌 동생 내외가 일어나 3호실 문 앞으로 걸어간다. 난영은 차마 눈을 뜨지 못한 채 두 손을 더욱 세게 그러잡고 숨을 깊게 들이쉰다. 돌이켜보면 삶과 죽음의 거리는 허망할 정도로 가까웠다. 그 허망한 거리를 좁히느라 얼마나 많은 날들을 미워하고 증오하며 사랑하였던가. 다시, 사촌 동생 내외의 발자국 소리가 가까워 온다. 난영은 지금이라도 이 모든 일들이 아니라고, 이렇게 보낼 수 없다고, 악다구니를 써대고 싶었으나 그러나 말이 되지 못한 가슴속의 소리들은 더 큰 슬픔 속으로 사그라져 버린다.

— 누님 가시지요.
사촌 동생의 말에 난영은 그제야 눈을 뜬다.
— 그래 가자.
사촌 동생 내외가 난영을 부축하려 하자, 난영은 내외의 손을 지그시 떨쳐내며 말한다.
— 가자. 대한이가 많이 기다리겠다.

강바람이 제법 맵차다. 꿔구엉, 꿔구엉. 어디선가 산꿩 우는 소리가 들리고 기약 없이 하늘은 파랗다. 난영 일행은 한강 나루터에 서서 저 멀리 아지랑이처럼 흔들리며 다가오는 나룻배 한 척을 기다리고 있다. 모두 말이 없다. 이내 나룻배가 나루터에 도착한다. 초로의 사공은 머리가 백발이다. 마치 이승 저편에서 건너온 듯하다. 난영이 하얀 보자기로 싼 유골함을 가슴에 품어 안고 나룻배에 올라탄다. 사공이 사촌 동생 내외를 나루터에 남겨둔 채 난영만 나룻배에 싣고 다시 노를 저어 강 저편으로 나아간다.

나룻배의 끝머리에 걸터앉은 난영은 나룻배가 만들어내는 긴 물고랑을 물끄러미 바라보며 유골함을 더 바싹 끌어안는다. 초로의 사공은 그네 마음을 내가 왜 모르겠느냐는 듯이 먼데 허공만 쳐다보며 노를 젓는다.

강 어디쯤일까.

강물이 하늘빛 같다. 서럽도록 시퍼렇다. 난영이 대한을 품에 안고 키운 세월 같다. 세월의 주름 같은 강 물결 위로 죽은 대한의 얼굴이 떠오른다. 대한아, 내 아들아. 난영은 자신도 모르게 강물 속에 손을 넣어 대한의 얼굴을 잡으려고 한다. 사공이 그런 난영에게 말한다.

— 사모님, 어데까지 갈까요?

정신을 차린 난영이 말한다.

— 여기가 좋을 듯합니다.

난영은 유골함을 묶어두었던 하얀 보자기를 조심스레 푼다. 눈물이 소리 없이 난영의 볼에 흐른다. 얼마나 다짐하고 다짐했던가. 대한을 보낼 때까진 절대 울지 않겠다고. 그러나 끝내 울음을 참지 못하고 유골함을 끌어안고 숨죽여 운다.

꿔구엉, 꿔구엉.

멀리 산꿩 우는 소리와 난영의 흐느낌 소리만 강물 위로 출렁인다. 얼마나 울었을까. 난영은 유골함의 보자기를 풀어내곤 뚜껑을 열어 손을 넣어본다. 유골함 안은 여전히 온기가 남아있다. 난영은 자신도 모르게 유골함 속에서 손을 빼낸다. 대한의 온기를 느낀 것일까. 그만 차오르는 서러움을 주체하지 못하고 새끼 잃은 한 마리 짐승처럼 가슴을 쥐어뜯으며 꺼억 꺼억 목 놓아 운다.

   — 이것이 너란 말이냐.
    이것이 나란 말이냐.
    이것이 삶이냐.
    이것이 죽음이냐.
    너와 내가 태어날 때부터 이미 이렇게 운명 지어졌던 것이냐.
    아! 애달프다.
    네가 한 줌의 재가 되었다니.

꿔구엉, 꿔구엉.

   — 안녕히 계십시오, 어머니. 부디, 안녕히 계십시오, 어머니.

꿔구엉, 꿔구엉.

   — 대한아. 내 아들 대한아 잘 가라. 이젠 모든 걸 잊고 저 세상으로 훠이 훠이 날아가라. 그것이 너를 지키지 못한 이 어미를 용서하

는 길이다. 너의 그 억울한 죽음을 누가, 왜, 그랬는지 내가 그걸 알아내기 위해서 방법을 찾아야 하는데, 이 어미는 힘이 없고, 무지하여 이 세상이 원망스럽기만 하구나. 이 세상을 산다는 게 무언지. 무엇을 위해 살아야 하는지. 태어나고 싶지 않아도 태어났듯이 그냥 세월이 이끄는 대로 그렇게 그냥 사는 것이 속절없는 우리네 인생인 것 같아 허망하기도 하구나. 그 허망함을 다 떨쳐내고 훨훨 날아가도록 한 아이의 어미로서, 한 여자로서 한 남자의 여인이었던 인간 김난영이 노래 한곡 불러주마. 이 매정한 세상에 미련두지 말고 부디 저 세상으로 편히 가거라.

난영은 유골함 속에서 재를 꺼내 강물 위에 뿌리며 정가*를 노래한다. 노래 소리는 가슴 깊은 곳에서 유장하게 흘러나와 기품 있게 굽이치다가 애잔한 곡조로 부드럽게 휘몰아가며 강이 된다.

뜰에 꽃이 다 떨어졌으니 봄은 이미 가 버렸고
은자의 마음을 누구를 향하여 열어야 하나?
하지만 조물주는 일부러 깊은 모습을 만드니
나무 가득 붉은 복사꽃이 흐드러져 있구나!

어느새, 어둑해지는 강물 위로 산그늘이 드리워지고 있다.

— 내가 살아온 이야기를 지금 이렇게 너에게 꺼내게 될 줄은 나

도 몰랐다. 네가 행복하게 가정을 꾸리는 그 아름다운 그림이 내 눈앞에 펼쳐질 때 꺼내고 싶은 이야기였다. 이렇게 이 순간에 네가 없는 이 세상에 넋두리처럼 꺼내놓게 될 줄은 나도 몰랐던 이야기였다. 이 한 많은 여자의 운명을 너에게 들려주려고 했는데 그마저도 나에게는 사치였는지 아니면 하느님이 시샘을 했는지 그 시간마저도 우리에게 허락되지 않는구나. 할 수 없지만 이렇게라도 너와 이승에서 마지막 작별을 하는 이 때, 네 혼을 강물에 띄워 보내면서 이야기해주려 한다. 괜찮겠지. 날이 쌀쌀하고 오늘따라 안개가 많이 끼었구나. 무료하고 답답하고 더러는 내 인생의 잘잘못에 화가 나더라도 참고 이해하고 들어주렴.

헐리다 남은 성문城門이
한울빛같이 훤하다

정가 조선의 전통 소리 중에서 가곡, 가사, 시조를 부르는 노래를 통틀어 정가正歌라고 부른다. 정가는 판소리, 민요와 같은 민속의 음악과는 다르게 시를 지어 노래로 부르던 양반들이 즐겨하던 음악이다. 풍류음악이나 궁중음악이라고도 한다. 시의 깊이를 살리기 위해 음율은 절제되고 숨이 깊은 것이 특징이다. 가곡, 가사, 시조를 즐겨 부르던 풍류인들을 가객歌客이라고 불렀으며 그 중 정가는 크게 남창과 여창으로 나뉘며, 사설의 음절 간의 숨이 매우 길다. 긴 소리를 유연하게 이끌어 가야 하기 때문에 호흡과 발성이 중요하며 판소리처럼 목을 긁거나 지르는 소리는 쓰지 않는다. 여창에서는 고음으로 올라갈 때 속소리라고 하는 가성을 함께 사용한다.

구체적으로 정가 창법의 큰 특징은 요성과 전성, 추성, 퇴성의 사용이다. 요성은 상하로 흔드는 소리인데 서양음악에 비하여 진폭이 크고 선이 굵게 흔든다. 전성은 고음으로 올라가다가 한 번 더 굴려 멋을 일으키고 살아 움직이는 기분이 들게 하는 소리법이다. 추성은 밀어 올리고 퇴성은 꺾어 끌어 당겨 내리는 가창법이다. 이 요성과 전성, 추성, 퇴성은 어느 정도의 숙련을 요하는데 도도히 살아 움직이는 선율 음악의 묘를 다하게 한다. 발성 때에는 단정히 앉고 척추에 힘을 주고 단전호흡의 예를 따라 하복부까지 숨을 많이 마시되 들이쉰 숨을 뽑아낼 때에는 고루고 천천히 강약을 안배하며 누에 실을 뽑듯이 한다. 이때 복부에 힘을 주는 것은 좋지 않다고 본다. 들이쉬면서 나온 복부가 척추로 서서히 들어가야 하므로 힘이 들어가지 않는 것이 좋다. 복부, 아니 몸 전체에 늠름하고 단정하게 앉아서 노래한다. 기※는 들어가되 힘은 들어가지 않는 자세이니 숙련이 필요하다. 무엇보다 정가는 세속의 더러운 때를 좇지 않고 고결하게 풍류를 즐겼던 조선의 양반 정신이다.

산청도 섧게 울은 슬픈 날

1930년대.

  난영의 가족은 아버지, 어머니 그리고 어린 남동생 둘이었다. 아버지 김득수는 조선 최초의 여성 교육기관이었던 이화여전에서 한문학을 가르치던 교수였다. 절의와 기개가 굳던 김득수는 일제에 의해 조국을 빼앗긴 울분으로 매일 술에 의지하던 중 어느 해 봄날 복사꽃 같은 붉은 피를 토하곤 마흔의 나이로 안타깝게 요절한다. 죽기 전 김득수는 어린 난영에게 유언처럼 한마디를 남겼다.
  — 난영아, 뜰 안의 봄은 이미 가 버렸으나, 복사꽃은 홀로 피었구나.
  난영의 나이 열여섯 살이었다.
  하루아침에 가장을 여읜 가족은 당장 먹고 사는 생계 문제에 직면했다. 황망하게 김득수의 장례식을 끝낸 난영의 어머니 수산댁은 가족들을 불러 모아 말했다.

― 다른 도리가 없다. 산목숨 어떻게 하면 못 살겠니? 내가 며칠 밤 생각해낸 것이 있다. 우리집이 그리 큰 집은 아니어도 방 4개는 되는 집이니 각자 쓰던 방을 줄여서 하숙을 치고 나는 그동안 조금씩 해오던 바느질 일을 하면은 그런대로 굶지는 않고 살 수 있을 것이다.

평생 이렇다 할 고생이라곤 해보지 않은 수산댁이 하숙을 친다는 게 그리 쉬운 일은 아니었다. 난영의 형제들도 마찬가지였다. 수산댁은 독하게 마음을 잡고 하숙을 치고 바느질 쌈을 했다. 차츰 난영의 가족은 생계 걱정을 덜며 평온을 되찾아 갔다. 그러나 그 평온함도 오래가지 못했다. 법원의 집달리가 찾아온 것이다. 집달리들은 다짜고짜 마당으로 들어와 늦은 아침상을 마주하고 있던 난영의 가족들에게 소리를 질렀다.

― 이 집이 경매로 넘어갔소!

청천벽력과 같은 이야기였다. 수산댁이 황급히 마당으로 뛰쳐나가 집달리를 붙들고 말했다.

― 그게 무슨 소립니까? 이 집이 경매로 넘어가요?

집달리는 수산댁을 뿌리치며 말한다.

― 우리한테 물어봤자 소용없소. 법원에 가서 알아보슈.

수산댁이 다시 집달리를 잡고 소리친다.

―그게 대체 무슨 소립니까! 여긴 내 집이에요!

집달리는 수산댁을 땅바닥에 패대기치듯 밀쳐버리곤 집 안으로 들어간다. 집달리들이 집 안 곳곳에 딱지를 붙여대고는 붙인 딱지를 떼거나 물건을 건드리면 감옥에 갈 수 있다며 가족들에게 으름장을 놓는다. 집달리들이 돌아가자 수산댁은 어찌된 영문인지 법원에 가서 알아봐야겠다고 황망히 집을 나선다. 겁에 질려 울지도 못했던 난영과 동생들은 채 먹지도 못한 아침상을 치우다 그만 서럽게 울고 만다. 멀리서 산꿩 우는 소리가 꿔구엉, 꿔구엉 들린다.

얼마나 울었을까.

배가 고픈 난영의 동생들이 어두운 부엌 한구석에 모여 앉아 밥을 먹는 소리가 들린다. 울던 산꿩도 어데서 밥을 먹는지 더 이상 울음소리가 들리지 않는다. 마당 한가운데로 구름에 비낀 햇살이 지나가고 있다. 난영은 마루에 걸터앉아 법원에 간 어머니를 기다리는 동안 '복사꽃 흐드러지게 피었다'를 되뇌이며 마른 눈물을 닦는다.

얼마쯤 시간이 흘렀을까.

법원에 간 수산댁이 집으로 돌아왔다. 수산댁은 혼이 나간 듯 마당으로 들어서자마자 땅바닥에 주저앉으며 대성통곡을 한다.

— 이를 어쩌면 좋으냐……, 이를 어쩌면 좋으냐 세상에…… 세상에 이를 어쩌면 좋으냐 말이다. 우리 모두가 집도 절도 없이 길거리로 쫓겨나 앉게 됐으니 어떻게 하면 좋으냐.

수산댁의 말에 의하면 난영의 외사촌인 허경도가 매형도 돌아가셨으니 이 논과 밭일을 누가 맡아서 하시겠느냐면서 논밭을 팔아 동대문에 조그만 가게라도 장만하라고 누나인 수산댁을 꼬드겼다고 한다. 바느질 솜씨가 좋은 수산댁에게 동대문에 가게를 마련하면 여기저기서 한복 일감과 그밖에 일들이 지금보다 훨씬 많이 들어올 것이라는 호언장담을 했다는 것이다. 허경도는 논밭을 팔아서 가게를 장만하자고 하였고 수산댁은 괜찮은 생각이라고 여겨 흔쾌히 동생에게 모든 일을 일임하였다는 것이다. 그런데 동업자한테 사기를 당하고 말았다.

— 어련히 알아서 잘하려니 하고 도장을 주었더니 이 모양 이 꼴을 만들어? 나는 어찌 살라고…….

수산댁은 땅바닥을 치며 통곡한다.

그 일이 있은 후로 가세는 기울어 갔고 수산댁은 하는 수 없이 남의 집 방 한 칸과 부엌이 달린 집을 세 얻어 바느질 품삯으로 살림을 꾸려가기로 한다. 이사를 하던 날 수산댁이 난영의 두 손을 꼭 잡고 말한다.

— 난영아, 이제 너와 내가 돈을 벌어서 네 남동생들을 뒷받침해야 하니 헛고생이라 생각 말고 여자의 인생이 다 그러려니 하여라. 이 못난 어미를 어미로 만난 것도 다 네 팔자고 네가 여자로 태어난 것도 다 하늘이 주신 팔자니 어찌하겠느냐. 여자로서 사는 데까지 살아 보자구나.

어머니의 말에 난영의 마음이 혼란스러워진다. 난영은 어머니의 말이 맞다고 생각하면서도 한편으로는 어머니의 말에 따르려면 어떻게 해야 할지 머릿속이 복잡해지기만 한다. 수산댁도 그런 난영의 마음을 알아챘는지 단호하게 말한다.

— 이것저것 체면 차릴 것 없다. 네가 일할 곳을 찾아보자.
　— 그럼, 다니던 학교는요?
　난영이 조심스럽게 말하자 수산댁은 한숨을 푹 내쉬며 말한다.
　—고등보통학교 나왔으면 됐다. 여자가 더 배워서 뭘 할 수 있겠니.
　'더 배워 뭘 할 수 있겠니' 라는 수산댁의 말에 난영은 못내 서러워지며 눈물이 핑 돈다.

　산(山)꿩도 설게 울은 슬픈 날이 있었다

돌각담에 머루송이 깜하니 익고

막막한 생계를 걱정하던 어머니는 난영을 과수원 부농 집으로 보냈다. 약간의 급료를 지급하고 난영에게 공부를 시켜주는 조건이었지만 남의집살이나 다름없었다. 생전 해보지 않은 과수원 농사일이 처음엔 고되고 힘들었지만 세상 일이 다 그렇듯 시간이 갈수록 조금씩 손에 익어갔다.

그러던 어느 날이었다. 저녁 설거지를 끝내고 일찌감치 잠자리에 들려는 참이었다. 그날따라 난영은 어머니 걱정, 동생들 걱정이 마음에서 떠나지 않았다. 이런저런 생각으로 이리 뒤척 저리 뒤척이며 잠에 들지 못하는데 창호지 문으로 사람 그림자 하나가 달빛에 비쳤다. 이윽고 그림자 주인공의 손가락이 창호지를 뚫고 들어와 안으로 걸어 잠근 문고리를 풀려는 것이 아닌가!

— 사람 살려!

난영은 자신도 모르게 소리를 질렀다. 그 소리에 이내 그림자는 사라져 버린다. 난영은 기겁을 하고 일어나 문고리를 끈으로 꼭꼭 묶는다. 그제야 깜깜하도록 놀란 마음에 하얀 달빛 같은 서러움이 밀려든다. 그 설움을 아는지 모르는지 뚫어진 창호지 구멍으로 소쩍새 우는 소리와 풀벌레 우는 소리만 새어든다. 그렇게 새벽닭이 홰를 칠 때까지 뜬눈으로 밤을 지새웠다.

난영은 그날 이후로 머리빗이나 숟갈을 문고리에 끼운 뒤 끈으로 묶어야 마음이 놓여 편히 잠을 청할 수 있었다.

그렇게 3개월쯤 지났을까.

과수원 일로 눈코 뜰 새 없이 바쁜 농번기인데다 부엌일까지 얼마나 고단했던지 옷도 갈아입지 못하고 곯아떨어진 날이었다. 난영은 갑자기 무언가가 몸을 더듬는 느낌에 깨어났다. 캄캄한 방에서 검은 형체가 우악스러운 손으로 자신의 저고리를 벗기고 있는 것이 아닌가. 깜짝 놀라 몸을 추스르며 "사람 살려!"라며 고함을 쳤지만, 우악스러운 손이 난영의 입을 틀어막는다. 난영은 죽을힘을 다해 발버둥 치며 저항한다. 그러자 우악스러운 손은 이제 난영의 앞섶을 풀어헤치려고 한다. 난영은 그 손을 입으로 물어뜯으며 소리를 질렀다.

― 사, 사람 살려! 사람 살려!

난영이 소리를 지르자 검은 형체는 그제야 난영에게 하던 짓을 멈추고 황급히 문 밖으로 도망쳐 나간다. 반쯤 열린 문으로 달빛이

들이친다. 그 우악스러운 손은 필시 주인집 아들이다. 난영은 어떻게 해야 할지 어둠 속에 웅크리고 앉아 한참 생각에 잠긴다. 그리곤 '이 집에서 떠나야겠다' 결심한다.

그 길로 보따리 하나만 들고 과수원을 도망쳐 나온 난영은 칠흑같은 어둠 속에 검은 구렁이처럼 드러누운 논둑길을 걸으며 얼마나 울었는지 모른다. 밤이슬을 뒤집어쓰고 집에 온 난영을 본 수산댁이 놀라 다급히 말한다.

― 아니, 네가 이 시각에 웬일이냐?

난영이 놀란 수산댁에게 그동안 있었던 일을 고하는데 어찌나 서럽던지 그만 또 울고 만다.

수산댁도 가슴이 미어진다. 삶이 아무리 가혹하다지만 못난 부모 때문에 자신의 어린 딸이 겪었을 일을 생각하니 하늘이 너무도 원망스러웠다. 그래도 수산댁은 가족의 생계를 위해서라도 잘 정리하는 게 좋겠다 생각하고 난영을 달래었다.

― 도리가 도리인 만큼 주인어른께 가서 사정 얘기를 하고 이 달 일한 품삯을 받자구나. 행여나 누구한테도 아무 말 하지 마라. 여잔 소문이 잘못 나면 그것으로 인생이 끝이다.

다음날, 심란한 마음을 다잡고 수산댁이 과수원에 도착하여보니 바깥주인은 출타 중이고 그 집의 마님이 수산댁을 맞는다.

― 여식의 부족함과 어리석음을 이해해주십시오. 뜻하지 않게 일을 그만두게 되어 송구스럽습니다. 마님의 너그러운 이해를 부탁드리겠습니다.

마님이 고약스러운 얼굴로 입을 연다.

― 우리가 무엇을 서운하게 했기에 이렇다 할 말 한마디 없이 몰래 간 거지요? 참 이해하기 힘드네.

― 아직 어려서 일이 감당하기가 어려웠나봅니다. 어르신과 마님을 뵙고 말씀을 올리지 못하고 도망쳐온 우리 여식이 무례했습니다. 너그러우신 마음으로 이해를 바랍니다.

― 그러면 할 수 없지요. 더 할 말 없으면 돌아가세요.

마님이 냉랭하게 말하며 일어서려 하자 수산댁이 조심스럽게 말을 꺼낸다.

― 저기…… 말씀드리기 어렵지만…… 딸년이 스무날 동안 일한 품삯을 언제 주실는지요.

순간 마님의 이마에 신경질적으로 주름이 잡힌다.

― 아니 품삯이라니? 그동안 매달 꼬박꼬박 드리지 않았어요?

― 물론 받았지요. 이번 달 품삯에 대해 말씀드리는 겁니다.

수산댁도 빠른 대답으로 응수한다.

― 참 뻔뻔하시네. 말도 없이 몰래 도망쳐놓고 그건 그렇다 치고, 그 아이가 한 달을 모두 채우지 못했으니까 이달 품삯은 줄 수가 없어요. 그리 아세요.

― 마님. 어린 것이 이십일치 일을 했는데 안 된다니요.

― 마저 한 달을 채우든지 그게 아니라면 단 하루치도 드릴 수가 없어요.

따져보면 마님의 말이 틀린 말은 아니었다. 애초에 한 달을 헤아려 받기로 한 삯이었다.

　― 말씀은 알겠는데요, 마님께서 너그러우신 마음으로 어린 것 하나 살려주신다 치고 부탁드립니다.

　― 난영이 엄마! 염치가 있는 사람이요, 없는 사람이요? 세상에 별일 다 보겠네. 난영이보고 마저 한 달을 채우라고 하세요.

　수산댁은 참지 못하고 감정이 복받쳐 '댁의 아들 때문에 우리 난영이가 큰일을 치를 뻔했다'고 말하고 싶었지만 딸아이의 장래를 위해 차마 그 말은 하지 못했다.

　집에 돌아온 수산댁은 딸에게 입이 떨어지지 않았다. 하지만 손해 보기는 아까워 조심스럽게 난영에게 말을 꺼냈다.

　― 저는 죽어도 가기 싫습니다.

　싫다는 난영의 말에 어머니는 더욱 단호해졌다.

　― 할 수 없다. 그럼 나라도 남은 열흘치를 일해주고 품삯을 받아 오겠다.

　하는 수 없이 난영은 무겁게 입을 뗐다.

　― 그럼, 제가 가서 마무리하고 오겠습니다.

　말을 꺼내자 난영은 울컥 가슴이 메어지면서 눈물이 솟았다. 난영은 어머니에게 눈물을 보이지 않으려고 고개를 돌려 창문 밖 돌각담에 머루송이가 깜하니 익은 것을 본다.

　돌각담에 머루송이 깜하니 익고

자갈밭에 아즈까리알이 쏟아지는

아버지가 계신 저 하늘에도 '돌각담에 머루송이는 깜하니 익을까?' 난영은 살아생전 아버지가 들려주시던 어떤 시인의 시가 떠올라 가슴이 미어질 듯하다.

난영은 주인집에 기거하지 않고 집에서 다니는 조건으로 열흘을 채우기로 하였다. 그러나 보통 힘든 일이 아니었다. 새벽 일찍 일어나 채비하는 데 족히 한 시간은 걸리는데다가 집에서 주인집까지 걸어서 두 시간이 걸리니 여섯 시 전까지 주인집에 도착하려면 새벽 세 시쯤에는 일어나야만 했다. 그것도 그러하지만 일을 마치고 집으로 돌아올라치면 어느덧 밤 열시였다. 무엇보다 칠흑 같은 논둑길을 걸어 집으로 돌아갈 때는 무섭도록 외로웠다.

난영이 가까스로 열흘을 채운 날, 마님이 난영을 불러 난감한 말을 한다.

─ 하루가 모자라는구나. 하루를 더 일해라.

─ 무슨 말씀이신지요? 마님. 저는 열흘치를 다 채웠습니다.

─ 네가 지난번에 집에 일이 있다면서 점심 지나 집으로 가지 않았느냐? 그 반나절을 빼먹은 것은 기억 안 나느냐? 하루치를 더 채우거라.

요근래 감기몸살로 난영은 몸이 좋지 않았다. 그래도 이를 악물고 열흘을 모두 채웠건만 하루를 더해야 한다는 소리를 듣자 그만 맥이 풀리고 만다. 억울함에 북받쳐 집으로 돌아가는 길에 난영은 울고 또 울었다. 얼마나 발길을 옮겼을까. 난영은 정신을 잃고 쓰러지고 만다.

— 글쎄 난영이가 밭 길섶에 쓰러져 있지 않겠어요? 어서 약을 써야 할 것 같습니다.

정신을 잃은 난영을 발견한 건 이웃집 복순 아버지였다.

하혈이었다. 난영을 들쳐업은 복순이 아버지 등은 말할 것도 없고 난영의 치마도 온통 검붉은 피범벅이었다. 놀란 수산댁은 난영을 씻겨 요 위에 누이고 어린 딸을 애처롭게 본다. 딸아이의 핏기 없는 창백한 얼굴을 보고 있자니 수산댁은 칼로 가슴을 도려내는 듯 아파 온다.

— 어미로서 내가 제 정신인가? 진정 이 애의 에미가 맞는가 말이다. 도망 나온 집에 또 가서 품삯을 받기 위해 열흘을, 그것도 집에서 새벽에 나서야 하는 아이를 다그치면서. 내가 미쳤지. 돈 하나 때문에 그 지옥 같은 곳을. 가기 싫다는 애를 다그쳐 보냈으니 이게 정녕 어미가 할 짓인가.

수산댁이 조용히 흐느껴 울자 난영은 정신이 혼미한 속에서도 자신의 어미이자 기구한 한 여자의 손을 위로하듯이 잡으며 말한다.

— 엄마, 돌각담의 머루송이가 깜하니 익었어요.

잘 먹고 가라 서리서리 물러가라

어스름저녁 국수당 돌각담의 수무나무가지에
녀귀의 탱을 걸고 나물매 갖추어놓고
비난수를 하는 젊은 새악시들

   시큼달달한 머루도 어느덧 지고 고즈녁한 늦가을이다. 난영이 마루에 나앉아 있자니 동네 처녀 아이들이 돌림병에 걸려 죽은 귀신을 달래주려 수무나무가 있는 동구 밖으로 간단다. 난영은 그날 이후, 집안일을 돌보며 소일거리로 하루하루를 보내고 있었다. 몸은 편했으나 날이 갈수록 난영의 마음은 편치가 않다. 당장 집안 생계도 문제이거니와 산 귀신처럼 집에 틀어박혀 밥을 축내는 것도 민망하다.
   그러던 어느 날.
   난영은 고등보통학교를 다닐 때 친하게 지냈던 혜란 언니가 떠올랐다. 아마도 그녀가 신식 정장을 입고 성공했다는 소문이 자자했기 때문일 것이다. '그래, 성공한 혜란 언니를 찾아가보자.' 난영이 무작정 혜란을 만나기 위해 동구 밖으로 나설 때 동네 처녀 아이들이 수무나무 가지에 걸어둔 녀귀의 탱화가 바람에 날리고 있었다. 난영은 수무나무 앞에서 귀신에게 빌고 빌어 본다.

잘 먹고 가라 서리서리 물러가라
네 소원을 풀었으니 다시 침노 말아라

마침, 난영이가 혜란의 집에 갔을 때 혜란이 있었다. 혜란은 난영이가 놀랍고 반갑다. 혜란은 막 외출하려던 참인지 신식 양장옷을 빼입고 있다. 혜란이 난영에게 물을 한잔 건네며 수다스럽게 말한다.

― 그래 어쩐 일이니 네가 나를 다 찾아오고? 내가 집에 없었으면 어쩌려고 그랬어?

난영은 혜란의 옷차림새에 기가 죽어 말이 나오질 않는다.

― 너희 집 소식은 들었어. 힘들지?

'힘들지'라는 말에 난영은 용기를 내서 입을 뗀다.

― 어디 취직할 데가 없나 해서…… 언니한테 부탁하는 게 좋을 거 같아서 찾아왔어.

혜란이 측은한 듯 난영을 본다. 그리곤 뜸을 들이다가 말한다.

― 나야, 나 다니는 곳만 알지.

― 일자리가 있긴 있어?

난영이가 희색을 짓자, 혜란은 되려 곤혹스럽다는 듯 난영의 얼굴을 빤히 쳐다본다.

― 언니, 난 아무 일이나 괜찮아.

― 나 다니는 곳은 너한테는 어려울 텐데. 네가 나이가 어린 것도 좀 그렇고. 무엇보다 너희 어머니가 허락을 하셔야 할 텐데…… 허락이 어려울 거야.

― 그런 건 염려 안 해도 돼. 지금 당장이라도 내가 벌지 않으면 집안 생계가 곤란해서 어머니도 허락하실 거야.

혜란이 안됐다는 듯 난영의 손을 잡아준다. 난영은 자신도 모르게 눈물이 핑 돈다.

― 언니, 정말 염려 안 해도 된다니까. 그 일이 뭔데?

― 너 혹시 기생이라고 들어봤어?

― 기생?

난영이 기생을 모를 리는 없다. 그런데 혜란의 입에서 기생이라는 소리를 듣자 전혀 별세계의 이야기처럼 들린다. 혜란도 어떻게 말해야 할지 모르겠다는 듯 난영에게 건넸던 물잔을 들어 마시곤, 결심한 듯 말한다.

― 술 파는 요정에서 남자들 접대하는 여자. 어렵긴 하지만 벌이는 꽤 괜찮아. 대신 한 3년 정도 교육을 받아야 돼.

혜란은 난영에게 기생이 되기 위해선 기생 조합인 권번에 소속되어야 하고 가야금, 창, 서예 수업을 기생 학교에서 받아야 한다고 말한다. 난생 처음 듣는 소리에 난영은 어리둥절해진다. 그런 난영을 혜란이 안쓰럽게 보며 말한다.

― 수업도 힘들지만 기생이 되면 보통 여자들 같은 삶은 포기해야 돼. 세상 사람들의 평판도 좋지 않고.

보통 여자의 삶을 포기해야 한다는 말에 난영은 정신이 아득해지며 동구 밖 수무나무에 동네 처녀 아이들이 걸어둔 귀신의 탱화가 떠오른다. '잘 먹고 가라 서리서리 물러가라. 네 소원을 풀었으니 침노 말아라.' 혜란이 난영의 얼굴빛을 살피며 걱정스럽게 말한다.

― 괜찮아?

난영은 얼른 정신을 다잡고 말한다.

― 언니, 돈은 얼마나 벌 수 있어?

― 그야 네가 하기 나름이지만 못 벌어도 너희 가족은 충분히 먹여 살릴 수 있지. 그러나 여기 한번 발 들여 놓으면 여자 인생 끝이야.

'여자 인생 끝이야.'

집에 돌아온 난영은 혜란의 말이 칼로 가슴을 찌르듯 아팠다. '살아 있는 동안 끝이란 게 있을까. 끝은 죽음일 텐데. 사는 게 죽음과 같은데 이미 죽었다고 생각하면 기생도 못할 게 없지.' 난영은 자신에게 용기를 북돋아 보았지만 그러나 차마 어머니에게는 기생을 하겠다고 말하진 못했다. 자신이 남자들에게 술을 따르는 기생이 되겠다고 하면 아마 어머니는 다 같이 죽자고 하실 게 뻔했다.

그렇게 몇날 며칠을 고민하며 보냈을까.

수산댁이 난영에게 아버지의 유품인 헌책들을 팔아야겠다고 말한다. 밀린 월세 때문이었다. 세간을 줄이면서도 끝까지 팔지 않았던 책들이다. 가난은 그렇게 가혹했다. 난영은 다락방에 보관해두었던 책들을 꺼내 닦으며 아버지의 마지막 유언 같던 시를 되뇌었다. '뜰 안의 봄은 이미 가 버렸으나, 복사꽃은 홀로 피었구나.' 봄은 이미 가버렸다는 구절이 슬펐다. 복사꽃은 홀로 피었다는 구절이 아렸다. 그때, 난영의 눈에 운명처럼 조선 기생들이 쓴 시들을 묶은 책이 눈에 들어왔다.

마을 하늘은 물이런 듯 맑고 달빛도 푸르구나
지다 남은 잎에 서리가 쌓일 때
긴 주렴 드리우고 혼자서 잠을 자려니
병풍의 원앙새가 부러웁네

기생이 되려면 가야금, 창, 서예 등을 기생 학교에서 3년 동안 배워야 한다고 말한 혜란의 말이 떠올랐다. 책 속 조선의 기생들은 술 따르는 여자가 아니라, 시를 짓고, 노래를 하며 춘삼월 버들가지처럼 춤을 추며 사는 풍류를 아는 인생들이었다. 절개가 매화와 같고 기품이 여느 아녀자들보다 훨씬 훌륭했다. 난영은 생각했다. '기생이 되는 게 여자 인생 끝이면, 차라리 기생이 돼서 이 기구한 여자의 인생을 끝내고 한 인간으로, 나 김난영으로 다시 태어나 당당하게 살자.'

— 어머니!

난영이 결심을 하고 어두침침한 호롱불 아래서 바느질을 하는 수산댁에게 어렵게 말문을 열었다.

― 응.

― 저, 있잖아요. 아는 언니한테 아무 데라도 좋으니 일자리를 부탁해보려고 해.

기다렸다는 듯이 수산댁도 무거운 입을 연다.

― 글쎄. 지금 상황이 너도 알다시피 우리 집 사정에, 이것저것 가릴 것 뭐 있겠니. 부탁해보렴.

― 그래 말이어요, 언니한테 부탁을 해보니 그 일자리라는 것이…….

난영은 주저하다가 이야기를 잇는다.

― 그 일자리가 요정인데 술집이나 다름없고 듣기로는 여간 힘든 곳이 아니라고 하네요.

수산댁의 표정이 역시나 어두워진다. 수산댁이 고개를 저으며 기운 없는 표정으로 한숨을 내쉰다.

― 아무리 그래도 그렇지 조신해야 할 여자아이가 요정이나 술집에서 일한다니, 다른 일을 찾아보자.

기생이라는 말은 꺼내지도 않았는데, 요정과 술집이라는 말만 듣고도 너무나 단호한 수산댁에게 난영은 더 이상 말을 이을 수가 없었다. 그날 밤 난영은 동구 밖 수무나무로 달려가 귀신에게 빌었다. 기생으로 다시 태어나 가난과 여자의 운명에서 벗어나게 해달라고.

제 병을 낫게 할 약이 있는 줄 안다고

난영은 혜란의 소개로 북악산 자락에 위치한 월성각을 찾아간다. 월성각은 한성에서 제일로 큰 기생집이다. 그해 첫눈이 내리고 있었다.

월성각으로 들어서자 조용하고 고즈넉한 정원이 난영을 맞이한다. 난영은 자신이 생각했던 술집의 분위기하고는 너무나 달라 놀란다. 눈이 내려 쌓이는 정원 주변으로 몇 채의 한옥들이 단아하게 들어앉아 있고 멀리서 가야금 뜯는 소리가 들린다. 난영이 한 폭의 동양화 같은 월성각의 풍경에 넋을 놓고 있자니 곧 일하는 사람이 눈을 맞고 나와 몇 마디 말을 묻곤 사랑채로 난영을 안내한다.

사랑채에서 한식경 쯤 지났을까.
문 밖으로 사락사락 눈이 내리는 소리만 아득하다. 이윽고 문을 열고 혜란이 소개한 선생이 들어온다. 난영은 긴장한 채 고개도 들지 못하고 방바닥을 스르륵 쓸고 지나가는 치맛자락 소리만 좇는다. 선생이 상석으로 가 앉는다. 꽤 긴 시간이 흐르도록 선생은 말이 없다. '내가 맘에 들지 않으신가?' 난영은 얼굴을 들어 선생을 볼 엄두가 나지 않는다. 그런데 갑자기 방 안에 노래 소리가 들려온다. 선생이 부르는 노래다. 소리가 애절하고 처연하다.

춘산에 눈 녹인 바람 건듯 불고 간 데 없다
적은 덧 빌어다가 머리 우에 불리고자
귀밑의 해묵은 서리를 녹여 볼까 하노라

소리를 듣고 있자니, 가슴에 눈이 쌓이는 듯 먹먹해진다.
— 이 소리가 어떠하냐?
노래 소리와는 다르게 선생의 목소리에서 범접하기 힘든 기운이 느껴진다. 난영은 자신도 모르게 고개를 들어 선생을 본다. 흰 백발을 쪽져 넘긴 것이 꼬장꼬장하며 단정한 자태다. 예사롭지 않은 기운이다. 무엇보다 사람을 꿰뚫어 보는 듯한 눈빛이 맑고 매섭다. 난영은 자신도 모르게 다시 고개를 숙이고 만다. 난영은 간신히 기어들어가는 소리로 대답한다.
— 가슴에 눈이 쌓이는 듯 먹먹해집니다.
선생은 '제법이구나' 하는 듯 한복 춤에서 곰방대를 꺼내 물며 나이가 어떻게 되냐고 묻는다.

— 열여섯입니다.

그러자 선생이 곰방대에 불을 붙이며 난영에게 자리에서 일어나 보라고 한다. 난영은 오랫동안 무릎을 꿇고 있어서일까 일어서려다가 휘청이며 주저앉는다. 왠지 어린 마음에 서럽다. 난영은 다시 일어선다. 눈에 눈물이 핑 돈다. 그런 난영에게 선생이 카랑카랑한 목소리로 한 바퀴 돌아보라고 말한다. 난영이 엉거주춤 한 바퀴 돌자 선생이 가타부타 말없이 자신에게 하고 싶은 말이 있느냐 묻는다. 난영은 선생의 물음에 어리둥절해진다. '하고 싶은 말'이라니. 무슨 말을 해야 할지 모르겠다.

그러자 선생이 말한다.

— 기생을 '말을 할 줄 아는 꽃'이라 부른다. 그래서 '해어화解語花'라고도 하고 '화류계'라고도 부른다. 할 말이 없고 말을 할 줄 모른다면 다른 일을 찾아봐야 할 것이다.

'나를 받지 않으시겠다는 걸까?' 난영은 선생의 말이 어렵다. 그렇지만 지금 이 순간 무슨 말이라도 해야 할 것 같다. 그러나 '말'이 생각나지 않는다. 정신이 혼미해진다. 선생이 '말'을 재촉하듯 곰방대로 재떨이를 톡톡 친다. '쨍' 소리가 차고 맑다. 그 순간 난영은 일순 정신이 맑아지며 하고 싶은 말과 자신이 할 줄 아는 말이 떠오른다.

— 뜰 안의 봄은 이미 가 버렸으나, 복사꽃은 홀로 피었다 합니다. 제 돌아가신 아버지가 들려주신 십니다. 이 시를 세상 사람들한테 들려주고 싶습니다.

"뜰 안의 봄은 이미 가 버렸으나, 복사꽃이 홀로 피었다" 선생이 지그시 눈을 감고 난영이 들려준 시를 되뇌다 눈을 뜨고 사뭇 온화한 눈빛으로 난영에게 말한다.

― 병이 들면 풀밭으로 가서 풀을 뜯는 소는 인간보다 영특해서 열 걸음 안에 제 병을 낫게 할 약이 있는 줄 안다고 하였으니, 하물며 인간이야 말해 뭣하겠느냐. 제 병을 낫게 할 약은 자신만 아느니라. 내 이름은 매월이다. 난 살아서도 죽어서도 기생 '매월'로 살아야 한다. 그것이 내 병을 고치는 약이라는 걸 내가 안다. 내 너를 보아하니 총기가 남다르고 타고난 자태가 곱구나. 혜란이 그 애가 말하더구나. 어머니의 허락을 받지 못한 것 같다고. 그러니, 오늘은 그만 돌아가라. 만약 어머니의 허락을 받고 네가 다시 나를 찾아오면 그것이 너의 운명이고 나와의 인연이겠지. 그리고 무엇이 되든 이것만 명심해라. 사람은 모든 것을 다 잃고 넋 하나를 얻는 것이다.

병이 들면 풀밭으로 가서 풀을 뜯는 소는
인간人間보다 영靈해서
열 걸음 안에 제 병을 낫게 할 약藥이 있는 줄 안다고

수양산首陽山의 어느 오래된 절에서 칠십十이 넘은 로장은
이런 이야기를 하며 치맛자락의 산山나물을 추었다

모든 것을 다 잃어버리고
넋 하나를 얻는다

집으로 돌아와 난영은 며칠이고 망설일 수밖에 없었다. 일단 일은 저지르고 봤지만 어머니를 보니 입이 떨어지지 않았다. 그렇다고 마냥 시간을 지체할 수는 없었다. 선생이 말한 그 '병'이란 게 가난이면 그 가난을 고치는 약은 난영에겐 기생이 되어 돈을 버는 일이었다. 혜란 언니를 통해 기생들의 수입을 익히 들은 난영으로서는 기생 돈벌이면 가족들의 생계는 물론 남동생들도 보란 듯이 자신이 가르칠 수 있겠다고 생각했다. 하지만 꼭 그 병이 가난이라고만 할 수는 없었다. 어쩜 난영이 기생이 되고 싶어 하는 것은 타고난 예술 재능에서 비롯되었는지도 모를 일이었다. 일본에 의해 강제 합병된 조선 사회는 급속도로 빠르게 개화되고 있었지만 그렇다고 해서 일반 여자들이 예능인이 되긴 힘든 세상이었다. 하지만 오랜 역사와 전통을 가지고 있는 기생이라는 직업은 달랐다. 그녀들은 역사와 전통이 있는 예능인이었다.
시간만 자꾸 흘러가고 있었다.

그러던 어느 날, 시내로 일감을 가지러 갔던 수산댁이 눈길에 미끄러져 허리를 다쳐 앓아눕게 되었다. 며칠을 앓아눕던 수산댁이 난영에게 조심스럽게 일자리를 알아봐야 하지 않겠냐고 한다. 당장 생계가 걱정인 것이다. 난영은 더 이상 미룰 수가 없었다. 용기를 내어 말한다.

— 저 기생이 될까 해요. 기생이 되면 교육도 받고 돈도 벌 수 있고. 가족들 생계는 제가 책임질게요. 동생들 교육도…… .

놀란 수산댁이 벌떡 일어나 앉으며 말한다.

— 네가 지금 제정신이야? 그 요정이라는 곳에서 일하겠다는 게 기생을 말했던 거냐! 에이고 철딱서니가 없어도 그렇지. 여자는 자고로 시집가서 애 낳고 남편 잘 섬겨가면서 사는 게 제일 바람직한 거야. 두 번 다시 그런 말 꺼내지도 마라.

— 그렇다고 지금 이 상황에 마땅한 길도 없지 않아요. 할 수 없잖아요! 기생이 뭐가 어때서!

순간 수산댁이 난영의 뺨을 때리며 소리친다.

— 너 그걸 어미한테 말이라고 해! 기생이 되겠다고! 아무리 먹고 사는 게 힘들어도 그렇지 남자들한테 술 따르고 몸 파는 기생이 되겠다고! 정말 철이 있는 거냐 없는 거냐! 지 어미한테 몸 파는 년이 되겠다고 말하는 년이 세상 천지에 어딨어! 우리 식구 굶어 죽으면

죽었지 네가 창녀처럼 몸 파는 건 절대 못 본다!

난영은 수산댁에게 자신은 그런 몸 파는 기생이 되고자 하는 게 아니라 가무를 배워, 조선 제일의 기생이 되고 싶다고 말하고 싶었지만 차마 말이 나오질 않는다. 어쩜 그런 말들이 다 부질없는 말들이란 걸 난영은 이미 알고 있는지도 모른다.

— 다시는 그런 철딱서니 없는 말 하지 마라. 이 어미가 죽으면 죽었지. 너 그런 꼴은 못 본다. 한 번만 더 내 앞에서 기생인지 뭔지 되겠다고 말하면 이 어미하고의 인연은 끝인 줄 알아라! 아이고 내 팔자가 어찌 이리 박복하단 말이냐.

그날 밤, 캄캄하도록 무섭게 눈이 내리고 난영은 잠을 이루지 못하고 뒤척였다. '이 에미하고의 인연은 끝이다'라는 어머니의 말과 '여자 인생 끝'이라는 혜란의 말들이 검은 구렁이처럼 난영의 목을 조르는 듯 한다. 등잔불의 심지가 까맣게 타들어 가고 이윽고 새벽 닭 우는 소리가 들린다. 뜬 눈으로 밤을 지샌 난영은 방문을 열고 마당으로 나선다. 어느덧 내리던 눈발은 잦아들고 구름 사이로 별들이 하나둘 떠오르고 있었다. 그 순간 난영은 '사람은 모든 것을 다 잃고 넋 하나를 얻는다'는 매월 선생의 말이 떠올랐다. 그 말이 너무나 처연하고 슬퍼 마당에 주저앉아 얼굴을 감싸고 흐느끼고 말았다.

　　마음이 가난한 낯설은 사람에게
　　수백냥 돈을 거저 주는 그 인정을 그리고 또 그 말을
　　사람은 모든 것을 다 잃어버리고 넋 하나를 얻는다는
　　크나큰 그 말을

온통 자작나무다

그날 새벽, 난영은 어머니 몰래 집을 나섰다. 다시는 집으로 돌아올 수 없을지 모른다고 생각하니 마음이 아려왔지만 각오한 이상 이젠 무서울 것도 두려울 것도 없었다. 동구 밖을 나와 재를 몇 개를 넘어 달리고 달렸다. 인가 한 채 없는 눈길 위에서 미끄러지고 뒹굴면서 난영은 월성각으로 향했다. 추위 속에서 얼마나 걸었을까? 멀리 여우 울음소리가 들리고 하얗게 빛나는 산비탈 위에 온통 흰 자작나무들만이 혼백처럼 서 있었다.

산골집은 대들보도 기둥도 문살도 자작나무다
밤이면 캥캥 여우가 우는 산에도 자작나무다

난영은 무서웠다. 그러나 집으로 돌아가고 싶진 않았다. 그렇게 새벽이 올 때까지 걷고 걸어 꽁꽁 언 몸으로 도착한 월성각은 뿌옇

게 밝아오는 햇살을 받고 한 마리 짐승처럼 몸을 키우고 있었다. 난영은 대문 앞에서 눈을 치우고 있는 월성각의 시종들을 보자 그만 긴장이 풀려 쓰러져버리고 만다.

얼마나 시간이 지났을까.
눈을 뜨지 못한 난영의 귓전으로 노래 소리가 꿈결처럼 들려온다. 노래 소리는 신식 가요로 그 내용이 애절하여 난영의 감은 두 눈으로 눈물이 흘러내린다. 나중 그 노래를 찾아들었을 때야 노래를 부른 이가 기생 가수 이옥란이라는 걸 알았다. 당시 기생들은 국악과 양악에 두루 능했는데 이옥란은 정식으로 음반을 발매한 몇 안 되는 조선 최고의 스타였다.

허크러져 상한 가슴
술로서 겨우 웃는 밤
이 한밤이 아,
어찌 이리도 길단 말이냐

칠보단장七寶丹粧 어데 가고
노류장화路柳墻花 가엾다
내 신세가 아,
어찌 이리도 안타까우냐

밤거리에 흩어지는

길을 잃은 꽃송이
가는 길이 아,
어찌 이리도 험상 궂으냐

 그때 난영은 자신의 두 눈에서 흘러내리는 눈물을 누군가 닦아주는 것을 느끼고 눈을 뜬다. 혜란 언니였다. 한복으로 곱게 갈아입은 혜란은 난영이 눈을 뜨자 이제 다행이라는 듯 한숨을 길게 내쉬곤 난영의 두 손을 꼭 잡아준다.
 ─너 죽는 줄 알았다. 아무리 그래도 그렇지. 그 시각에 그렇게 추운데…… 너, 마음먹은 거지? 괜찮겠어?
 ─난 괜찮아. 근데 여긴 어디야?
 ─출근해 보니 시종들이 대문 앞에서 쓰러진 너를 들쳐 업고 사랑채로 옮겨왔다고 하더라.
 난영이 부스스 일어서자 혜란이 난영의 머리맡에 놓여 있는 한복을 한 벌 가리킨다.
 ─내가 입던 옷인데 우선 저 옷으로 갈아입어. 매월 선생님은 네가 정신을 차리면 보시겠단다.
 ─언니, 내가 큰 실수를 한 건 아닌지 모르겠어.
 혜란이 난영의 손을 다시 잡으며 묻는다.
 ─너…… 정말 마음먹은 거지?
 난영이 고개를 끄덕이자 혜란이 알겠다는 듯이 난영을 측은하게 안아준다. 다시 눈이 내리는 것일까? 어느덧 노래 소리는 사라지고

밖에서 분주히 오고가는 시종들의 발걸음 소리만 들린다.
 어느 알지 못한 마을로 시집을 간 처녀의 마음이 이런 것일까. 아득히 먼 전생에서 현생으로 혼자 내버려진 것 같은 마음에 난영은 혜란의 품에 안겨 조용히 흐느낀다.
 난영은 혜란을 따라 방을 나와 매월 선생님이 계시는 안채로 나섰다. 마당을 지나 안채로 향하는 길에 흰 자작나무 서너 그루가 내리는 눈발에 하얗게 빛나고 있다. 난영은 그날 새벽 산비탈에 귀신처럼 서 있던 흰 자작나무들이 떠올랐다. 집으로 가기 위해선 다시 그 자작나무들을 지나가야 할 것이라고 난영은 생각했다.

청문집 가난이는 열다섯에
늙은 말꾼한테 시집을 갔겄다

안채로 들어서자 방 상석에 매월 선생이 화사한 유색의 한복을 입고 앉아있었다. 난영은 매월 선생을 보며 흰 자작나무가 떠올랐다. 귀신의 모습이 저러할까? 세상 어떤 때도 묻지 않은 혼 그 자체인 것이 귀신일까. 그런 생각도 잠깐이다 싶게 난영이 보니 매월 선생의 옆엔 신식 정장을 차려입고 중절모를 쓴 중년의 남자가 앉아 있었다. 기생 학교에서 한문과 시를 가르치는 황정천이라는 사람이다.

난영은 매월 선생에게 큰 절을 하고 감히 앉지도 못하고 서 있는다. 매월 선생은 흐뭇한 미소를 띠며 입을 열었다.

— 네가 큰 결단을 내렸구나. 그래 어머니는 허락을 하셨느냐?

난영은 적어도 매월 선생에게만은 거짓말을 하고 싶지 않았다.

— 허락을 얻지 못했습니다.

잠시 방안에 정적이 흐른다. 그때 정천 선생이 말문을 연다.
　― 나는 황정천이라 한다. 평양 기생 학교에서부터 기생들에게 한문과 시를 가르치고 있단다. 그래 듣자하니 너의 아버님이 이화여전 교수셨다고?
　혜란이 말한 듯하다. 난영은 '혹시 이 분이 아버지를 알고 계실까?' 안절부절못한다. 대답이 없자 정천 선생이 재촉하듯 다시 묻는다.
　― 그분의 존함은 김자, 득자, 수자, 쓰시고 한문학이 전공이셨지. 당대의 시인들과도 교류가 깊으셨는데…….
　난영이 기어들어가는 소리로 대답한다.
　― 네.
　― 그렇군. 내가 자네의 아버지와 친분이 있는 것은 아니지만 그래도 없다곤 할 수 없지. 대학시절 학회지에 시를 발표하면서 서로 서신을 주고받은 사이니까. 수일 전 매월 선생님으로부터 네가 기생이 되고자 찾아왔다는 소리를 듣고 궁금해 하던 차에 이렇게 오늘 와 본 것이다. 그래 아버지의 마지막은 어떠하셨느냐?
　워낙 긴장한 터라 그런지 난영은 아버지의 마지막이 어떠하였는지 도통 생각이 나질 않는다. 그러나 아버지가 들려준 마지막 말은 기억하고 있다.
　― "뜰 안의 봄은 이미 가 버렸으나, 복사꽃은 홀로 피었구나." 하셨습니다.
　난영이 말하자 정천 선생이 가볍게 탄식하는 소리가 들린다.

잠시 말씀이 없던 매월 선생이 입을 떼며 말한다.
― 기생이 무엇이라고 생각하느냐?
― …….

'저 질문엔 깊은 뜻이 담겨 있을 것이다' 생각하니 난영은 아무 말도 하지 못하고 얼어붙은 채 그저 방바닥만 바라볼 뿐이다.

― 기생이란 사내들과 술이나 먹고 춤이나 추면서 사내들의 비위를 맞추는 게 아니다. 오랜 전통과 역사를 가진 기생이라는 직업은 인성과 지성, 품위와 가치관이 뚜렷해야 하느니라.

선생이 근엄한 목소리로 말을 이어갔다. 기생을 말로 구구절절 설명하려하기보다는 선생은 자신의 존재 자체로 기생에 대해 말해주고 있었다.

― 네가 비록 어머니의 허락을 받지는 못했지만 여기 계신 정천 선생님의 당부도 있고 해서 내 너를 받아 줄 테니, 앞으로 3년 동안 기생 수업을 받으면서 다시 태어난다는 각오로 각고의 노력을 해야 할 것이다.

난영은 자신을 받아주시겠다는 매월 선생의 말에 차마 얼굴은 들지 못하고 목이 메어 나지막이 대답한다.
― 네. 부족하겠지만 최선을 다하겠습니다.

매월 선생이 흡족한 듯 자리에서 일어나 언제 준비했는지 비단으로 지은 한복 한 벌을 서랍장에서 꺼내들고 난영에게 걸어가 한복을 건네며 말한다.
― 이제 그 옷은 벗고…… 이젠 이 옷으로 갈아입도록 해라.

매월 선생이 내어준 옷을 받아들며 난영은 가슴이 뭉클해졌다.

'언제부터 이 옷을 마련하신 걸까. 내가 다시 찾아올지 확신하시고 계셨던 것일까? 아니면 나 같은 여자애들을 위해 항상 준비하고 있는 옷일까?' 난영의 마음을 꿰뚫기라도 한 듯 매월 선생이 조곤하게 말한다.

― 그날 이후로 네가 다시 나를 찾아올 거라 생각했다. 내가 손수 눈대중으로 주문해서 만든 옷이니 이 옷을 평생 입어야 하느니라. 어서, 건넛방으로 가서 이 옷으로 갈아입고 오너라.

난영은 옷을 들고 문 밖에 서서 기다리던 혜란을 따라 건넛방으로 갔다. '평생 이 옷을 입어야 한다'는 매월 선생의 말에 난영은 가슴이 무거워져 생각이 많아진다. 혜란은 그런 난영의 마음을 아는지 자신은 방 안으로 같이 들어가지 않고 밖에서 다시 기다리겠다고 한다. 난영에게 혼자만의 시간을 주고 싶은 것이다.

방으로 들어가 난영은 떨리는 손으로 옷가지를 펼쳐 보았다. 허리띠를 매어 입어야 하는 주릿대치마와 노오란 삼회장저고리 그리고 흰 버선이 가지런히 놓여있었다.

'곱구나. 너무 고와서 슬프구나. 이젠 정말 나는 기생이 되는구나. 나, 기생이구나. 이젠 평범한 삶에서 가깝지만 멀리, 멀지만 또 가깝게 그렇게 살아가겠지만 평범한 여자들이 느끼는 행복은 포기해야 하겠지. 그것은 결코 평범한 삶은 아닐 것이야.' 난영은 각오는 했지만 옷을 보니 자신이 정말 잘할 수 있을지 자신이 없어진다. 이런저런 생각 속에서 난영은 한복으로 갈아입고 거울을 들여다보았다. 기생 복색을 갖춘 자신이 전신 거울 앞에 서 있었다. 난영은 지금까지 이렇게 자신의 전신을 본 적이 없었다. 자신이 여자라는 생각도 한복을 입은 여성의 자태가 이렇게 정숙하고 아름답다는 생각도 단 한 번도 해본 적이 없었던 것이다. 그 순간 난영은 자신이 기생이 된 것보다 한 여자로서의 인생이 시작된 것에 대해 말로 형용할 수 없는 벅찬 떨림을 느낀다. '시집가는 처녀의 마음이 이럴까?'

    아카시아꽃의 향기가 가득하니 꿀벌들이 많이 날아드는 아츰
    구신은 없고 부헝이가 담벽을 띠쫗고 죽었다

    기왓골에 배암이 푸르스름히 빛난 달밤이 있었다
    아이들은 쪽재피같이 먼 길을 돌았다

    정문(旌門)집 가난이는 열다섯에
    늙은 말꾼한테 시집을 갔겄다

  어느덧, 난영의 마음속에서 잔불처럼 번지던 생각들이 모두 사그라들었다. 난영은 옷매무새를 가다듬고 매월 선생과 정천 선생에게 다시 한 번 큰절을 올렸다.
  ― 금상첨화로다. 맞춤이라도 되듯 어울리는구나.
  정천 선생은 난영을 바라보며 탄식을 금치 못하였다.
  ― 기생이라면 우선 발 맵시가 고와야지.
  매월 선생은 난영이 신고 있는 버선의 비뚤어진 버선코를 손수

잡아 펴서 가지런히 만들고는 쓰다듬어 주었다. 그리고는 난영에게 시선을 고정한 채 그녀의 주변을 빙빙 돌며 감탄을 내뱉었다.

— 모름지기 한복 차림이란 어깨가 집어다 놓은 듯 좁아야 하고 가는 허리가 버들가지같이 낭창낭창하고 개미허리처럼 잘록해야지, 암 그렇고 말고.

매월 선생은 난영의 맵시를 돋아 오르는 보름달에 비유하며 몸의 태가 정말 일품이라고 흡족해하였다. 그제야 난영은 긴장으로 굳어있던 얼굴에 미소를 머금었다.

매월 선생이 다시 자리로 돌아가 지필묵을 꺼내 종이에 한자로 도화桃花라 쓰곤 난영에게 읽어준다.

— 이제부터 이곳에서 너의 이름은 도화니라. 복숭아꽃처럼 봄이 간 뒤에도 홀로 피어 있으란 뜻이다. 받아서 읽어보거라.

난영이 매월 선생이 건네준 종이를 들어 읽는다.

— 도화.

난영은 이제야 왜 아버지가 자신에게 그 뜻 모를 '시'를 유언처럼 남겼는지 어렴풋하게 알 것 같았다. '아버지는 나의 운명을 아신 것이다.' 난영은 종이를 가슴에 꼭 품어 본다.

— 그날 내가 너에게 들려주었던 노래 기억하느냐?

매월 선생이 난영에게 자애롭게 묻는다. 난영은 기억한다. 마치 그날 그 자리에 있는 듯 모든 것들이 떠오른다. 난영은 자신도 모르게 그날 매월 선생이 자신에게 노래로 읊어주었던 시조를 나지막이 부른다.

춘산에 눈 녹인 바람 건듯 불고 간 데 없다
저근 듯 빌어다가 머리우에 불리고자
귀밑의 해묵은 서리를 녹여 볼까 하노라.

난영이 그날 자신이 한번 들려준 시조를 완벽하게 읊자, 매월 선생이 신통하다는 듯 활짝 웃으며 정천 선생을 본다. 그러자 정천 선생이 자신의 무릎을 치며 난영에게 말한다.
— 피는 못 속인다더니! 내 오늘부로 너의 양아버지가 되어주마.
그렇게 난영은 기생이 되는 순간 평생 자신을 이끌어주는 양아버지를 얻게 되었다.

어쩐지 이 사람들과
친하니 싸단니고 싶은 밤이다

그 뒤로 난영은 종로에 있는 기생조합인 대성 권번에 적을 올리게 되었다. 난영이 매월 선생 밑에서 기생이 되면서 알게 된 것이지만 당시 권번에 들어오는 여자들은 자신처럼 추천을 받아오는 사람이 많았고 일부는 자신이 직접 권번으로 찾아왔다. 당시 가장 잘나가는 권번에 적을 올리게 되면 그 바닥에서도 쉽게 출세할 수 있었기 때문에 다들 좋은 권번에 적을 올리기 위해 까다로운 심사를 마다하지 않았다. 권번에는 난영과 같은 나이의 여자들도 있었지만 나이가 꽉 차서 권번에 들어온 여자들도 있었다. 각기 다 기생이 된 사연들은 달라도 기생이라는 같은 직업으로 서로를 챙겨주고 살펴주었다.

그래도 각기 다른 사연으로 기생이 된 이유 때문인지 기생이 되어서 목표로 하는 것들은 달랐다. 가난 때문에 기생이 된 누구는 돈

많은 갑부의 첩이 되는 것이었고, 여자로서 성공하기 위해 기생이 된 누구는 돈을 벌어 자신의 이름으로 신식 살롱을 열고자 했으며 또 예능에 재능이 있는 누구는 당대의 예능 스타가 되고자 하였다. 난영은 가난 때문에 기생이 되었지만 예능인이 되고 싶었다. 예능인이 되어서 자신처럼 가난하고 불쌍한 사람들을 위로할 수 있는 한 줄의 시를 쓸 수만 있다면 그것으로 족하고 가슴 벅찬 일이라고 생각했다. 난영이 동료 기생들과 이야기하다 보면 공공연히 이렇게 말하는 무리들도 있었다.

"무엇을 하든지 돈을 모아 놓고 보겠습니다. 이 황금만능 세상에 돈이 많으면 무엇을 못하겠습니까. 돈 모아서 잘 살아보겠습니다.", "돈을 모아서 화류계를 떠나는 날 순진한 남성을 돈으로 사서 일생을 살려고 합니다.", "23세까지만 기생 노릇을 하고 그 다음에는 공부하여 상당한 남자와 결혼하여 나도 사회의 일을 해보겠습니다."

이렇듯 간혹 돈을 모아 직위가 높은 남자를 만나 시집가는 이들도 있었다. 하지만 기생이 시집을 가는 일은 그렇게 흔한 일은 아니었다. 하지만 모두들 명망 있는 권번에 적을 올리길 원했고 명망 있는 권번은 입회금으로 10-20원씩 내었으며 매월 50전씩 회비를 내야 했다. 난영은 양아버지인 정천 선생과 기생 어머니인 매월 선생이 금전적인 모든 것을 다 대주었다.

기생 수업은 생각보다 고되고 혹독했다. 서예, 춤, 시, 정가, 판소리, 양악, 세계 역사, 일본어 등이 주 과목이었고, 과목별로 선생들이 달랐다. 국악을 배울 때는 뼈대 굵은 기생들은 주로 거문고를 배웠고, 몸이 가냘픈 축은 양금을 익혔으며, 가야금은 누구나 할 수 있었다. 노래는 우선 목이 터야 했는데 노래를 부르는 수창기생이 되려면 담이 크고 침착해야 했다. 대개 노래는 우조 6가지, 계면 6가지, 편 1-2가지, 춤은 춘향무·장상보연지무·무고·사고무·무산향 등을 익히면 어느 정도 기초수업은 끝나는 것이었다. 권번에 이름을 올린 모든 기생이 의무적으로 배워야 하는 것은 아니었고 출석 제도도 없어 게으른 축에게는 편리했으나 후에 명기가 될 수는 없었다. 난영은 서예, 시에 뛰어난 재능을 보였으며 양아버지인 정천 선생을 통해 그 당시 현대시를 쓰는 법과 읽는 법을 배울 수 있었다. 무엇보다 난영은 궁중 음악인 정가에 뛰어난 자질을 보였다. 난영은 조선 정가의 맥을 잇고 있는 매월 선생을 통해 직접 사사했다. 매월 선생의 수업은 깐깐하고 혹독하기로 정평이 나 있었다.

 매월 선생의 정가 수업이 끝나면 일본어 수업이었다. 난영은 소학교부터 보통학교까지 일본어를 배웠으므로 일본어로 읽고 쓰고 말하는 것은 다른 기생들보다 월등히 뛰어났다. 가끔 월성각에서 일본 고관대작들을 상대할 때 통역으로 난영이 자리할 때가 많았지만 매월 선생은 이런저런 이유를 들어 난영이 대작들의 수발을 들지 못하게 하였다. 그만큼 난영을 기생 이상으로 아꼈다.

 난영이 생각했던 것보다 기생이라는 사회적 신분이 그렇게 박복한 것은 아니었다. 물론 시대가 변한 이유도 있었지만 기생에 대해 잘못 알려진 상식이 더 많은 시절이었다. 난영은 당장이라도 어머니에게 이러한 사실을 알려주고 싶었지만 차마 제 발로 뛰쳐나온 집에 갈 용기가 나질 않았다. '아무리 시대가 변하고 잘못된 상식으로 기생을 본다고 해도 자신의 딸이 기생이 된 것을 기뻐할 부모가 어디 있겠는가' 싶어 난영은 가족들에 대한 그리움을 혼자 속울음으로 삼키며 달래곤 하였다. 다행히 신식 요정으로 자리를 옮긴 혜란이가 가끔 찾아와 난영에게 집안 소식을 들려주곤 했지만 난영 자신이 지금 당장 집안을 위해 할 수 있는 일이란 없었다. 그보다 혜란 언니가 가끔 찾아와 수다를 떨며 들려주는 기생들의 자잘한 소문들이 신기하고 재밌기만 했다. 혜란 언니가 들려주는 이야기는 이랬다.

당시 서울의 권번 명기는 서도(평양)기생과 남도기생으로 나뉘어지는데 남도 출신은 멋을 잘 내는 반면 서도기생들은 교태를 잘 부려 애교가 많았다. 그러다 보니 서도기생들은 남도기생들이 돈만 밝히는 깍쟁이들처럼 보였고, 서도기생은 남도 기생들이 물정 모르는 애들로 보였다.

한편 서도와 남도는 예능에 있어서도 차이를 보이는데 서도기생들은 수심가·노량 사거리·난봉가 등 시조·가사에 능했고 남도기생들은 춘향가·육자배기·흥타령 등 창을 잘 불렀다. 무엇보다 기생이라면 어느 누가 당대의 제일 기생인가를 궁금해 하지 않을 수 없는데 난영이 볼 때 선배 기생쯤 되는 이들로 당대 최고의 용모와 아름다움을 자랑하는 기생으로는 명월관의 기생 이난향이 있었고,「기생수첩」이라는 음반을 발표하여 시대의 히트작을 낳은 기생 이옥란, 노래와 춤이 뛰어나 갑부의 첩이 되었다는 기생 김금홍, 1927년 개봉한 영화「낙양의 길」의 여주인공이었던 기생 김영월이 있다.

무엇보다 난영이 관심을 가졌던 기생은 평양 기성권번 출신으로 가곡·가사 시조에 능통해 기생조합 최초의 잡지인 「장한」 편집인으로 활동했던 기생 현매홍이다. 뿐만 아니라 빼어난 미모로 일본인에게 인기가 많아 당시 화보에 많이 등장하는 기생 오산월, 명월관 반장으로 장구치기가 특기인 기생 박춘광 등 이루 헤아릴 수 없는 기생 스타들이 있었다. 그러나 기생은 기생인지라 사회적 시선은 그리 좋지는 않았는데 소위 화류계라는 소리가 기생들에게 화인처럼 따라 다녔기 때문이다.

난영이 선배 동료 기생들을 나름 흠모하며 자신도 당대 최고의 기생이 되고자 기생 수업을 받으며 생활을 한 지 어느새 두 해 봄이 지났다. 복사꽃이 두 번 피고 지는 동안 난영은 어머니와 가족들에 대한 그리움으로 당장이라도 집으로 뛰쳐가고 싶었지만 '꼭 성공해서 돌아가리라' 다짐하며 이를 악물고 참았다. 그러한 각오가 있었기 때문인지 난영은 모든 기생 수업에서 우수한 성적으로 두각을 나타냈으며 선생들로부터 타고난 명기가 될 재능이 다분하다는 칭찬을 받곤 하였다. 그러나 두 해가 지나도록 매월 선생은 난영을 다른 기생들처럼 술자리에 돌리지 않았다. 그러다보니 돈과는 자연히 거리가 멀어지게 되었으며 자의반 타의반으로 난영은 정가 공연과 일본어 통역을 전문으로 하는 인텔리겐치아 기생이 되어 가고 있었다. 사실 양아버지인 정천 선생과 매월 선생은 시와 예능에 타고난 재능을 가진 난영을 기생이기 전에 여성 예술가로 키우고 싶어 하였다. 무엇보다 매월 선생은 난영에게 기생 교육을 시키면서도 봉

건적인 질곡과 속박에서 여성들을 해방시키고자 하는 본인의 뜻을 늘 강조하였다.

밤거리에 흩어지는
길을 잃은 꽃송이
가는 길이 아,
어찌 이리도 험상 궂으냐

기생 이옥란의 「기생 수첩」의 노래와 함께 그렇게 두 해 봄이 지나고 세 해째의 봄이 찾아온 봄밤에 난영은 철지난 기생 잡지 「장한」에 실린 어느 시인의 시를 읽게 되었다. 그때는 몰랐다. 이 시인을 평생 가슴에 품고 살게 될지를.

밖은 봄철날 따디기의 누긋하니 푹석한 밤이다
거리에는 사람두 많이 나서 흥성흥성할 것이다
어쩐지 이 사람들과 친하니 싸단니고 싶은 밤이다

그렇것만 나는 하이얀 자리 우에서 마른 팔뚝의
새파란 핏대를 바라보며 나는 가난한 아버지를
가진 것과 내가 오래 그려오든 처녀가 시집을 간 것과
그렇게도 살틀하든 동무가 나를 버린 일을 생각한다

아득한 옛날에 나는 떠났다

어느덧 난영의 나이 열아홉이 되어가는 기생 수업 3년차의 마지막 겨울이었다. 월성각을 찾은 일본 문화예술계의 사람들을 상대로 정가 공연을 마친 난영을 매월 선생이 따로 본채로 불렀다. 난영이 본채로 들어서자 일본인 이마무라 류스케라는 사람이 정천 선생과 함께 앉아 있었다. 당시 이마무라 류스케는 일본 와세다 대학 부속 전문학교에서 학장으로 근무하며 일본 문학을 가르치고 있었다.

이마무라가 난영을 보더니 정중하게 무릎을 꿇고 절을 하는 것이었다. 놀란 난영도 얼결에 절을 하였다.

― 공연 잘 보았습니다. 나는 이마무라 류스케라고 합니다.

이마무라가 일본어로 난영에게 인사를 건넨다. 난영도 일본어로 이마무라에게 인사를 건네었다.

― 조선의 풍류를 아껴주셔서 감사합니다.

이마무라가 다시 정중하게 절을 올리며 말한다.

— 조선의 전통시라고 할 수 있는 가곡, 가사, 시조는 세계 어디에 내놔도 손색이 없는 빼어난 문학입니다. 우리 일본에서는 하이쿠라는 짧은 3행시가 있는데 조선의 문학에 비하면 여러 가지로 부족한 것이 많습니다.

매월 선생이 난영에게 이마무라가 일본 와세다 대학 부속 전문학교 일본문학 교수라고 알려준다. 조선의 정가를 흠모하였던 차에 이렇게 월성각에 들러 정가 공연을 보게 되어 큰 영광이라고 이마무라가 난영에게 또 한 차례의 인사를 건네자 정천 선생이 진중하게 입을 뗀다.

— 도화, 네가 기생이 되어 내 밑에서 수업을 받은 지 어언 3년이라는 세월이 흘렀구나. 복사꽃이 세 번 피고 지었으니, 너의 기쁨도 슬픔도 세 번 피었다 졌을 터인데, 오늘 너의 노래를 듣고 나와 매월 선생이 그동안 미루어 두었던 결정을 내리기로 하였다.

'대체 무슨 말씀을 하시려고 그러시는지' 난영은 바짝 긴장이 되었다. 정천 선생도 매월 선생도 분명 예전 같지 않은 분위기다. 긴장한 난영이 자신도 모르게 자세를 고쳐 잡으며 정천 선생에게 읊조리며 말한다.

— 혹시 오늘 저의 공연에 문제가 있었는지요?

내용의 진의가 잘못 전달된 것에 놀란 정천 선생이 다급히 손을 내저으며 "아니다. 그런 게 아니다. 아주 훌륭했다" 말하며 난영을 본채로 부른 본 말을 이어가기 시작한다.

― 내가 너의 양아버지가 되어 삼 년 동안 너를 가르치고 지켜봐 왔는데, 너처럼 영특하고 인성이 나무랄 데 없이 선하고 착한 아이가 이런 데서 기생이 되기는 아깝다. 내가 모든 걸 뒷받침할 터이니 오늘부로 기생은 그만두고 신여성으로서 조선의 개화에 큰 재목이 되어라. 사람 취급도 받지 못한 채 암흑 속에서 살아가는 조선의 여성들을 일깨워서, 이 나라 조선에 꼭 필요한 인재들로 만들어라.

난영은 어리둥절해진다. 기생을 그만 두라니, 난영이 난처한 듯 아무 말씀이 없는 매월 선생을 보자 매월 선생이 자애롭게 미소를 지으며 입을 뗀다.

― 정천 선생님과 오랫동안 고민하고 내린 결론이다. 나 또한 조선의 여성들이 개화된 세상을 만나 긴 잠에서 깨어나야 한다고 항상 말하여 왔다. 도화 네가 조선의 신여성으로 거듭날 수 있도록 여기 계신 이마무라 선생 편으로 일본에 보낼 생각이다.

이마무라가 조선말을 알아듣는지 매월 선생의 말을 이어 난영에게 말한다.

― 오늘 공연을 보고, 그대의 소리에 감동을 받았습니다. 누구나 소리는 할 수 있지만 누구나 감동을 줄 수 있는 건 아닙니다. 듣자 하니 아버지가 이화여전 한문학 교수셨다고요. 나는 조선의 문화를 사랑하고 조선인들의 역사를 존중합니다. 비록 지금은 조선이 일본의 식민지가 되어 있지만 한민족은 각자의 독립된 나라를 만들어 평화롭게 살아야 한다고 오래 전부터 생각했습니다. 오랜 벗인 정천 선생님이 오늘 내게 그대를 부탁했습니다. 당장 4년제 대학에 진

학하기는 무리지만 나중에 대학에 진학할 수 있는 기회가 주어지는 2년제 전문학교는 가능합니다. 나, 이마무라 류스케가 추천하기로 했습니다.

난영은 이제야 자신을 왜 본채로 불렀는지 알게 되었다. 기생을 그만두고 일본으로 건너가 공부를 하라는 것이다. 난영에게는 너무도 뜻밖의 말이었다. 기생이 일본 유학을 갈 수 있을 것이라고 생각해본 적이 없었다. 난영은 어안이 벙벙했지만 그런 난영에게 정천 선생은 일말의 걱정도 하지 말라고 재차 당부한다.

― 네 의견을 묻지 않고 결정한 우리들의 뜻은 유학을 다녀오면 알 것이다. 그리고 일본에서의 모든 것은 걱정하지 마라. 여기 계신 이마무라 씨가 나 대신 널 도와줄 것이다. 너의 재능을 꼭 조선 독립을 위해 쓰도록 해라.

'나를 이토록 아끼고 사랑해 주신다니' 난영은 기생이 된 뒤로 절대 울지 않겠다고 한 자신과의 약속을 어기고 기어이 울음을 쏟고 말았다. 그동안 가슴에 맺혔던 한이 밀려왔다. 매월 선생이 일어나 난영을 살포시 안아주며 자신도 울음 섞인 목소리로 말한다.

― 울어라. 그동안 많이도 참았다. 기생이 되고자 나를 찾아왔을 때 내가 너한테 준 그 옷은 기생의 삶을 살지 않더라도 평생 입어야 하느니라.

난영은 매월 선생의 따뜻한 위로에 차마 말을 잇지 못하고 흐느끼며 간신히 말한다.

― 아버지가 돌아가신 뒤로 세상에 버려졌다고 생각했었는

데……. 이 큰 은혜를 제가 어찌 다 갚을 수가 있겠습니까. 몸이 부서져라 공부하고 또 공부하겠습니다."

그날 이후로 일본 유학 준비는 일사천리로 진행되었다. 유학 준비를 하면서도 난영은 이 믿기지 않은 현실이 종종 불안하기도 하였다. '이제야 기생이 될 준비를 마쳐간다고 생각했는데 또 다른 길이 펼쳐지는구나. 그러나 선생님들이 나에게 주신 그 모든 사랑과 감사에 보답하기 위해서라도 가야만 하겠지.'

나는 그때
자작나무와 이깔나무의 슬퍼하든 것을 기억한다

난영은 출국하기 전 용기를 내서 어머니를 뵈러 오랜만에 집으로 발걸음을 하였다. 모든 것이 그대로였다. 재를 너머 산비탈에 흰 혼백처럼 서 있던 자작나무들도 그대로였다. 동구 밖에 수무나무도 그대로였다. 변한 것은 난영이었다. 먼 여행을 다녀온 듯 난영만이 변해 있었다. 난영은 그런 생각이 들자 왠지 서럽기도 하고 슬프기도 하였다.

난영이 집 마당으로 들어서자 수산댁이 툇마루에 앉아 바느질을 하고 있다. 난영은 차마 어머니라고 부르지 못하고 그만 마당에 쓰러지듯 주저앉아 울고 만다. 그런 난영을 수산댁이 놀라며 쳐다보더니 맨발로 뛰어가 난영을 끌어안고 수산댁도 운다. 수산댁은 이미 혜란을 통해 난영의 소식을 듣고 있었으므로 이제 딸에 대한 원망도 사라지고 없었다.

　난영이 수산댁에게 그동안의 일을 얘기하니 '세상 참! 오래 살고 볼 일이다.'라며 수산댁은 한편으론 반기면서 또 한편으로는 걱정을 털어 놓았다.

　— 네 아버지가 일찍 돌아가셔서 내가 원망깨나 했다. 나 혼자 별의별 생각을 다했지. 하지만 너의 아버지가 우리를 내치지 않고 저 세상에서 우리를 돌보셨나 보다. 선생에겐 내가 언제라도 시간이 되면 꼭 인사를 드려야겠다.

　— 그러시는 게 좋을 것 같아요.

　그날 밤 오랜만에 가족들이 함께 모여 저녁밥을 같이 먹고 한 이불 속에서 같이 잠들었다. 그러나 난영은 3년 전 그날 밤처럼 잠이 오지 않았다. 잠을 뒤척이다가 마당으로 나선 난영은 새벽하늘의 찬 별들을 보며 자신도 모르게 정가를 부른다.

　　그리워라, 만날 길은 꿈길밖에 없는데
　　내가 님 찾아 떠났을 때 님은 나를 찾아왔네
　　바라거니, 언제일까 다음날 밤 꿈에는
　　같이 떠나 오가는 길에서 만나기를

　맑은 한이 서려 있는 정한의 소리다. 방 안에선 난영의 노래 소리에 잠에서 깬 수산댁이 '이젠 정말 난영을 세상 밖으로 훨훨 날려 보내줘야겠다.'고 혼자 다짐하며 눈물을 훔치고 있었다.

청춘이여, 사랑이여, 꿈이여, 목숨이여

사실 난영도 자신에게 펼쳐지고 있는 일들이 꿈인지 생시인지 믿어지지 않았다. 일본으로 출국하기 전까지 잠도 오지 않고 종잡을 수 없는 행운에 오히려 불안하기까지 하였다. 혜란도 일본 유학을 믿을 수 없어 했고, 월성각의 기생 동료들도 믿지 못하는 눈치였다. 이런저런 생각과 걱정만 더해가는 중에 출국 날짜는 다가왔다.

일본으로 떠나는 날 매월 선생과 정천 선생이 손수 난영을 배웅해 주었다. 난영은 마지막으로 두 선생들에게 절을 올렸다. 그 엄한 매월 선생이 기어이 눈물을 보이시고 정천 선생은 마지막까지도 부디 자신의 뜻을 이루어 달라며 난영에게 당부하였다.

— 일본에서 꼭 뜻을 이루길 바란다.

— 제가 어떻게든 선생님의 뜻을 받들어 신여성의 선구자가 되겠습니다.

난영은 짐이랄 것도 없이 어머니가 싸준 떡과 몇 벌 없는 옷가지를 넣은 가방을 챙겨들고 부산으로 가 관부연락선에 올랐다. 이틀이 걸려 일본에 도착하였다.

일본에서 난영은 이마무라 씨의 추천서로 와세다 대학 부속 전문학교 문학부에 입학하고 정천 선생이 잡아준 하숙집에 기거하며 대학생 생활을 시작하였다. 일본은 난영의 생각보다 훨씬 크고 서구화된 별천지의 세상이었다. 이에 비하면 조선은 아직도 변방의 작은 나라였다. 왜 정천 선생과 매월 선생이 자신을 일본에 유학 보냈는지를 알 것 같았다. 난영은 학교에 다니면서 틈틈이 이마무라 씨가 소개하는 일본 문화예술계 사람들을 만나 조선의 정가나 민요를 들려주며 조선의 우수한 문화와 역사를 알리고자 하였다.

이마무라 씨는 항상 일본보다 조선의 문화 역사가 오래되고 깊다고 말하며 그중 정가는 최고의 노래라고 칭송했다. 그런 까닭일까 와세다 대학부에서도 난영을 모르는 이가 없었고, 일본의 조선인들도 일부러 난영의 노래를 듣기 위해 찾아와 청하곤 하였다.

— 제가 여러분들에게 불러 드릴 노래는 조선의 시인 가곡이나 시조, 가사에 곡을 붙인 정가로 시를 읊조리듯 하며 그 음성에 곡을 얹어 부르는 방식입니다. 노래 소리를 듣다보면 강물이 만 리를 흘러가는 형국으로 때론 감기고 휘돌고 내리꽂히면서 끝내 바다로 도도하게 흘러가는 강물이 됩니다. 이는 청산벽계수를 사랑하고 어울림의 평화를 동경하던 우리 조선인들의 풍류 정신입니다.

나라를 빼앗긴 울분일까. 조선인들 앞에서 노래를 부르는 날은 조선인들도 울고 난영도 울었다. 그 울음은 나라를 잃은 백성들의 한일 것이다.

어느덧 1년이라는 시간이 흘러갔다.

그러던 어느 날. 난영을 찾는 전화 한 통이 왔다. 유학생들이 이끄는 조선 학생 교류회라는 것이다. 당시 일본으로 유학 온 학생들은 조선에서보다 훨씬 자유로운 환경 속에서 신학문을 배우고 서구 자유주의 사상과 평등을 접할 수 있었다. 이러한 분위기 때문에 유학생 중 일부는 모임과 토론을 통해 반일 민족해방 운동가로 변모하는 경우가 있었다. 일본 내 조선 유학생들의 반일 시위와 집회는 일본 경찰로서는 큰 골칫거리였다.

─ 김난영 학생 맞으시죠?

─ 네.

─ 저는 재동경조선유학생학우회 지부장입니다. 난영 씨에 대한 소문은 일찍부터 들어 잘 알고 있습니다.

난영은 조선이라니 반갑기도 하다.

─ 반갑네요. 그런데 어쩐 일이시죠?

─ 혹시 내일 자작나무 길에 있는 요릿집 양자강에서 조선학생 교류회 모임이 있는데 나와 주실 수 있겠습니까?

난영은 자신에게 공연을 청하는가 싶어 반신반의하며 요릿집 양자강으로 나갔다. 처음 보는 조선 학생 15명 정도가 있었다. 모임의 장을 맡고 있는 이는 경성제대 문학부에 다니는 이시각이라는 청년으로, 난영을 반갑게 맞이했다. 이시각이 난영에게 직접 전화한 사람이다.

― 이시각이라고 합니다. 일본제국주의자들에게 우리 조선의 문화를 알리시느라 고생이 많습니다. 저도 난영 씨 공연을 먼발치에서 한 번 본 적이 있습니다.

난영은 분위기가 조금 심상치 않은 것을 느끼며 어찌할 바를 몰라 하자 이시각이 난영의 손을 덥석 잡으며 말한다.

― 이곳에 모인 우리 조선 유학생들은 조선의 독립을 위해 청춘을 바치기로 하였습니다. 난영 씨도 저희와 뜻을 같이 할 거라 믿습니다.

난영은 이시각의 말에 조금은 당황스러웠지만 정천 선생이 늘 강조해왔던 조선의 독립을 어찌 생각하지 않을 수 있겠는가.

― 좋은 뜻이라면 당연히 함께 해야지요.

난영이 말하자, 이시각이 학생들에게 난영을 소개하고 모임의 취지에 대해 말하기 시작했다.

― 오늘 모임은 우리도 구국운동에 적극 동참하여 일본의 조선 정부 정보를 가급적 입수해서 독립군에 넘겨주기 위함입니다. 임무랄 것도 없지만 각자 일본 학생들과 교류하면서 일본 학생 부모들에게서 고위급 관리 정보를 가져오기 바랍니다. 그것이 바로 구국의 길입니다.

모임의 내용은 바로 고위급 정보 공유를 위해 그때그때마다 수시로 모임을 갖자는 것이었다. 첫 모임은 다음을 기약하며 간략하게 끝이 났다.

　집으로 돌아오는 길에 난영은 먹구름이 짙게 낀 동경의 하늘을 올려다보며 조선에 계신 정천 선생을 떠올렸다. '선생님이 말씀하신 조선의 독립이 이런 방식일까? 선생님이라면 어떻게 말씀하실까?'

　그 뒤로, 난영은 나름대로 일본 친구들과 교류하며 그들의 부모 정보를 얻으면 유학생 모임에 적극적으로 전달했다. 그러던 어느 날 일본경찰이 난영의 하숙집을 찾아왔다. 교류회의 활동이 적발된 것이다. 당시 재일 유학생 4명 중 1명이 일본경찰의 요시찰 대상이었는데 난영은 몰랐지만 난영 자신도 그날 모임 이후 일본 경찰의 요시찰 대상이 되었던 것이다.

　난영은 경찰서 수사과 수사실로 연행되었다. 그곳에서 나까무라와 가네다라는 두 명의 형사에게 조서를 작성하도록 강요받았다.

　― 예쁘고 순진한 여학생이 감히 일본을 어떻게 보고 이런 일을? 겁도 없고만. 우리가 학생의 구국운동에 대한 얘기를 이시각 학생한테 다 들었다. 그러니 하나도 빠뜨리지 말고 지금껏 있었던 모임 내용과 함께 모였던 학생들 이름을 대라.

　― 아는 게 없습니다.

　― 이것 봐라! 우리 말이 말 같지 않나!

　― 당신들이 무엇 때문에 그런지는 몰라도 내가 아는 건 없습니다. 저는 학생일뿐입니다.

　나까무라가 탁자를 내리치며 소리 지른다.

　― 학생! 너희 조센징 새끼들! 천황폐하께서 큰 은혜를 베풀어 본

토에서 공부를 할 수 있게 해줬더니! 뒤에서 반역질을 해!

― 내가 은혜를 받았다면 그건 조선에 계신 내 양아버지뿐입니다.

― 뭐! 양아버지?

지켜보던 가네다가 나까무라에게 말한다.

― 나까무라 상. 이렇게 말로 해서는 안 돼. 조센징은 때려야 된다고! 그래야 팽이처럼 잘 돌아간다고 우리가 교육받지 않았나?

나까무라는 난영과 가네다를 번갈아 쳐다보더니 좋은 생각이 있다는 듯 말을 꺼냈다.

― 때리기도 힘들고 때려서 피투성이가 되면 우리만 상사한테 여자를 너무 무지막지하게 다뤘다고 시로도 같은 바보라고 꾸중 들을 테니 여자는 여자답게 학생은 학생답게 다뤄야 될 것 같습니다.

― 그렇지. 여자는 매질보다는 수치심을 가장 못 견뎌하지. 일거양득이군. 그렇게 해보라고.

― 예. 알겠습니다.

나까무라가 의자에서 일어나 난영에게 다가간다.

―네가 조선에서 소위 기생이었다고 들었다. 천한 기생이 어떻게 일본으로 유학을 오게 된지는 모르겠지만, 우선 옷고름부터 풀으라고.

난영이 수치심에 나까무라를 쏘아보자, 나까무라가 난영의 뺨을 후려친다. 공포에 떨며 고개를 숙인 난영의 앞가슴을 나까무라가 지시봉으로 툭툭 건드린다.

― 벗어!

난영이 아무런 반응이 없자, 급기야 화가 난 나까무라가 난영의 머리채를 휘어잡고 얼굴을 뒤로 젖힌다. 그러고는 쥐고 있던 지시봉을 팽개치고는 손을 난영의 저고리로 가져간다. 그리곤 난영의 저고리를 쥐고 뜯어버린다.

― 어라, 이것 봐라.

나까무라는 치마 위로 하얗게 삐져나온 난영의 젖가슴을 발견하자 재빨리 바닥에 떨어져있던 지시봉을 다시 주워들어 가네다에게 건넸다. 가네다는 지시봉으로 난영의 젖봉우리를 긁적이면서 자초지종을 다시 캐물었다. 난영은 수치심에 치를 떨며 가네다를 노려본다. 그러자 화가 난 가네다는 무언가 보여주겠다는 듯 큰소리쳤다.

― 이년이 대일본제국을 가볍게 보네. 그럼 무겁게 보여주어야지!

가네다는 난영의 앞으로 오더니 이번에는 검정 명주치마를 잡아챈다. 치마의 고무줄이 끊어지고 치마가 반쯤 펼쳐졌다. 난영은 온 힘을 다하여 남은 치마폭을 앙칼지게 부여잡고 주저앉았다. 이미 속곳이 훤히 드러난 후였다.

― 이래도 말 안 해? 말하지 않으면 평생 감옥에서 살게 될 것이다. 그러니 순순히 자백하라.

난영에게는 이렇다 할 방법이 없었다. 알몸이 되어 수치심에 몸서리를 쳐야한들 어쩔 수가 없었다. 그러나 순간 난영의 머릿속에 이마무라 씨가 소개한 다나까 상이 떠올랐다. 다나까 상은 일본 고등검사 구로사와의 아들로 도쿄제국대 법학과 출신이었다. 이마무라 씨의 제자이기도 한 다나까 상은 난영의 노래를 좋아해서 가끔 사석에서 '나는 비록 법학을 전공하는 사람이지만 난영 씨의 노래를 듣고 있으면 조선의 기품과 고고함을 흠모하게 됩니다.'라며 난영에게 노래를 청하기도 했다.

— 다나까 상에게 연락을 해주세요.

난영은 엉겁결에 다나까 상의 이름을 대고 말았다.

— 다나까 상?

나까무라가 무슨 말이냐는 듯 난영을 노려본다.

난영은 다나까 상의 아버지인 고등검사 구로사와를 대면서 '내가 다나까 상과 사귀고 있어 머지않아 구로사와 가문의 며느리가 될 사람인데 이런 무모한 수사는 받을 수 없다'며 다나까 상과 연락할 수 있도록 조치를 취해달라고 하였다. 믿을 수 없다는 듯 가네다가 황급히 취조실을 나갔다.

— 정말이냐? 어떻게 조선 여자가 대일본과 사귈 수 있단 말이냐?

— 너희들이 항상 말하지 않았느냐 조선과 일본은 하나라고.

나까무라는 말이 막혔다. 잠시 뒤, 가네다가 취조실 안으로 뛰쳐들어왔다. 가네다는 믿을 수 없다는 듯 난영을 노려보며 나까무라에게 귓속말을 한다.

— 풀어주랍니다.

임기응변으로 경찰서에서 풀려난 난영은 그 길로 이마무라 씨를 찾아가 경찰서에서의 이야기를 들려줬고 그날 다나까 상을 만나게 되었다. 다나까 상은 난영을 걱정하며 자신이 필요하면 언제든지 말하라고 한다. 그리곤 조선 유학생 모임은 이미 요시찰대상이 되어 있으므로 내무성이 특별 검거령을 내리기 전에 조선으로 귀국하는 것이 어떻겠냐고 권한다. 그러나 난영은 공부를 그만두고 조선으로 돌아갈 수는 없었다.

— 다나까 상에게 이 은혜를 어떻게 갚아야 할지 모르겠지만, 저를 유학 보내주신 분을 실망시키고 제 안위를 위해 조선으로 돌아갈 수가 없습니다.

— 우리 일본이 미국과의 전쟁에서 얼마나 버틸지 모르겠지만 앞으로 조선인 탄압이 심해질 겁니다.

당시는 일본과 미국의 태평양 전쟁이 한창이었던 때였다. 조선은 물론 일본 내에서도 조선인들 탄압이 공공연히 자행되고 있었다. 나중에 알게 되었지만 이시각을 비롯한 학생들은 전원 구속되었고 동경의 유학생 교류회는 해체되었다. 가혹한 탄압이 시작된 것이다. 하지만 난영은 유학생들과 새롭게 교류회를 만들고 틈틈이 모임을 가지며 감옥에 갇힌 유학생들의 석방을 위해 투쟁하는 한편 공부를 지속하였다.

조국 광복의 거룩한 길에서
때도 없이, 곳도 없이,
주저와 남김은 더욱 없이
바쳐질 대로 바쳐진 고귀한 사람들의
청춘이여, 사랑이여, 꿈이여, 목숨이여

그러던 중 조선에서 비보가 들려왔다. 정천 선생이 국내에서 독립자금 관계로 구속이 됐다는 것이었다.

'큰일 났구나. 유학자금도 자금이지만 정천 선생님은 나란 사람이 꿈꿀 수 없던 최고의 기회를 만들어주신 분이신데, 그런 분이 구속이 됐다는데 내가 여기서 한가롭게 학교나 다니고 있을 때가 아니지.'

이마무라 씨에게 귀국하겠다는 의사를 밝히자 이마무라 씨는 난영에게 정천 선생에게 드리라며 시를 한 줄 써 준다.

푸른 옷 걸치신 님 내 마음은 그리워라
비록 나는 못 간다 해도 님은 오찌 소식도 없는고?

난영은 그 길로 정천 선생 옥바라지를 마음먹고 귀국길에 오르기로 한다. 그것이 인간의 도리라 생각하였다.

돌아온 사람아

 월성각으로 돌아와 매월 선생을 뵈었다. 매월 선생은 그것이 인간의 도리라면 난영의 뜻대로 하는 것이 맞다고 하신다.
 ─ 인간의 운명이란 건 알 수 없는 것 아니겠니. 너의 그런 심성 때문에 나와 정천 선생이 너를 기생보다는 신여성으로 키우고자 유학 보냈으니, 어떤 일이 있더라도 그 심성을 잃어버리진 말아야 한다.
 불과 2년 사이 월성각은 기울어 가고 있었다. 태평양 전쟁으로 식민지 조선에 대한 일본의 수탈이 극에 달한 이유도 있었지만 매월 선생이 몰라보게 부쩍 늙은 탓도 있었다.
 ─ 이제 월성각도 명운이 다한 것 같구나. 기생들도 반 이상 줄었고 나도 예전처럼 몸이 좋지를 않구나. 누군가 뜻이 있어 계속 월성각을 이끌어 가면 좋을 텐데…….
 난영이 살펴보니 월성각에서 같이 공부를 했던 기생 동료들도 모두 떠나고 없었다. 혜란은 권번을 옮겨 평양으로 갔다 한다.

― 그나저나 정천 선생의 옥바라지를 하려면 그분이 어디에 계시는지 알아야 할 텐데, 일본 놈들이 어디로 끌고 갔는지 알 수가 있어야 말이지.

― 제가 한번 알아보겠습니다.

매월 선생이 난영의 손을 꼭 잡고 말한다.

― 도화야.

난영은 자신의 기생 이름 도화를 다시 듣자 마치 전생의 이름을 듣는 듯 생경하다.

― 네.

― 이 또한 운명이라 받아들이고 내게 배운 것들을 무엇 하나 버리지 말고 어떻게든 맥을 잇도록 해라. 세상이 한바탕 또 뒤집힐 것 같구나.

눈 감아, 이미 숨소리 높은 사람아,
조국의 꿈은 구원이구나, 자유구나,
행복이구나, 삶이구나

세상이 또 뒤집힐 것 같다는 매월 선생의 말처럼 이미 세상은 서서히 뒤집히고 있었다. 그날 이후 난영은 수소문 끝에 정천 선생이 함흥 감옥소로 끌려갔다는 것을 알게 된다.

한달음에 함흥으로 건너 간 난영이 정천 선생을 면회하고자 하였으나 면회는 매번 이루어지지 못했다. 감옥소 측에 의하면 정천 선생이 감옥 안에서도 독립 투쟁을 하기 때문에 면회 금지 대상이라는 것이다. 난영은 그렇게 먼발치에서 감옥소를 보며 그 해 겨울을 넘기고 봄을 맞이하였다.

그러던 어느 날, 감옥소 측에서 면회를 허가한다는 전보가 왔다.
면회장에 들어서자 정천 선생은 난영을 보며 깜짝 놀랄 뿐이었다.
— 아니 네가 지금 여기에는 웬일이더냐?
— 선생님, 건강은 어떠신지요?
행색이 초췌한 선생의 모습이 기생집을 출입하던 자태가 아니었다. 그럼에도 선생의 관심은 오직 난영의 유학 생활이었다.
— 유학 공부를 마치고 이 나라 구국운동과 선구자가 되겠다는 약속을 잊었느냐? 빨리 다시 돌아가서 학업을 마치거라.
— 선생님, 제 걱정은 마시어요.
— 아니다. 유학 비용은 내 아들에게 요령껏 부탁해놓았으니 걱정 말고 공부나 열심히 해서 졸업하기 바란다. 어서 돌아가거라.
난영은 결심한 듯 자신의 뜻을 선생에게 비쳤다.
— 여기까지 온 것도 모두 선생님의 덕입니다. 저는 더이상 바라는 것이 없습니다. 일면식 없는 이 몸, 유학을 보내주신 것에 무척 탄복했는데 여기까지 온 것만도 더 이상 바랄 것 없습니다.
난영의 뜻만큼이나 단호한 선생의 일념도 만만치 않았다.
— 아니다. 네 길은 이것이 아니다. 어서 돌아가거라.
— 아닙니다, 선생님. 이 기생 한 몸 다 바쳐서라도 선생님을 뒷바

라지해야 한다고 굳게 나름대로 각오를 하였습니다.

선생은 크게 탄식하며 난영을 바라보지 못했다. 어느새 난영의 얼굴에도 상심이 가득해졌다. 난영은 눈물이 그렁그렁한 채 고해성사 같은 이야기를 정천 선생에게 꺼낸다.

— 실은 선생의 면회가 허락될 때까지 함흥에 있고자 함흥옥이라는 곳에서 작년 겨울부터 일하게 되었습니다.

— 아, 이럴 수가! 내가 늦었구나, 내 잘못이 크구나.

정천 선생이 탄식하듯 긴 한숨을 내쉰다. 난영은 정천 선생이 크게 실망하는 것을 보며 죄송하기 그지없었으나 그보다 이렇게나마 선생을 다시 뵙게 된 것이 너무나 기뻤다.

— 그래, 이마무라 상은 어떻게 지내시느냐?

잠시 말이 없던 정천 선생이 화제를 돌리려는 듯 말문을 튼다. 난영은 품속에서 이마무라 씨가 써준 시를 꺼내 정천 선생에게 보여준다.

푸른 옷 걸치신 님 내 마음은 그리워라
비록 나는 못간다 해도 님은 오찌 소식도 없는고?

또 다시 정천 선생이 긴 탄식을 한다. 그리움과 고마움에 대한 탄식일 것이다. 난영은 그런 정천 선생에게 더 드릴 말이 있었다. 난영이 무엇인가 주저하는 모습을 본 정천 선생이 묻는다.

— 내게 더 할 말이 있느냐?

— 선생님, 저 이곳에서 한 시인을 만났습니다.
— 시인?

가난한 내가
아름다운 나타샤를 사랑해서

난영이 시인을 만난 곳은 함흥옥이라는 요정집이다. 월성각에 비하면 작은 규모였지만 개인 사설 권번에서 대충 기생 수업을 받고 돈을 벌기 위해 기생 4-5명 정도가 함흥지역 유지들을 상대로 일하고 있었다. 난영이 정천 선생의 옥바라지를 자처하고 낯선 함흥까지 왔다 해도 당장 면회가 되는 것이 아니어서 옥바라지라도 하려면 돈을 벌어야했다. 월성각에서 인연이 있던 기생이 함흥옥에 있다는 소식을 받고 이것저것 가릴 것 없이 함흥옥을 찾아갔다. 전국 어디를 가도 기생들은 매일반 똑같았다. 판소리에 장구에 춤에 비슷비슷한 수업을 받고 그 지역 유지들이나 관공서 손님들을 상대로 접대하는 방식도 같았다. 당장에 먹고 살기 힘든 서민들이 출입할 수 있는 곳은 아니었다. 돈이 없더라도 사회적 명예가 있는 지식인들도 요정집의 단골들이었다. 그들은 보통 그 지역 유지들과 함께 왔다.

난영이 함흥옥에 들어오자 함흥옥 사장도 반기는 눈치였다. 난영처럼 일본 유학에 인텔리겐치아 수업을 받은 기생이 함흥 바닥에는 없었기 때문이다. 난영은 함흥에 사업체를 가지고 있는 일본인들이나 관공서 고관대작들을 상대로 정가를 들려주거나 아니면 말벗이 되어주는 일을 맡았다. 갑부에게 시집 갈 목적도, 많은 돈을 벌 목적도 없는 난영에게 함흥옥 사장도 무리한 일은 시키지 않았다. 난영은 그곳에서도 '도화'로 불렸다. 얼마 지나지 않아 일본 유학을 다녀온 기생이 함흥옥에 있다는 소문이 자자하자 함흥에서 글깨나 읽었다는 지식인들이 함흥옥을 기웃거리기 시작했다. 당시 지식인이라고 해야 학교 훈장질을 하는 선생들이나 관공서 공무원들이었다.

그러던 어느 날, 함흥보통학교에서 문학을 가리키는 위고석이라는 선생이 친구 한 명을 데리고 함흥옥에 왔다. 위고석은 시를 쓰는 시인으로 함흥옥에 들르면 꼭 난영을 찾아 정가를 부탁하고, 시에 대한 이러저런 이야기를 나누곤 하였다. 그때 난영이 몇 년 전 월성각에서 기생 수업을 받을 때 기생 잡지 「장한」에 실린 어느 시인의 시 '내가 생각하는 것은'이라는 시를 말했더니 위고석이 그 시를 지은 시인을 안다고 했다. 시인은 평안북도 정주사람으로 지금은 만주에 있다고 하였다. 그런 위고석이 그 시인과 함께 함흥옥에 온 것이다.

깔끔하게 양복을 차려 입은 시인은 언뜻 봐도 모던보이에 예민할 정도로 결벽증이 있어 보였다. 술을 마실 때 첫 술잔을 손수건으로 닦아 마신다든지 술에 취해도 자세를 흐트러트리지 않는 모습에서 시인의 한 줄 시 같은 예민함과 서정의 결백이 느껴졌다. 하지만 거무스레한 피부 빛에 맑은 눈동자는 어딘가 쓸쓸해 보이기도 하였다.

난영은 난생 처음으로 남자 앞에서 가슴이 뛰는 자신을 느꼈다. 위고석 시인은 난영이 시인의 시를 알고 있다는 것을 그 자리에서 말했고 시인은 부끄러운 듯 어떤 시냐고 물었다. 난영은 그 시를 외우고 있었는데, 용기를 내서 시인 앞에서 시를 낭독했다.

밝은 봄철날 따디기의 누굿하니 푹석한 밤이다
거리에는 사람두 많이 나서 흥성흥성할 것이다
어쩐지 이 사람들과 친하니 싸단니고 싶은 밤이다

그렇것만 나는 하이얀 자리 우에서 마른 팔뚝의
새파란 핏대를 바라보며 나는 가난한 아버지를
가진 것과 내가 오래 그려오든 처녀가 시집을 간 것과
그렇게도 살틀하든 동무가 나를 버린 일을 생각한다

내친김에 난영은 즉석해서 시에 음율을 입혀 노래로 불렀다. 말없이 술잔을 기울이던 시인이 노래가 끝나자 난영에게 술잔을 건넨다. 난영은 지금까지도 손님들의 술잔을 받은 적이 없었다. 기생 어머니인 매월 선생이 그렇게 가르치기도 했지만 난영 스스로도 불문율처럼 지키는 계율 같은 것이었다. 그러나 그날은 달랐다. 난영은 시인이 내미는 술잔을 받았다. 위고석이 별일이라는 듯 난영을 놀린다.

— 아니 손님의 술잔을 받지 않기로 도도한 도화가 어인 일인가?

— 시인이 그토록 아름다운 시를 세상에 내놓았으니, 일개 기생인 제가 어찌 이 술잔을 마다하겠습니까.

난영은 부끄러움에 얼굴이 빨갛게 상기되며 고개를 들지 못한 채 목소리가 기어들어간다. 시인이 술잔에 술을 따르며 과분하다는 듯이 말한다.

— 방금 부르신 노래가 조선의 시들에 운율을 입힌 '정가'라는 거군요. 나 또한 조선의 언어를 지키려고 노력하는 시인으로 토속적 정서와 내 고향인 평안도 방언들로 시를 쓰고 있습니다. 조선의 전통이 서려있는 정가를 들으니, 마냥 이렇게 도화 씨의 노래를 들으며 술잔을 기울이고 싶군요.

그렇게 시인은 난영에게 반하고 난영은 시인을 기다리는 사람이 되었다. 가끔 위고석과 함께 왔지만 혼자 올 때가 점차 많아졌고, 결국 아무도 없는 썰렁한 방은 뼈가 아플 정도로 고독감마저 든다며 매일 밤 함흥옥을 찾았다. 시인은 만주국 국무부 경제부에서 일하다가 만주 안둥安東의 세관을 거쳐 지금은 직장을 그만두고 잠시 함흥에 내려와 있던 차였다.

하루가 멀다 않고 도화를 찾는 시인, 그 시인을 난영 또한 마다하지 않았다. 시인은 취기가 달아오르면 즉석에서 시를 짓기도 하고 그동안 적어온 시 구절을 주절주절 읊어대었다. 난영도 짧지만 와세다 전문학교 문학부를 나왔기에 시인의 시 구절에 심장이 멎는 것 같기도 하고 오금이 저릴 정도로 혼비백산이 되어 그가 손님인지 선생인지 벗인지조차 잊게 되었다. 그렇게 서로 술잔을 건네고 받고 하다보면 어느새 난영은 시인의 시에 운율을 담아 노래를 부르고 있었다. 즉석에서 시가 지어지고 노래가 지어졌다. 밤이 깊도록 아름다운 시와 노래가 꽃처럼 피고 꽃처럼 술잔에 졌다. 난영이 혼자 집으로 돌아와 창가에 기대 시인을 생각하면 달빛이 시인의 얼굴이 되었고, 건듯 부는 바람이 시인의 숨결이 되었다. '사람은 모든 걸 다 잃고 넋 하나를 얻는다'고 했는데 시인과 영원히 함께 하며 넋 같은 시 한 줄 얻을 수만 있다면 난영은 죽어도 원이 없을 것 같았다.

시인을 만나면 만날수록 난영의 마음은 속없이 애가 타고, 답답하고, 잠을 이루지 못했다. 시인 또한 그랬다. 그리워서 애가 타고, 보고 싶어 답답하고, 달빛처럼 마음에 가득차서 잠을 이루지 못하는 것이 남녀 간의 사랑인가? 그 사랑이 한 줄 맑고 투명한 시인가? 그러던 차에 서로의 마음을 확인한 두 사람은 개포가 나지막한 어느 집 뒤채를 얻어 동거를 시작하였다. 그렇게 함흥의 겨울이 가고 있었다.

　가난한 내가
　아름다운 나타샤를 사랑해서
　오늘밤은 푹푹 눈이 나린다

난영은 시인이 첫사랑이었다. 열여섯에 기생이 되어 혹독한 기생 수업을 받고 혈혈단신 일본 유학길에 오를 때조차도 난영은 혼자였다. 그러나 이젠 혼자가 아니었다. 시인은 난영에게 연인이었다.

나타샤를 사랑은 하고
눈은 푹푹 날리고
나는 혼자 쓸쓸히 앉어 소주燒酒를 마신다
소주燒酒를 마시며 생각한다
나타샤와 나는
눈이 푹푹 쌓이는 밤 흰 당나귀 타고
산골로 가자 출출이 우는 깊은 산골로 가 마가리에 살자

눈은 푹푹 나리고
나는 나타샤를 생각하고
나타샤가 아니 올 리 없다
언제 벌써 내 속에 고조곤히 와 이야기한다
산골로 가는 것은 세상한테 지는 것이 아니다
세상 같은 건 더러워 버리는 것이다

시인이 난영에게 '나와 나타샤와 흰 당나귀'라는 시를 들려주며 난영에게 이렇게 말했다.
— 내가 어디에 있더라도 그대가 아니 올 리 없다고 생각해도 되겠소?
난영은 시인의 말이 무슨 뜻인지 알았다. 그러나 울지 않겠다고 다짐했다. 자신은 기생이기 때문에 시인과 평범한 생활을 할 수 없

다는 것은 알고 있었다. 난영은 시인의 발을 씻기며 조용히 눈물을 떨군다. 놋대야의 물에 난영의 눈물방울이 떨어진다.

— 내가 어디에 있더라도 당신이 아니 올 리 없다고 생각해도 되나요?

시인이 난영을 살포시 안아준다. 시인은 난영과의 기약할 수 없는 가난한 사랑이 아픈 것이다. 세상이 원망스러운 것이다.

눈은 푹푹 나리고
아름다운 나타샤는 나를 사랑하고
어데서 흰 당나귀도 오늘밤이 좋아서 응앙응앙 울을 것이다

그렇게 시인과 한껏 취한 세월은 일장춘몽처럼 훌쩍 흘러가고 있었다.

바다와 같이 당신을 사랑하고만 싶구려

1945년.

난영이 정천 선생을 옥바라지하며 시인과 보낸 함흥에서의 생활은 일본이 미국에 의해 패망하면서 급작스럽게 깨어지고 만다. 조선은 해방되었고, 정천 선생은 감옥에서 풀려났다. 고된 고문과 학대로 병자가 된 정천 선생을 모시고 난영은 경성으로 돌아가야 했다. 시인 또한 갑작스러운 일본의 패망에 자신의 고향인 정주로 돌아가 가족들을 보살펴야 했다. 조선은 갑작스러운 해방을 맞이하며 혼란 속으로 빠져 들어가고 있었다.

나는 길거리에 기다렸었거늘
왜 아니 따라 갔나 후회가 되네

헤어지던 날 시인은 난영에게 일 년만 기다려 달라고 말했다. 일 년만 기다리면 그때 결혼하자고 한다. 결혼이라니. 기생이 결혼이라니. 그 약속이 부질없는 약속이라도 꼭 믿고 싶었다. 하지만 난영은 몸이 불편한 정천 선생을 차마 내칠 수는 없었다. 그렇게 난영과 시인은 기약 없는 기약을 하며 헤어졌다. 그것이 시인과의 마지막이 될지 난영은 꿈에도 몰랐다.

서울로 돌아오니 역시 생계가 큰 문제였다. 함흥에서는 정천 선생의 옥바라지 때문에 어쩔 수 없이 평양옥에서 기생 노릇을 했지만 난영은 명색이 일본 유학을 한 여자로서, 배움의 문턱도 밟아보지 못한 많은 조선의 여자들에 비하면 신여성인 셈이었다. 무엇을 해야 하나 난영은 또다시 깊은 시름에 빠지게 되었다. 다시 매월 선생을 찾아갈까 하였지만 당시 매월 선생은 월성각을 정리하고 자신의 고향인 대구로 내려가 계시고 없었다. 하지만 '이 나라의 내조를 담당해도 손색이 없는 내가 기생이라니. 정천 선생은 나를 이 나라의 신세대 여성으로서 선구자 역할을 할 수 있도록 키워주시는 데 물심양면을 다해주셨다. 보잘것없는 기생 신세에서 구원하여 일본 유학까지 시켜주셨는데 어찌할까. 무엇을 해야 할까. 선생님의 뜻을 저버리는 것은 배신하는 것이나 다름없는 것 아닌가. 더욱이 여자라는 이름으로 한 남성만을 그리워하며 삶을 지새울 수도 없는 것 아닌가? 보잘 것 없지만 선생님이 품었던 그 큰 뜻을 저버리지 말자. 이래도 한 세상, 저래도 한 세상이라면 이내 몸 하나 태어나지 않은 셈 치고 더 높은 곳을 위해 모든 것을 던져 보리라. 사랑도 정도 그리움도 그저 한낱 사치인지도 모르지. 내가 해야 할 일이 분명 있을 것이다. 지금 내가 되고 싶은 나를 향해서 가는 것 또한 선생님의 뜻일 것이다'라며 난영은 신여성으로 해방된 조선에 도움이 되는 일을 찾아보기로 했다.

일본이 패망한 뒤 해방군으로 조선의 남쪽에 들어온 미군은 우선 사회 시스템을 복원하기 위해 기존의 친일 관료들을 그대로 채용하고 있었다. 하지만 황급히 조선에서 빠져나간 일본인들이 버린 가옥과 공장, 일자리들은 많았다. 난영은 일본에서 귀국한 유학생들 모임을 통해 어렵사리 원희 중학교 국어 선생으로 취직이 되었다. 그리 많지 않은 월급이었지만 정천 선생을 위해 집 한 칸을 마련하고 자신이 때마다 들러 간병하기로 했다. 어머니와 형제들의 생계도 책임지기로 했다.

난영은 국어 선생 일을 하며 때론 미군정에 나가 일본어 통역을 하기도 하였다. 일제치하 35년 동안 모든 기밀자료들이 일본어로 되어 있어 통역사가 필요한 때였다. 난영은 미군정을 통해 조선의 38도선 이북지역에 소련군이 해방군으로 들어왔다는 것을 알게 되었고, 시인의 고향인 평안북도 정주로 편지나 여타 다른 왕래를 하기가 어려워진 것을 알게 되었다. 그렇게 난영은 시인이 남한으로 내려와 자신을 찾아주기만을 기다렸다.

'내가 어디에 있더라도 당신이 아니 올 리 없다고 생각해도 되나요?'

그러나 그것마저 요원한 일이 되어가고 있었다. 미군정에 의해 이승만의 남한 단독정부가 들어서고 조선은 남북으로 갈리게 되었다. 이젠 내려올 수도 올라갈 수도 없게 된 것이다. 백방으로 북에 있는 시인에게 연락을 넣어보려고 했지만 난영으로서는 방법이 없었다.

그리고, 1950년 6월25일 전쟁이 터졌다. 서울이 함락되고 정천 선생이 난영을 불렀다.

— 난영아 난 북으로 넘어가려고 한다. 이제 휴전선이 열렸으니 평양으로 가서 몸을 추스른 뒤 인재들을 양성해볼까 한다. 너의 생각은 어떠하냐?

정천 선생이 난영에게 같이 북으로 가자고 하자 난영은 잠시 고민이 되었다. 북으로 가면 시인을 다시 만날 수도 있기 때문이다. 하지만 연로한 어머니와 남동생들이 걱정이다. 미군정에 부역한 사람들은 다들 피난을 간다고 하는데 난영이 아직까지 서울에 남아 있었던 건 가족들 때문이었다.

— 저는 미군정에 부역을 한 죄가 클 거예요. 우선 가족들을 데리고 남쪽으로 내려갈 생각입니다. 전쟁이 끝나면 다시 선생님을 뵈러 가겠습니다.

정천 선생이 긴 한숨을 내쉬며 난영의 손을 잡고 말한다.

— 이 전쟁이 오래가지는 않을 거다. 난영아, 그때까지 꼭 살아남아라. 살아서 꼭 큰 뜻을 이루어라.

그렇게 정천 선생과 이별을 하고 난영은 가족들을 데리고 남쪽으로 피난을 가게 되었다.

그러나 어찌 운명이 이리 가혹할 수가 있는지. 피난길 중 수산댁과 두 동생이 허망하게 폭격으로 죽고 간신히 살아남은 난영은 부산까지 밀려와 바다가 보이는 영도 다리 밑 피난 촌에 정착했다. 목숨은 건졌지만 일가친척도 없는 곳에서 살아가야 하는 난영으로서는 하루하루가 죽을 만큼 고되고 힘든 나날이었다. 남의 식당에서 설거지와 잡일을 하면서도 난영은 정천 선생을 생각해서라도 절대 요정이나 미군들을 상대하는 살롱 근처에는 얼씬도 하지 않았다.

고되고 힘든 나날이었지만 난영은 시인이 자신에게 했던 말을 떠올리며 견뎠다.

— 내가 어디에 있더라도 그대가 아니 올 리 없다고 생각해도 되겠소?

'아니 올 리 없다! 아니 올 리 없다!' 난영은 무심한 몸을 뒤척이는 바다를 보며 외치고 또 외쳤다. '이 전쟁이 끝나면 난영이가 꼭 찾아갈게요! 꼭 찾아갈게요!'

바닷가에 왔드니
바다와 같이 당신이 생각만 나는구려
바다와 같이 당신을 사랑하고만 싶구려

구붓하고 모래톱을 오르면
당신이 앞선 것만 같구려
당신이 뒤선 것만 같구려

그리고 지중지중 물가를 거닐면

당신이 이야기를 하는 것만 같구려
당신이 이야기를 끊은 것만 같구려

그리움에 괴로운 난영의 마음을 밤바다는 아는 것일까. 가끔 긴 뱃고동 소리만 들릴 뿐 바다는 어둠 속에 묻혀 있었다. 그렇게 그리움이 피고 지고 어느덧 피난생활 3년이 지났다. 그리고 1953년 7월 27일, 남과 북은 조선 산천을 피로 물들이고 나서야 정전 협정을 맺게 되었고 두 나라로 영원히 갈라지게 되었다.

길이다

    난영이 다시 서울로 돌아왔을 때 서울은 폐허가 되어 있었다. 북으로 월북한 지식인들 대다수가 숙청되었다는 흉흉한 소문이 들렸다. 난영은 시인이 걱정되어 밤잠을 설치곤 하였다. 연락이야 못한다손 치더라도 안부라도 알 수 있다면 그것만으로도 족할 것 같았지만 이제 남한에서 북을 이야기하는 것만으로도 반공법에 걸리는 시절이 되었다. 생이별이 이런 것일까. 날이 갈수록 시인에 대한 그리움으로 괴로워하던 난영은 이 모든 것을 운명으로 받아들이고 시인을 가슴속에 묻기로 하였다. 그것도 그럴 것이 당장 생계가 문제였다.
    난영은 닥치는 대로 일을 했다. 처음엔 번역일과 과외선생을 하다가 운 좋게 교편을 다시 잡을 수 있었다. 시인을 잊고자 정신없이 일을 했다. 그것만이 시인을 잊는 길이었다. 그러나 난영은 시인이 언젠가 자신을 찾아올 것이라 믿었다. '아니 올 리 없다. 아니 올 리 없다'를 수백 번 되뇌어야 잠이 들곤 하였다.

그 무렵 수업이 끝나면 난영은 시인과 문학인들이 즐겨가는 명동의 다방에서 동경 유학 시절 만났던 지인들과 만나 옛날 유학시절을 얘기하며 회포를 풀곤 했다. 사실 난영이 다방에 자주 가는 이유는 시인에게 있었다.

해방 이후 50년대 명동 일대는 글깨나 쓴다는 문인들이 다방에 삼삼오오 모여 살롱 문화의 전성기를 구가하고 있었다. 문예회관에는 김동리와 서정주 등이 그 주변으로 박인환, 오상순 등이 다방에서 숙식을 해결하다시피 했다.

전쟁이 끝난 이후로도 명동 일대는 시인에서부터 소설가 등 온갖 문인들이 모이는 장소였다. 난영은 어떻게 해서라도 시인의 소식을 듣고자 명동의 다방에 출입하였는데 북에 있는 문인들에 대한 소식은 모두 쉬쉬하고 있었다. 그렇지만 난영은 그렇게라도 문인들과 한 공간에서 커피를 마시고 가끔 수인사를 건네는 것만으로도 시인에 대한 그리움을 달랠 수가 있었다.

그날도 유학 동창들과 시간을 보내고 있는데 다방 아가씨가 난영을 찾는 전화가 왔음을 알렸다.

'나한테 전화할 사람이 없는데.

난영은 고개를 갸우뚱하며 카운터 테이블에 가서 마담이 건네주는 전화를 받았다.

— 전화 바꿨습니다만.

― 도화인가?

'도화'. 난영은 순간 기억 속의 이름을 한참 떠올렸다. '도화'란 이름을 알고 있는 수화기 너머 여자의 목소리는 어디선가 들어보았던 낯익은 목소리였다. 그렇다. 매월 선생이었다.

― 도화야, 오랜만이다. 살아있었구나. 나 매월 선생이다.

순간, 반가움에 난영의 눈에 눈물이 맺힌다. 매월 선생이 살아계셨던 것이다. 전쟁 통에 소식을 전할 길이 없었지만 마지막으로 뵀을 때 부쩍 몸이 안 좋아 보여서 난영은 매월 선생이 이미 돌아가시지 않았을까 걱정하던 차이다.

― 선생님, 살아계셨군요. 그동안 건강은 어떠셨어요? 별일 없으시고요? 난리 통에 소식이 끊겨 돌아가신 줄 알았어요.

난영이 훌쩍이며 울자, 수화기 저편에서 매월 선생이 달래듯 말한다.

― 살아 있으면 됐다. 너를 찾느라고 고생, 고생했는데 이렇게 찾았으니 하늘이 도우셨구나.

매월 선생은 고향 대구에서 전쟁을 맞이하고 전쟁이 끝난 후 다시 서울로 거처를 옮기셨다고 한다. 난영을 찾기 위해 그 연로한 몸으로 사방 안 돌아다닌 곳이 없이 돌아다니셨다고 하니, 난영은 죄송스럽고 몸 둘 바를 모르겠다.

― 시간이 괜찮다면, 시간 좀 내서 내 집으로 한번 오너라. 긴히 상의할 얘기가 있다.

매월 선생의 목소리는 예전과 같지 않았으나 목소리의 강단은 예전과 같았다. 상의할 이야기가 있다는 말에 난영은 반가움을 뒤로 하고 긴장이 되었다.

— 무슨 일이신지.

— 전화상으로 할 얘기가 아니니 만나서 얘기하자.

— 네. 알겠습니다. 곧 찾아뵐게요.

난영은 몇 날 며칠 밤잠을 설치고 약속한 날에 매월 선생이 좋아하는 굴비 한 두름을 사가지고 선생 댁을 찾았다. 반갑게 마당까지 뛰쳐나와 자신을 맞이하는 매월 선생의 모습을 보자 난영은 또 눈물이 났다. 전쟁 통을 겪으셔서일까? 칠순을 넘긴 매월 선생은 마른 대쪽처럼 강팍하게 여윈 모습이다. 삶을 살아서일까? 큰절을 올리려는데 자신도 모르게 기생 교육으로 몸에 밴 습관이 나왔다. 그동안의 안부를 물으며 이런저런 대화를 나누려는데 매월 선생이 대뜸 보자고 하신 용건을 꺼냈다. 내용은 이랬다. 문화공보부에서 외국기업의 투자를 유치하고자 하는데, 한민족의 전통을 잇는 전통예술을 장려할 수 있도록 자신에게 협조를 부탁했다는 것이다. 그도 그럴 것이 해방 뒤 미군정의 문화와 함께 점차 사라지던 전통 문화가 난리 통에 맥이 끊기고 있었기 때문에 매월 선생 같은 분들이 나서지 않으면 한민족의 전통 예술은 그 맥이 완전히 끊길 처지였다. 그런 연유로 문화공보부에서 매월 선생을 찾아와 국가에서 모두 지원할 터이니 옛 문헌대로 선생이 쌓아온 전통문화를 보강해보라는 것이었다. 선생이 책임지고 대한민국의 고유 전통인 춤과 음악, 창은 물론 음식을 체계적으로 다듬어 외국공관 및 기업인들에게 홍보

하여 전쟁과 가난이라는 국가의 이미지에서 벗어나 전통과 예술이 있는 국가의 이미지로 탈바꿈시켜 경제개발을 꾀하자는 것이었다.

— 해방과 전쟁 통을 겪으면서 우리 기생 문화 속에 녹아 있는 한민족의 전통 예술 등이 유야무야되어 가는 것이 못내 아쉽고 안타까운 마음이 그지없었는데 국가가 나서서 이렇게 이 늙은이에게 부탁을 하니 누군가는 전통 문화의 명맥을 이어갈 수 있는 체계를 만들어 놓아야 되지 않겠느냐?

난영 또한 너무나 반가운 말이었다.

— 좋은 생각이십니다. 그러나 쉽지는 않겠습니다. 세상이 급작스럽게 바뀌면서 맥을 잇던 분들은 죽거나 소식을 알 수 없게 되었으니 말입니다.

난영의 반응에 매월 선생은 안타깝다는 듯 한숨을 길게 내쉬며 자신의 무릎을 쳤다.

— 그래, 세상이 두 번 뒤집어졌지. 그 물살에 다들 사라져 버리고. 쉽지 않겠지. 나야 이 길이 내 인생의 목표이자 꿈이었기에 부족하나마 지금껏 동분서주 노력은 했지만. 헌데 해방이 되고 사변을 겪으면서 명맥을 유지하기가 여간 어렵지가 않구나. 온 나라가 전쟁으로 쑥대밭이 되고, 다들 먹고 살 일이 어렵다보니 우리의 고유문화를 떠든다는 것이 질시의 눈초리를 받게 되는구나.

— 얼마나 걱정 근심이 많으셨어요.

난영은 지나간 시간들을 반추해보았다. 길면 긴 시간, 짧다면 짧은 세월. 주마등처럼 스쳐가는 지난날이었다. 돌이켜보면 웃음 짓던 날도 있었지만 눈물로 보낸 세월이 더욱 길었다. 난영이 자신의 운명을 바꾸고 지금까지 사람답게 살 수 있었던 데에는 누가 뭐래도 매월 선생 은혜가 컸다. 평생을 갚아도 모자라다고 생각했던 차다. 매월 선생이 단도직입적으로 말한다.

― 갑자기 이런 전갈을 받고 보니 나의 모든 것을 이어받을 사람은 아무래도 네가 가장 적임자라 생각이라 들더구나. 그래서 이렇게 너를 만나자고 하였느니라.

매월 선생의 말에 놀란 난영이 황급히 손사래를 치며 말한다.

― 마땅치 않습니다. 시간도 많이 흘렀고요. 저는 이미 다른 삶을 살고 있습니다.

난영의 말처럼 난영은 시인과 함께한 함흥옥 이후로 기생과는 전혀 다른 삶을 살고 있었다. 난영은 기생보다는 신여성이 되어 더 큰 뜻을 이루라는 정천 선생의 당부를 잊지 않고 있었다.

'왜 인생이란 뜻대로 맘대로 풀리지 않는단 말인가.'

그러나 매월 선생은 뜻을 굳힌 듯 계속 신념을 내비쳤다.

― 새로 건국한 지 얼마 되지 않는 대한민국을 위해서라도 꼭 필요한 문제니 우리가 적극 지원해야 할 것이다. 장소와 돈은 내가 정부와 상의해서 할 터이니 그 부분은 걱정 말고 해줬으면 한다.

이미 매월 선생은 난영을 적임자로 낙점하고 있었다. 난영은 도망치고 싶었다. 도망쳐야만 했다. 어려운 시절에 신세를 졌지만 10년 가까이 떠나 있던 기생집에 다시 발을 담그게 되리라고는 상상조차 해보지 않은 일이기도 했다.

― 말씀은 고맙지만 저보다 유능한 선배들도 많습니다. 일본 유학 이후 계속 현직에 있지도 않았고 선배들보다 못한 부분이 많습니다.
― 음. 그걸 내가 왜 모르겠니? 하지만 미국과 외국 바이어들을 상대할 수 있는 학식과 교양을 가진 선배가 어디 있느냐? 너는 내게 기생 수업을 혹독하리만치 제대로 배웠고 일본어와 영어에도 능통하니 대한민국에 이만한 인물이 없다. 다 운명이다. 나와 정천 선생이 너를 일본에 유학 보낸 것이 이런 시절을 대비한 듯하구나. 너에게 다시 기생이 되라는 것이 아니다. 한민족의 전통 문화를 세상에 알려달라는 것이다.

그러고 보니 매월 선생의 말씀은 틀린 구석이 없었다. 기생을 하기에는 너무 많은 나이였다. 무엇보다 기생의 문화를 통해 한민족의 전통 예술을 유지하고 가르칠 사람이 필요하다는 것엔 난영도 수긍할 수밖에 없었다. 그러나 하필 그게 난영이라는 것에 난영은 난색이 된다. 또 다시 한번 난영은 단 한 번도 생각하지 못한 삶을 살아야 하는 것이다. 이렇게 떼려야 뗄 수 없는 운명이 자신에게는 기생의 삶이란 말인가.

― 그래 내가 여러 달 생각한 결과 종로 권번에서 활동했던 지연재라는 기생 아이는 국악원에서 가야금, 창, 무용을 맡고 너는 외국 기업인과 대사들의 식사와 접대를 담당하는 곳을 맡았으면 한다. 그곳에서 지연재가 이끄는 국악원의 지원을 받으면 어떨까 싶다. 외국 귀빈들이 식사를 하면서 우리나라 고유의 전통 문화 속에 흠뻑 빠져 보는 일석이조가 될 것이야. 월성각을 다시 열어보자. 나는 이미 다

산 거 같으니, 앞으로 네가 모든 권한을 가지고 전통 예술 관광 사업을 해보는 것이다. 그 돈으로 후학들도 가르치고…….

— 생각할 시간을 좀 주세요.

난영이 자리에서 일어나기 전 매월 선생께 생각할 시간이 필요하다고는 했지만 사실 당장 난영에게 닥친 문제는 먹고 사는 일이었다. 이것저것 따질 것이 없었다. 의식주부터 해결한 후에야 여자답게 살든 결정할 일이었다. 중학교 교사 자리는 박봉으로, 입에 풀칠하기도 어려워 다른 일자리를 찾던 차였다.

'매월 선생님 말씀처럼 나라가 우리 같은 사람들을 필요로 한다니 애국하는 일일 테고 나만 잘하면 큰돈도 벌수도 있을 것 같은데……. 그 돈으로 후학을 양성해 민족의 정기를 바로 세워보자. 나와 같은 불우한 아이들을 모아 전통 문화를 가르치는 학교도 지어보고.' 집으로 돌아가는 길에 난영은 난생처음 나라와 후학들을 위해 일을 할 생각을 하니 가슴이 떨려왔다. 또 한편 정천 선생이 말한 큰 뜻이 이와 같은 길은 아닐지라도 애국 애족하는 목적이 같다면 북에 계신 정천 선생께도 나름대로 보답할 수 있는 길이 열린 것 같았다. 그날 밤 난영의 꿈속에 부산 피난시절에 보았던 푸른 바닷가로 가는 하이얀 길이 보였다. 난영은 하야안 길을 걷고 또 걸었다. 그 길 끝에 돌아가신 어머니가 있었다. 난영은 긴 길을 돌아온 듯 어머니의 무릎에 이마를 묻었다.

푸른 바닷가의 하이얀 하이얀 길이다.

난영은 일주일 뒤 매월 선생을 찾아가 옛 월성각 건물을 인수받아 옛 명칭 그대로 '월성각'으로 개업하기로 하였다. 하지만 월성각의 개업은 뜻한 만큼 쉽지는 않았다. 정부의 자금 사정도 말처럼 여의치 않았으며 뿔뿔이 흩어진 기생들을 다시 모으는 것도 쉽지 않았다. 기생이 우선이었다. 난영은 혜란부터 찾았다. 혜란은 난영이 일본 유학 시절에 평양 권번으로 자리를 옮겼었는데 해방 뒤 서울로 내려와 미군을 상대하는 요정에 다녔다고 한다. 그러나 전쟁이 끝난 뒤론 혜란의 소식을 아는 사람은 없었다. 난영은 혜란이 죽지 않고 살아있기를 바랄 뿐이었다.

여러 우여곡절 끝에 월성각은 그나마 옛 명성 그대로 개업을 하게 되었고 그 몇 달 사이에 매월 선생은 돌아가시고 만다. 나중 살펴보니 매월 선생은 이미 큰 중병을 앓고 있었다. 죽기 며칠 전 매월 선생이 난영에게 노래를 불러달라고 부탁을 했다. 난영은 매월 선생이 자신에게 처음 들려주었던 시조를 노래로 들려줬다.

춘산에 눈 녹인 바람 건듯 불고 간 데 없다
저근 듯 빌어다가 머리우에 불리고자
귀밑의 해묵은 서리를 녹여 볼까 하노라

매월 선생이 난영의 노래를 듣고 난 뒤 난영의 손을 잡으며 말했다.
— 도화야, 노래하고 춤을 추고 살았던 인생이 한바탕 꿈과 같구

나. 나를 꽃과 버드나무가 우거진 곳에 뿌려다오.

매월 선생이 난영에게 남긴 마지막 유언이다.

어쩐지 쓸쓸한 것만이 오고 간다

1954년.

월성각이 다시 문을 열었다. 정부 측 사람들이 와서 월성각 개업을 축하해 주고 이승만 대통령도 화환을 보내주었다. 이 모든 일들이 지금은 세상에 없는 매월 선생이 만드신 것이라 생각하니 난영은 매월 선생에 대한 그리움으로 개업식 날 몰래 눈물을 훔쳤다. '내가 무슨 복이 있어 이렇게 그분에게 과분한 은혜를 받는단 말인가. 정말 정신 바짝 차리고 월성각을 대한민국 최고의 요릿집으로 만들어야겠다' 생각하며 난영은 개업식 이후 부족한 기생들과 인력들을 더 모으기 시작했다. 역시나 월성각은 장안에 빠르게 소문이 났고 당시 관광 사업이라는 게 없었던 차에 외국 바이어들이 한국에 내방하면 으레 찾는 명소가 되었다. 월성각은 미군정 이후 들어온 기존의 현대식 요정이나 살롱과 구별되도록 옛 전통 그대로의 기생 요릿집을 표방했다. 당연히 월성각의 주 고객은 외국 바이어와 대사관 직원들 그리고 사업가들이었으나 난영은 일반인들에게도 월성각을 개방하였다. 무엇보다 한국인들이 우리의 전통문화예술을 접하고 볼 수 있는 기회가 없는 현실이 안타까워서였다.

매월 선생의 큰 그림대로 기생들의 훈련은 기생 지연재가 맡아서 담당하고 난영은 행정과 주요 인물들에 대한 접대를 맡았다. 무엇보다 우리의 문화를 알리고 전승하기 위해선 후학 양성이 우선이었으므로 난영은 월성각 안에 전통문화학교를 만들고 재능 있는 후학들을 모집하여 교육시켰다. 열여섯, 가난 때문에 기생이 되고자 매월 선생을 찾아갔던 난영이 이젠 자신과 같은 아이들을 거둬 가르치고 있었다.

그러던 차에, 어느 날 월성각으로 위고석이 난영을 찾아왔다.

— 난영 씨, 안녕하셨습니까?

난영은 위고석을 보고 너무나 놀라 그 자리에 주저앉을 뻔했다.

— 아니, 위고석 씨?

— 네. 위고석입니다. 함흥에서…….

시인의 친구 위고석이었다. 난영은 시인이 살아 돌아 온 듯 눈물로 위고석을 반겼다.

—살아계셨군요.

난영이 위고석을 못 본 지 근 십여 년이다. 그동안 위고석은 몰라보게 초췌해져 있었다.

내실로 위고석을 데리고 들어간 난영은 그동안의 일들을 물어보았다.

― 서울에는 어떻게 오셨어요?

― 전쟁 통에 함흥에서 남쪽으로 피난 왔습니다. 전쟁이 끝나고 북으로 가는 길이 막혀 가족들과 서울에 주저앉았는데 도화 씨가 기생집을 냈다고 소문이 자자해서 얼굴도 뵐 겸 찾아왔습니다.

난영은 왠지 자신의 민낯을 들킨 듯 부끄러워졌다.

― 미리 연락이라도 하고 오시지. 이런 모습으로 뵙게 되니 쑥스럽기도 하고 면목이 없습니다.

― 무슨 말씀이십니까. 옛날 우리가 얼마나 자주 술 마시고 시를 짓고 놀았는데 서로에게 무슨 흉허물이 있겠습니까.

난영은 그때 위고석이 난영에게 내심 하고 싶은 말이 있다는 것을 느꼈다. 시인의 소식일 것이다. 그러나 난영도 쉬이 시인에 대해 말을 꺼내진 못했다.

― 그때 위고석 씨가 많이 도와주셔서 너무 고마웠습니다. 제가 이런 요릿집이라도 하는 건 다 그때 함흥에서 도와주신 덕분입니다.

위고석이 무슨 그런 말을 하느냐는 듯 손사래를 치며 말한다.

― 과찬이십니다. 전 그냥 술만 마셨을 뿐인걸요. 혹시 시인 소식은 알고 계십니까?

시인 소식이라는 말에 난영의 가슴이 뛴다. 위고석이 난영의 표정을 살피더니 한숨을 내쉬며 말한다.

― 그렇군요. 도화 씨도 모르시는군요.

난영은 벌써 목이 메인다.

— 어떻게 알고 계시나요?

위고석이 한참 말이 없더니 말문을 연다.

— 그 친군 고향으로 돌아간 뒤 스승이신 조만식 선생님의 부름을 받고 평양으로 갔답니다. 그 뒤로 소식은 잘 모르겠지만…….

위고석이 뭔가 뜸을 들이는 듯하다. 난영은 혹시 안 좋은 말을 할까봐 가슴이 뛴다.

— 전 괜찮으니까. 다 말씀해주세요.

— 제가 난영 씨와 그 친구의 관계를 모르는 것이 아니기에 이런 말을 전하는 게 저 자신도 괴롭지만 아셔야 할 것 같아서요.

난영은 가슴이 덜컹 내려앉는다. '혹시 시인이 전쟁 통에 죽은 것일까?' 난영이 다급히 묻는다.

— 무슨 말씀이신지?

— 해방 뒤 난영 씨가 서울 가시고 나서 그 친구가 난영 씨를 찾아왔었습니다. 그런데 이미 난영 씨도 서울로 가고 없고, 함흥옥도 문을 닫은 상태였죠. 난영 씨와 결혼까지 생각한 것 같던데 그것 때문에 그 친구가 많이 힘들어했던 게 생각나는군요.

난영의 눈에 눈물이 핑 돈다. 난영은 얼른 눈물을 훔치고 위고석의 손을 잡는다.

— 전 괜찮아요. 제가 그분을 만났을 때 전 기생 신분이었잖아요. 그분도 그걸 아시고 절 사랑해주셨고. 결혼이라니요. 과분하죠. 그분이 먼 북쪽에서도 살아가시면 전 그걸 족합니다.

위고석이 그 마음을 알겠다는 듯 난영의 손을 토닥여 준다.
— 전 그저 그 친구 생각이 나서 이렇게 찾아왔습니다. 그 친구를 언제 다시 볼지 모르겠지만 도화 씨를 이렇게 뵈니 그 친구를 보는 듯합니다.

'이걸로 됐다. 이 소식 한 줄을 받으려고 내가 월성각을 했나보다. 이걸로 됐다. 살아 있다면 그걸로 됐다'
난영은 자신을 달래듯 속으로 되뇌이며 일하는 사촌을 불러 위고석의 접대를 맡겼다.
위고석이 내실을 나가자 난영은 그 자리에 주저앉고 만다. 시인을 향한 밀려드는 그리움에 난영은 마른 울음을 삼키며 깊은 상념에 젖는다.

그렇게 얼마나 앉아 있었을까?

난영은 장롱에서 낡은 짐가방을 꺼낸다. 짐 가방에서 때 절은 낡은 셔츠를 꺼낸다. 시인의 셔츠다. 함흥에서 서울로 돌아오기 전에 시인의 옷가지들을 몇 벌 챙겨왔던 것이다. 그렇게라도 시인과 항상 함께 하고 있었다. 난영은 때 절은 셔츠를 한참이고 넋 없이 보더니 기어이 셔츠를 껴안고 흐느낀다.

오늘 저녁 이 좁다란 방의 흰 바람벽에

어쩐지 쓸쓸한 것만이 오고 간다
이 흰 바람벽에
희미한 십오촉十五燭 전등이 지치운 불빛을 내어던지고
때글은 다 낡은 무명샤쯔가 어두운 그림자를 쉬이고
그리고 또 달디단 따끈한 감주나 한잔 먹고 싶다고 생각하는
내 가지 가지 외로운 생각이 헤매인다

  사랑하는 사람과 같이 있을 수만 있다면 이 세상을 다 준다 해도 필요 없는 일이다. 당신 앞에 나란 어떤 존재인지 아침에 눈을 뜨고 싶은 유일한 이유이기도 하다. 우리는 서로가 없어선 안 되는 존재이고 때론 사랑으로 때론 증오로.
  사랑은 돈이 없어도 할 수 있지만 돈은 사랑 없이는 공허한 소비일 뿐이다.

초생달과 바구지꽃과 짝새와 당나귀가 그러하듯이

그날 밤 난영은 시인을 향한 견딜 수 없는 그리움과 애잔함으로 종이와 펜을 꺼내 편지를 썼다. 편지가 북에 있는 시인에게 전해질 순 없어도 난영의 마음속에 있는 시인에게는 전해질 것이라 난영은 생각했다.

당신 기억하시나요? 당신께서 두어 달 정도 함흥에 머무시다가 고향으로 돌아가셨죠. 짧다면 짧고 길다면 긴 두어 달이었지만 저는 당신의 연인이었고 당신은 제 사랑이었죠. 고향으로 돌아간 당신을 잊으려고 그날 이후 참 많이 방황했어요. 그런데 당신이 다시 나를 찾아왔어요. 천지에 꽃잎이 흩날리던 봄날이었죠. 저는 함흥옥 마당에서 빨래를 하고 있었는데 당신이 마당으로 들어서더군요. 저는 한달음에 달려가 당신의 품에 안겨 물었어요.

— 웬일이세요? 고향에 가신다고 하지 않으셨어요?

당신은 제게 어색한 미소를 지어 보이며 말씀하셨죠.

— 부모님의 결혼 성화에 못 이겨 집을 나왔어. 그 길로 이렇게 도화한테 달려온 거야.

그 말에 저는 당신에게 핀잔하듯 말했어요.

— 아니! 제정신이에요? 아무리 부모님이 극성이라도 그렇지, 왜 부모님 속을 썩여요? 당신은 나이도 있고 하니 그냥 빈말이라도 결혼하신다고 하면 되잖아요.

하지만 당신은 아시나요? 그때 제 속마음은 그렇지가 않았다는 걸. 그때 제 마음은 이렇게 말하고 있었어요.

'내 마음은 그게 아니었어요. 나를 데리고 어디라도 도망을 가주세요. 지금 내 눈은 그 말을 하고 싶은데……. 당신은 그 눈을 알아챘나요? 아니면 혹은 모른 척 하나요?'

하지만 당신은 내 말에 소리를 지르셨죠.

—'결혼하면 되잖아요'가 아니라 결혼 상대 여성을 아예 집으로 데려왔다니까. 당신은 화가 안 나오?

화가 안 나다니요. 당신의 그 말에 저는 가슴이 내려앉으며 숨을 쉴 수가 없었어요. 바람에 날리는 저 꽃잎들을 보세요. 아득히 땅바닥으로 떨어지는 저 꽃잎들을 보세요. 꽃잎 한 점 한 점이 모두 제 눈물이에요. 결혼 상대가 당신의 집으로 찾아왔다니요. 왜 나는 아니죠? 내가 무어라고 말해야 할까요? 난 내 슬픔보다 당신이 더 걱정돼요. 그저 당신을 안심시키려 그렇게 말한 거예요. 화가 안 나다니요. 그때 아무렇지도 않으려 얼마나 내 자신을 다 잡고 있는지 당신은 모르셨나요. 정말 모르셨나요? 그렇지만 저는 아무렇지 않은 듯 당신을 달래줬어요.

— 어머! 그 정도예요? 그럼 당분간 여기 머물면서 생각을 해보세요.

그렇게라도 당신을 내 곁에 두고 싶었어요. 그렇게 해서 당신은 나와 함께 지내게 되었죠. 잊을 수 없는 봄밤들이 흘러갔어요. 그 뒤로 꿈결 같은 여름과 가을, 겨울이 흘러갔어요. 그리고 또 다시 죽어서도 잊지 못할 봄밤들이 찾아왔죠. 그러던 어느 날 당신의 어머니와 남동생이 함흥으로 찾아왔었죠. 정혼한 여자를 집에 데려다 놓고 이게 무슨 짓거리냐고. 그러고는 당신의 어머니는 나를 설득하시며 사정을 하셨어요. 그때 제가 무얼 할 수 있겠어요. 저는 기생인 걸요. 평범한 여성의 삶을 살 수 없는 기생인 걸요. 당신 어머니 말처럼 기생이 결혼을 꿈꾸다니요. 당신과 함께 보낸 봄밤들로도 이 기생에게는 당신이 과분한 선물이죠.

— 네. 알겠어요. 저도 그이를 설득해보겠어요.

제 말을 믿고 돌아서는 당신의 어머니를 보면서 전 가슴이 찢어질 듯 아팠어요.

나로 인해 당신이 힘들어지면 안 되는데……. 당신이 저녁에 돌아 왔길래 낮에 있었던 이야기를 들려주니까 당신이 나를 안고 흐느끼며 말하셨어요.

— 도화, 조금만 기다려 줄 수 없겠어? 도화 없는 내 인생은 시가

없는 삶과 다를 게 없어. 내 부모님을 설득해볼게.

　당신은 부모님을 설득하실 수 없을 거예요. 제가 기생이 되겠다고 할 때 어머니를 설득 못했던 것처럼. 이건 설득의 문제가 아니에요. 이건 운명의 문제예요. 그날 밤 전 결심했어요. 당신을 떠나보내기로. 한 잠도 못 잔 다음 날 새벽에 글자 몇 자를 남기고 당신을 떠나야만 했죠.

　'용서하세요. 저로 인하여 당신의 미래를 망칠 수는 없어요. 당신이 집으로 들어갔다는 전갈이 전해질 때 돌아오겠습니다.'

　그런 날이 며칠 지나고 집에 돌아와서 가장 먼저 눈에 띈 것은 나의 메모 밑에 적어놓은 당신의 글씨였어요.

　'고향으로 돌아가 부모님을 설득해보겠소. 일 년만 기다려주시오. 모든 일들을 정리하고 도화에게 오겠소.'

　나는 전혀 몰랐습니다. 아니 아무것도 몰랐습니다. 그것이 우리의 마지막이 될 줄은. 전쟁으로 우리가 이렇게 영원히 이별하게 될 줄이야.

　겨울비가 추적추적 내리는 날이면, 우산도 안 쓴 채 중절모에 바바리코트를 걸치고 가방을 들고 걷던 당신의 모습이 내 가슴에 밀려오곤 했죠. 과거에 당신과 보낸 수많은 슬픔과 기쁨을 홀로 부질없이 안타까워합니다. 뼈마디 마디에서 배어 나오는 고통에 영혼마저 몸서리가 쳐집니다. 그렇게 당신이 예뻐해주시던 제 발에 저는 곱게 빚은 버선을 신었습니다. 가끔 내 발을 씻겨주며 간질이기도 하고 당신이 입맞춤까지 해줄 때면 나는 쑥스러우면서도 행복감에 취해 어리광을 부렸었지요. 서울에서 홀로 집안 청소를 하다 문득 당신의 낡고 헤진 구두가 눈에 들어옵니다. 내가 버리지 않고 챙겨 온 당신의 낡고 헤진 구두이지요. 내 그리움과 설움, 외로움과 고독이 사무칠 때 당신의 구두를 가슴에 꼭 껴안는 버릇이 생겼습니다. 당신의 낡은 구두 한 켤레를 품에 안으면 당신의 따뜻하고 감미로운 품에 안긴 듯 하곤 했지요. 낡아 떨어진 구두가 이제는 내 영혼의 안식처가 되어버렸지요. 구두 한 켤레를 가슴속에 품고 울다 지쳐 잠이 들기도 했어요. 당신은 이름 글자 그대로 손에 쥐면 따숩고 놓으면 차갑기만 한 옥석 같은 선비였지요. 그래도 사랑에는 불꽃 튀는 정열이 언제나 넘쳐흘렀어요. 조금만 기다리란 당신의 그 말이 이제는 이렇게 기약 없는 생이별이 될 줄은 정말 꿈에도 몰랐습니다. 당신이 그랬었나요.

"아마 생이별처럼 아픈 것은 없을 거야? 드러낼 수 없고 마음껏 불태울 수 없는 사랑. 끓는 피를 주체할 수 없는 사랑. 열정적으로 당신을 찾는 그 시선을 당신은 볼 수 없을 거야. 어찌 보면 인생은 원래 짧은 만남과 영원한 이별의 연속이라고들 하지."

당신과의 사랑은 시적이고 형이상학적이고 고상하고 지순하고 감동적이었지만 지금은 그것들이 세월이 흐르면서 퇴색되어 오히려 처절함만이 내 가슴에 앙상한 겨울 나목이 되고 말았습니다. 생각해보면 함흥 땅의 2월은 그야말로 동토의 나라처럼 영하 30도를 웃도는데다 눈이 내린 도로는 빙판이 되곤 했지요. 겨울의 찬바람은 눈 내린 빙판을 훑고 지나갔습니다. 살을 에는 추위로 문고리에 손이 붙으면 떨어질 줄 몰랐지요. 그런 혹한 속에서 외투 깃을 올리고 중절모를 푹 눌러쓴 채 양손을 주머니에 깊이 집어넣고 걷던 당신의 뒷모습. 그 모습만 아련합니다. 손목에 가방을 걸고 걷던 당신의 뒷모습. 그 뒷모습만으로 나는 당신을 알아보았지요.

"일 년이야. 일 년만 기다리면 돼. 내년 이맘때면 우리 둘이 그렇게도 갈망하던 신혼살림을 차리는 거야."

하지만 우리는 이별하였지요. 영영 이별하였지요. 6.25가 터지면서 영영 이별이 될 줄이야. 그 누군들 알았겠어요. 당신이 나를 찾아 함흥으로 오셨다는 그 말에 당신을 향한 그 모든 원망과 그리움과 아쉬움이 봄눈 녹듯 사라지는군요. 무엇보다 그 차가운 땅에 살아계신다니 언젠가는 한 번 만나리라는 기약을 품을 수 있어 이 도화는 그것으로도 족합니다.

부디, 저의 어리석음과 그리움으로 당신을 이 깊은 밤에 불러낸 저를 용서하시기 바랍니다. 이 편지가 당신에게 갈 수는 없지만 언젠가 남북이 통일되면 당신에게 부치고 싶군요. 부디 그때까지 살아만 계세요.

> 나는 이 세상에서 가난하고 외롭고 높고 쓸쓸하니 살어가도록 태어났다
> 그리고 이 세상을 살어가는데
> 내 가슴은 너무도 많이 뜨거운 것으로 호젓한 것으로
> 사랑으로 슬픔으로 가득 찬다
> 그리고 이번에는 나를 위로하는 듯이 나를 울력하는 듯이

눈질을 하며 주먹질을 하며 이런 글자들이 지나간다
하눌이 이 세상을 내일 적에 그가 가장 귀해하고 사랑하는 것들은 모두
가난하고 외롭고 높고 쓸쓸하니
그리고 언제나 넘치는 사랑과 슬픔 속에 살도록 만드신 것이다
초생달과 바구지꽃과 짝새와 당나귀가 그러하듯이
그리고 또 '프랑시쓰 쨈'과 도연명陶淵明과
'라이넬 마리아 릴케'가 그러하듯이

난영은 그날 밤 마당으로 나가 북쪽 하늘을 보며 시인에게 부칠 수 없는 편지를 불태워버렸다. 빨간 불꽃에 까맣게 그슬리며 타들어가는 편지를 보며 난영은 불꽃같았던 시인과 사랑과 그 사랑으로 까맣게 타들어갔던 자신의 가슴을 보는 듯했다.

돌이켜보면 난영과 시인의 사랑은 '이 세상에서 가장 외롭고 높고 쓸쓸하니 살아가도록 태어난' 두 사람의 운명이었다.

이 세상에 나들이를 온 것이다

'이 세상에서 가장 외롭고 높고 쓸쓸하니 살아가도록 태어난' 그 운명은 난영과 시인만의 운명이 아니었다. 위고석으로 인해 난영은 또 다시 자신이 원하지 않은 운명을 살게 되기 때문이다.

위고석은 처음 월성각을 찾아온 뒤로 심심치 않게 혼자 월성각을 방문했다. 처음엔 난영이 위고석을 접대했지만 위고석도 난영이 불편한 기색이었다. 그도 그럴 것이 아무리 기생집이지만 친구의 연인과 술자리를 한다는 것이 위고석에게는 썩 마음이 내키는 일은 아니었다. 난영은 그런 위고석을 편하게 해주고자 당시 기생 중 언문에 트인 이제 갓 스무 살의 심순복이라는 아이를 방에 들여주곤 하였다.

순복은 전통 기생 수업을 받은 적이 없는 아이였다. 간신히 중학교 졸업은 하였으나 전쟁 통에 가족을 모두 잃은 불쌍한 아이였다.

의지할 때 없던 차에 월성각에서 낸 종업원 모집공고를 보고 제 발로 들어온 친구였다. 다행히 성격이 밝고 얼굴이 박색은 아닌지라 손님 중에 순복을 찾는 이들이 꽤 있었다.

그런데 낌새가 심상치 않다 싶더니만 위고석과 순복이 눈이 맞아 둘이 몰래 여행까지 다녀온 눈치였다. 난영은 그런 순복을 따로 불러 손님과 절대 밖에서 만나면 안 된다고 주의를 주었지만 난영 자신도 손님으로 온 시인의 연인이 되지 않았는가 싶어 위고석과의 관계를 엄하게 금지하지는 못했다. 허나 마음에 걸리는 게 있다면 위고석은 그때 처자식이 있었다. 그것이 화근이 되었을까.

순복의 임신 소식이 난영의 귀에 전해졌다. 기가 찰 노릇이었다. 월성각의 이미지도 이미지였지만 기생과 손님 사이에도 지켜야 할 불문율이 있는 것인데 난영은 철없는 순복이보다 위고석이 원망스러웠다.

난영은 순복을 불러 자초지종을 듣고 애를 지울 것을 권했다.

— 아이를 낳을 셈이니? 처녀가 애를 가지고 일을 어찌 하려고 하느냐?

— …….

순복은 그저 눈물 바람일 뿐이다. 난영은 순복이 안쓰럽고 측은하였지만 순복의 미래를 위해서 단호하게 말할 수밖에 없었다.

— 사정은 알겠지만, 위고석 씨와 혼인을 할 것이 아니라면 이쯤에서 결정을 하는 것이 좋을 거야.

그런 난영이 원망스러워서일까. 순복이 출근조차 하지 않는 날이

잦아졌다. 당시 난영은 월성각의 지배인으로 사촌 동생 내외를 두고 있었다. 사촌 동생 내외가 부지런을 떨며 일해 준 덕분 난영은 월성각의 살림에서 한시름을 놓고 있었다. 일 년이 채 안 돼 월성각의 식구들이 60여 명이 넘게 되었는데 월성각 소속 기생만 스물다섯에 잡일하는 시종들이 10여 명이 그리고 주방 인원이 15명 정도가 되었으며 후학으로 키우고 있는 아이들이 10여 명 정도 되었다. 어느새 조그마한 중소기업 정도로 사업이 확장되었던 것이다.

그 뒤로 순복의 일을 사촌 내외에게만 전해들을 뿐 난영도 정신없는 날들을 보내고 있었다. 매주 정부기관장들이 모시고 오는 외국 손님만 해도 50여 명이 넘었다. 단체로 올라치면 그야말로 월성각의 방이 부족할 판이었다. 그런 연유로 난영은 순복의 일이 마음 한편에 가시처럼 박혀있었지만 출근 여부조차도 알지 못했다.

그러던 어느 날.
난영이 순복의 행방을 사촌에게 물으니 사촌 얘기로는 순복이 출근을 안 한 지가 꽤 오래 됐다며 그때 이미 배가 많이 부른 상태였다고 한다. 걱정이 앞선 난영이 순복의 집에 사람을 보내 알아본 바로는 순복이 집을 나간 지 꽤 되었다고 한다. 불길한 마음으로 하루하루를 보내고 있을 때 위고석이 난영을 찾아왔다. 초췌한 위고석이 넋이 나간 듯 난영에게 그간의 일을 들려준다.

— 순복이가 안 보이더니 어느 날 저를 찾아왔습니다. 이미 배는 불러있고 임신 3개월이라 하더군요. 아이를 낳겠다고 합니다.

난영은 위고석의 무책임함에 화가 났다.
― 아니, 그럼 그 전에 아무것도 모르셨단 말이에요?
하루가 멀다 하고 월성각에 들러 순복이를 꿰차고 앉아 둘이 몰래 여행까지 다녔던 그였다. "늦게나마 사는 맛을 본다"는 둥 "너로 인해서 시 구절이 절로 나온다"는 둥 옆에서 보는 이들이 시샘을 낼 정도로 꼴사납기도 했던 그였다. 위고석은 순복의 임신 소식이 청천벽력과도 같았다. 어찌 해야 할지 방도를 몰라 입에 침이 마르고 손에 일이 잡히지 않았다. 자신의 가족들이 알면 그야말로 모든 것들이 풍비박산이었기에 차라리 죽고 싶었다. 그렇게 고민하다가 난영을 찾아온 것이다. 난영은 아무리 위고석이 시인의 친구라지만 내심 탐탁지 않게 보고 있었다. 위고석은 술에 취하면 흥이 너무 앞서고 말이 많아지면서 주변을 불안하게 만들곤 하였다. 난영이 난감한 듯 말이 없자 위고석이 갑자기 난영의 손을 덥석 잡고는 애걸복걸한다.
― 난영 씨 한번만 도와주십시오. 제발 순복을 설득해 주십시오. 난영 씨도 아시다시피 전 딸린 처자식이 있는 몸입니다.
난영은 기가 찼다.
― 아시잖습니까? 이미 엎질러진 물입니다.
임신 3개월이라 아직 늦은 것은 아니었다. 그렇지만 제 씨앗임을 잘 알면서도 일말의 주저함도 없이 그저 뱃속에서 없애기만을 바라는 위고석이 난영은 잔인하게까지 느껴졌다. 하지만 난영 역시 딱히 다른 방법이 떠오르지 않았다.

― 제가 순복이를 만나 잘 설득해서 방법을 찾아보겠습니다. 돌아가 기다리시는 게 어떠실지요?

월성각 사람들에게 순복의 거처를 수소문하라고 부탁한 뒤 얼마 되지 않아 순복이 난영 앞에 불려왔다. 얼마나 많은 마음고생을 했는지 얼굴이 말이 아니었다. 한창 꽃 같은 나이에 혼자 마음고생을 하고 있는 순복을 보자 난영도 마음이 찢어질 듯 아파왔다. 난영은 순복을 달래면서 설득하기 시작했다.

― 너도 생각해봐라. 애비 없는 자식 낳아서 자식이 엄마를 원망하면 어떻게 하려고. 또 너 혼자 입도 풀칠하기 어려운데 아이는 어떻게 키우려고 그래. 아직 늦지 않았으니까 잘 판단하자.

그러나 순복은 뜻을 굽히지 않는다. 아니, 아이처럼 막무가내다.

― 괜찮아요. 아무도 모르게 혼자 키울 수 있어요. 걱정 마세요. 언니, 제가 왜 애비 없는 자식한테 원망 듣고 위 선생님한테 걱정 끼쳐드리면서까지 애를 낳아 키우려 하겠어요?

순복의 말에 난영의 머릿속이 어지러워진다. 난영은 그동안 뱃속의 핏덩이를 낳아서 키우려는 것이 여자의 본능이라고만 생각했지 그것이 어떤 이유가 있을 것이라고는 한 번도 생각하지 못했기 때문이었다.

― 언니도 알다시피 가정 형편이 어려워 술 파는 요릿집에 취직을 했는데 어느 남자가 저 같은 여자와 결혼하겠어요. 세상이 아무리 변했다 해도 저는 술 따르는 접대부일 뿐이잖아요. 나중 이 일을 그만둔다 해도 과거를 숨기고 한평생을 어떻게 살겠어요? 언니는 숨

기고 살 수 있을 것 같아요? 그런 저를 위 시인께서 어여삐 여겨주시고 무엇보다 제가 시인을 사랑해요. 서로 사랑하고 뜻이 맞아 이렇게 임신까지 되었는데 세상이 왜 나한테 이러는지 모르겠어요. 대체 뭘 어떻게 하라는 거죠…….

난영은 순복의 말에 열여섯에 기생이 되어 만났던 동료들과 언니들이 떠올랐다. 세상이 변했다고 하지만 기생들에게 더 좋게 변한 것은 아니었다. 그 당시에는 풍류를 즐길 줄 아는 여성을 기생이라고 불렀지만 지금의 현실은 돈을 벌기 위해 술집에 나가는 여자로만 알고 있었다. 순복의 말처럼 사회적 질시와 편견으로 인해 미래가 막막할 것이다.

어느새 눈물범벅이 된 순복이 이야기를 이어갔다.

― 이렇게 된 바에야 많이 배우고 똑똑한 위 시인의 씨앗이니 차라리 이 아이를 낳는 게 좋지 않을까 생각했어요. 그 애비에 그 자식 아니겠나 싶어서. 차라리 이 애를 낳아서 아이와 함께 내 미래를 꾸려보는 것이 좋을 것 같다고 생각했어요.

난영은 마음이 착잡해진다. 자신이야 좋은 인연들을 만나 잘 풀린 경우이지만, 대다수의 기생들이 잘된 것은 아니었다. 특히 순복처럼 예능에 재능이 없는 기생들은 돈에 달려들었고 끝내 몸을 파는 창녀가 되기도 했다.

― 그랬구나, 네 마음은 전혀 헤아리지 못했다. 나도 너와 같은 여자인데 미안하다. 미안하구나.

순복은 할 말이 남았다는 듯 난영의 위로는 뒤로하고 이야기를 이어갔다.

─그 생각에 배가 불러와도 걱정은 사라지고 점점 미래가 행복해질 거란 확신이 들었어요. 자신감도 생기고 없던 생기도 돌고 의욕이 생겨났어요. 아이만 생각하면 의지할 것이 있어서 어떤 고난과 세상의 눈총도 이겨낼 수 있다는 자신감에 뱃속에서 애를 키워나갔어요. 제 부족함은 이루 말할 수 없고 이해할 수 없는 것투성이겠지만 언니 부디 용서해주세요.

그렇게 말하며 순복은 난영에게 마지막으로 절을 올리고 월성각을 떠났다. 그런 순복을 잡을 수가 없었다. '왜 저 아이는 평범한 여자의 삶을 살지 못하게 되었을까?' 난영은 순복이 떠난 뒤로 기생이라는 운명에 대해 깊은 회의 빠져들었다.

그렇게 몇 달이 지났을까. 갑자기 산부인과 병원에서 월성각으로 난영을 찾는 급한 전갈이 왔다.

다시는 난영을 안 볼 것처럼 사라진 순복이 한편으로는 안쓰럽고 괘씸했지만 순복이 오죽하면 자신을 찾겠나싶어 한달음에 산부인과로 향하였다. 병원에 도착하여보니 얼굴이 사색이 된 의사와 간호사가 동분서주하면서 안절부절 못하고 있었다. 심상치 않은 분위기였다. 예감이 좋지 않았다. 무엇이 잘못되었느냐고 난영이 병원 사람들에게 묻자 난산이라며 최선을 다하는 있는 중이라고만 한다. 난산의 고통으로 순복은 정신이 반쯤 나가 있었다. 난영은 순복에게 다른 걱정은 하지마라 당부하며 손을 꼭 잡아준다. 순복이 힘없이 눈을 감은 채 나지막한 목소리로 난영에게 말한다.

― 언니, 설령 내가 없더라도 애기 좀 부탁해.

순복의 말에 난영은 불안해진다.

― 너 미쳤니? 그런 소릴 왜 해? 의사가 잘 될 거라고 했어. 조금만 참아보자. 그리고 아이 걱정은 하지 마. 무사히 아이를 낳으면 나와 함께 같이 키우자.

― 언니, 고마워. 언니, 내가 저 세상에 가더라도 이 빚은 꼭 갚을게.

― 그래, 지금은 아무 생각하지 마. 내가 다 알아서 해줄 테니까. 건강하게 애만 낳아.

순간 순복이 힘없이 손을 떨구더니 이내 정신을 잃었다.

― 순복아! 순복아!

그 맑고 거룩한 눈물의 나라에서 온 사람이여
그 따사하고 살틀한 볕살의 나라에서 온 사람이여

눈물의 또 볕살의 나라에서 당신은
이 세상에 나들이를 온 것이다.
쓸쓸한 나들이를 단기려 온 것이다.

눈은 폭폭 나리고

순복이는 자신의 죽음으로 어린 생명을 살린 것일까. 그것을 아는지 모르는지 아기의 울음소리는 그 어느 소리보다도 명료하고 우렁찼다. 아기의 첫 울음소리는 생명의 신호탄이었다. 탯줄을 자르고 거꾸로 들어 엉덩이를 한두 번 때리자 아이는 더 큰 소리로 응아응아 울어대었다. 이제 자신이 세상에 있다는 것을 알리려는 간절한 신호인 것만 같았다. 아기의 존재와 탄생은 그 어떤 설명도 필요 없는 위대한 신비이자 기쁨이었다.

아기의 탄생을 기뻐할 겨를도 없이 순복의 장례를 어떻게 치를 것인가가 문제가 되었다. 아기의 아버지인 위고석에게 알릴까 싶었지만 지금은 아닌 것 같았다.

난영은 자신이 우선 아기를 거두기로 했다. 우는 아기를 품에 받아 안자 순복의 마지막 말이 난영의 귓전을 울렸다.

— 언니, 설령 내가 없더라도…….

아무래도 자신이 서질 않았다. 아기를 낳아 본 적도 키워 본 적도 없는 난영이 아기를 맡아 키울 수는 없었다. 하지만 가족도 없이 난영 자신만을 의지해왔던 순복의 처지를 생각하면 아기를 남에게 맡긴다는 건 못할 짓이었다. 우선은 월성각 사촌에게 연락해 순복의 죽음을 알렸다. 그리고 순복의 장례식을 치르기 위해 3일간 월성각을 휴업하기로 했다.

'네가 월성각에 처음 왔을 때 네게 옷을 한 벌 사주었더니 태어나서 이렇게 곱고 좋은 옷은 처음 입어본다면서 깡충깡충 뛰면서 좋아하던 네 모습이 선하구나.'

화장을 한 뒤, 한줌의 재로 남은 순복을 종기 그릇에 담아서 월성각 담장 뒤 매화나무 밑에 얌전히 묻어주었다. 그러고 보니 매화나무는 난영에게도 특별한 나무였다. 난영은 외로울 때면 월성각 뒤편 북악산에 올라 북녘 하늘을 바라보며 시인을 그려보곤 했는데 그때 산에서 발견한 것이 조그만 매화나무였다. 모진 겨울 추위에도 아랑곳하지 않고 꽃을 피우는 매화나무는 시인이 유독 사랑했던 나무였다. 한 겨울 매화나무가 보여주는 고결한 기품과 결백은 시인 그 자체였다. 순복은 그날 이후 매화나무를 뒤뜰에 옮겨 심어놓고는 시인을 그리워하는 마음을 달래곤 하였다.

— 순복아, 살아서 기다리고 소원하던 것이 오지 않았다고 해서

너무 상심하지 말아라. 아무리 혹독한 고난이라도 기다리고 인내하면 언젠가 꼭 꽃은 핀다. 이번 생에 꽃을 못 피웠다고 너무 한스러워하지도 말고 다음 생엔 부디 꽃 피거라. 그때 우리 너의 아이와 다시 만나자.

순복을 묻고 마루에 걸터앉아 한시름 놓는데 아기가 잠에서 깨어났는지 요란스레 울어대었다. 사촌댁이 부리나케 달려가 우는 아기를 안고 다독거렸다. 그 소리에 갑자기 난영은 정신이 번쩍 든다. 아기의 앞날을 위해서라도 아기 아빠인 위고석을 만나 상의하는 게 순리라 생각되었다. 난영은 사촌을 불러 위고석에게 만나자고 전갈을 넣도록 했다.

저녁 무렵 위고석이 난영을 찾아왔다. 위고석도 순복의 소식을 들었는지 넋이 나간 표정으로 울기만 한다. 어쨌거나 지금 이 순간 위고석만큼 슬픈 사람이 어디 있겠는가 싶어 난영도 마음이 잠시 흔들린다. 그러나 난영은 아기를 위해서라도 독하게 마음먹고 작심하듯 말한다.

― 순복이는 잘 보내주었습니다. 제가 해야 할 일은 다 끝난 것 같습니다. 위 선생님을 뵙자고 한 건 다름 아니고, 아기 문제입니다. 이 아기가 위 선생의 자식인 건 다 아는 사실입니다. 그러니 위 선생님이 아기를 데려가 주시기 바랍니다. 남의 자식을 내 마음대로 할 수도 없고 해서도 안 되기 때문입니다.

난영은 말을 끝낸 후 사촌댁에게 아기를 데려오라 부탁했다. 순간 위고석의 얼굴이 사색으로 변한다.

― 난영 선생이 잘 아시잖습니까. 저로서도 현재는 방법이 없습니다.

난영이 위고석의 말이 끝나기가 무섭게 '그럼 위 선생님 사모님에게 상의를 해야겠네요' 하자 위고석이 갑자기 난영 앞에 무릎을 꿇더니 싹싹 빌기 시작한다.

― 내가 쫓겨나면 쫓겨났지 그것만큼은 절대 안 됩니다. 난영 선생 부탁합니다. 제가 양육비를 보내드리겠으니 염치 불구하고 난영 씨가 맡아서 키워주시면 안되겠습니까?

난영은 어떻게 사람이 이렇게 뻔뻔할 수가 있는지 어처구니가 없어 말문이 막힌다. 그런 난영에게 위고석 자신도 면목이 없는지 이마를 마루 바닥에 찧어대며 용서를 구한다.

― 면목이 없습니다. 제가 지금 얼마나 뻔뻔한 부탁을 하고 있는지 잘 압니다. 그러나 제 처자식을 버릴 수는 없습니다. 난영 씨, 친구를 생각해서라도 한번만 도와주시면 평생 그 은혜 갚도록 하겠습니다.

'친구를 생각해서라도'라는 말에 난영의 독한 마음이 흔들린다. 생각해보니 난영도 위고석의 마음이 이해가 가기도 했다. 하룻밤 풋사랑에 임신한 여자가 갑자기 나타나 막무가내로 애를 낳아 혼자라도 키우겠다하니 청천벽력이었을 것이다. '어떻게 하면 좋단 말인가? 아기를 위해서라면 부모가 필요하고, 위고석 씨 가족을 위해서라면 위고석 씨 부탁을 따라 주어야하고' 난영이 고민에 빠져있을 때 사촌댁이 강보에 아기를 싸들고 방안으로 들어온다. 아기도 방

안의 분위기를 알았을까. 아기가 방안으로 들어오자마자 서럽게 울어댄다. 위고석은 차마 얼굴을 들지 못한다.

난영이 사촌댁에게 아기를 건네받고 아기를 달래본다. 그러자 아기가 난영을 보며 언제 그랬냐싶게 벙긋 웃는다. 그 순간 난영은 이 아이와 떨어질 수 없겠다는 예감이 든다.

— 위 선생님이 그러하시다면 일단 저희 집에 맡겨놓고 저도 방법을 찾아보겠습니다. 방법이 생각나면 그때 연락을 드리겠습니다.

놀란 사촌댁이 어리둥절해하며 난영에게 무슨 말인가를 하려고 하자 난영이 아기를 사촌댁에게 건네주며 나가 있으라고 말한다. 사촌댁이 나가자 위고석이 목 놓아 울면서 바닥에 머리를 짓찧는다.

— 이 죄를 어떻게 하면 좋겠습니다. 순복 씨를 정말 사랑했지만 가난한 제가 어떻게 할 수가 없습니다. 죽고 싶어도 죽을 수도 없는 게 바로 접니다.

난영은 가난이 무슨 죄가 되겠냐 싶지만 가난 때문에 죄를 짓게 되는 게 현실이라는 걸 잘 알고 있었다.

— 죽지 마세요. 위고석 씨가 죽는 건 순복이가 바라는 게 아닐 겁니다. 당분간은 제가 맡아 볼 테니 방법을 찾아봅시다.

— 난영 씨. 고맙습니다. 고맙습니다. 세상에 난영 씨 같은 분이 어디 있겠습니까. 이 은혜는 제가 죽어서라도 갚겠습니다.

— 바쁘실 텐데 이만 가보세요.

위고석이 돌아가고 그날 밤 그해 첫 눈이 내렸다. 아기를 위한 축복인지 가난한 사랑에 대한 위로인지 눈은 밤새도록 내려 쌓이고 아기는 응앙응앙 울어대었다.

　눈은 푹푹 나리고
　아름다운 나타샤는 나를 사랑하고
　어데서 흰 당나귀도 오늘밤이 좋아서 응앙응앙 울 것이다

너는 오늘 아침 무엇에 놀라서 우는구나

 월성각에도 봄이 오고 있었다. 그 뒤로 위고석은 가끔 서신으로 안부만 물었다. 차마 월성각으로 찾아올 용기가 나지 않아서일 것이다. 방법을 찾아보자고 했지만 난영도 딱히 방법이라곤 없었다. 아기를 고아원에 맡길 엄두도 나지 않았고 그렇다고 다른 사람에게 입양시킬 엄두는 더더욱 나지 않았다. 그렇게 시간은 흘러갔다.
 ― 응애, 응애.
 쉬이 그치지 않는 아기 울음소리에 월성각 별채가 들썩였다. 아기는 별채에서 난영이 맡아 키우고 있었다. 평상시 같으면 벌써 잠이 들었을 시간인데 아기는 눈물과 콧물이 범벅 되도록 울면서 보챈다. 난영이 갖은 방법을 써 보아도 아기는 울음을 그치지 않는다. 어디가 아픈 것일까? 그렇지 않고서야 몇 시간째 보채며 울어 댈 리가 없었다. 아기를 한 번도 키워본 적 없는 난영은 애가 탄다. 늦은 밤에 병원을 데려갈 수도 없었다. 급기야는 사촌댁이 사랑채에서 건너오더니 자신의 젖꼭지를 아기 입에 물린다. 아기는 젖무덤을 부여잡고 오물오물 젖을 빨아댄다. 아기의 이마에 땀방울이 맺힌다. 그 모습을 지켜보던 난영은 혼비백산이 되었던 정신을 가다듬고 한숨을 몰아쉬었다. 긴장이 풀린 것도 잠시, 아이의 모습을 보고 있자니 앞으로 어떻게 키워야 할지 엄두가 나지 않았다.

— 사촌댁은 아직도 젖이 나와?

사촌댁이 덤덤하게 웃으며 말한다.

— 아녀요. 아가씨도 참.

이마에 땀방울이 송글송글 맺히기는 사촌댁도 마찬가지였다.

— 그런데 아이가 왜 저렇게 젖을 빨고 있어?

— 모르겠어요. 아이는 젖을 먹으려고 빠는 게 아니라 엄마를 느끼려고 젖을 빠는 것 같아요. 저는 아이들을 키우다보니 아이가 울면 젖을 물리던 버릇이 있어서…… 아기들은 젖을 물면 울음을 그치고 젖을 빨면서 잠을 자더라고요.

난영은 그제야 알겠다는 듯.

— 아하. 알았어. 나는 그 생각을 못했네. 앞으로 아기에 대해서 많이 좀 배워야겠네.

그러는 사이 아기는 공갈 젖을 빨고도 새근새근 숨소리를 내며 언제 그랬냐는 듯 잠들었다.

— 잔다. 됐네. 말이라도 하면 좋겠는데 말도 못하고 울기만 하니 좀 겁이 나야지. 이쪽으로 아기를 눕히게.

잠든 아기를 이불 위로 조심스레 뉘어 놓았다. 두 사람의 눈길이 아기에게 멈췄다.

— 자는 사람 깨워서 미안해. 어서 가서 자게.

난영이 목소리를 낮춰 사촌댁을 채근하였다. 시계를 보니 열두 시가 한참 넘은 시간이었다.

— 그나저나 아기의 아버지는 뭐라고 하던가요? 무엇보다 출생 신고를 해야 할 텐데요.

— 출생 신고?

난영은 아직까진 그런 생각까지 할 순 없었다. 그래도 아기의 아버지인 위고석이 판단할 일이었다. 사촌댁이 별채를 나가자 잠들었던 아기가 다시 운다.

촌에서 온 아이여
촌에서 어젯밤에 승합자동차乘合自動車를 타고 온 아이여
이렇게 추운데 웃동에 무슨 두룽이 같은 것을 하나 걸치고
아랫도리는 쪽 발가벗은 아이여
뽈다구에는 징기징기 앙광이를 그리고 머리칼이 놓한 아이여
힘을 쓸랴고 벌써부터 두 다리가 푸둥푸둥하니 살이 찐 아이여
너는 오늘 아침 무엇에 놀라서 우는구나
분명코 무슨 거짓되고 쓸데없는 것에 놀라서
그것에 네 맑고 참된 마음에 분해서 우는구나

그 후론, 갑작스레 아이가 울음을 터뜨리면 난영은 사촌댁이 했

던 것처럼 자신의 마른 젖꼭지를 아기 입에 물려 어르고 달랬다. 그럴 때마다 아기는 젖도 안 나오는 젖꼭지를 입에 물고 조약 손으로 난영의 젖무덤을 부여잡고 빤다. 그런 아기의 모습이 얼마나 앙증맞고 귀여운지 난영은 덜컥 겁이 나기도 한다. 아기와 정이 들면 어떡하지 싶다. 언젠가 아기와 헤어져야 할 텐데. 난영은 아기와 정이 들면 들수록 마음이 불안해져 간다. 차라리 자신이 배를 앓아 낳은 아기면 얼마나 좋을까 그런 생각도 든다. 그런 생각이 들면 난영은 자신도 모르게 마음 한구석이 아린다. 평범한 여자들이 느끼는 일상의 행복을 왜 자신은 가질 수 없는지 자신의 운명이 원망스럽기도 한다. 순복이가 왜 그렇게 아기를 낳고 싶어했는지 이해가 될 것도 같다.

그렇게 아기는 난영의 일부가 되어갔다. 난영은 일을 하면서도 아기의 얼굴이 아른거려서 틈만 나면 아기를 안아주고 등에 업고 어르면서 아기가 주는 기쁨에 푹 빠져 지냈다. 어느덧 월성각의 기생들도 쉬는 시간이면 아기를 찾았고 아기는 월성각의 귀염을 독차지하고 있었다.

어느새 한 해가 지나고 위고석에게 오던 서신도 끊어졌다. 차라리 잘된 일이라 생각되었다. 모질지만 어쩔 수 없는 일 아니겠는가 싶어 난영도 일부러 위고석을 찾지 않았다.

한편 월성각은 이렇다 할 부침 없이 순탄하게 사업이 확장되고 있었다. 난영은 자신과의 약속을 지키기 위해 돈을 벌면 모두 후학들을 위해 썼다. 그쯤 난영은 지연재와 함께 월성각 안에 전통문화학교를 세웠다. 술 파는 기생집이라 천대 받던 요릿집이 외국인들에게는 대한민국을 상징하는 장소가 되었고 사멸해가는 한민족의 전통문화의 맥을 잇는 곳이 되어가고 있었다. 그러할수록 북에 있는 시인에 대한 난영의 그리움은 커져만 갔다.

다행히도 그리움으로 병이 든 시름을 아기가 채워주고 있었다. 어느덧 두 해가 지나고 아이는 하루가 다르게 쑥쑥 자라났다. 일주일이 멀다 하고 재롱이 하나 둘 늘어났다. 자라나는 아이는 난영에게 생명의 신비 그 자체였다. 아이는 난영의 하루하루를 새롭게 열어주었다.

— 까꿍.

아이 얼굴에 미소가 떠올랐다.

— 몇 살?

손가락을 하나 둘 펼쳐 보이며 아이가 자신의 나이를 만들어 보였다. 이젠 아이의 출생 신고를 더 이상 미룰 수는 없었다. 출생 신고를 하려면 아기의 이름이 필요했다. 난영은 아이의 이름을 무엇으로 지어야 할지 고민이 되었다. 대개 아기의 이름은 할아버지나 아버지가 지어주든지 아니면 점쟁이한테 사주를 보면서 짓는다고들 하는데 난영은 누구에게 부탁하기도 곤란하였다.

'우선 위 선생님 자손이니 성 씨는 위 씨로 해야 할 테고 그 다음은……'

이리저리 궁리를 해보아도 난영의 머릿속에는 아이의 이름이 쉽사리 떠오르지 않았다. 난영은 국어사전도 찾아보고 한자 사전도 찾아보며 여러 이름을 지어본다.

'이승만 대통령 이름을 따서 위승만이라고 할까. 아니면 위 선생의 이름 위고석과 순복이의 이름에서 한 글자씩 따서 위고복이라고 할까. 글쎄, 위석순. 별로 마음에 안 든다.'

그때 난영은 시인의 말이 떠올랐다.

"시를 짓는 일이란 글자를 이리저리 바꿔가면서 그 느낌을 살피고 아는 것이오. 그 글자는 마음을 표현하는 수단인데 다시 말하면 내 마음에 떠오르는 사념들을 이리저리 바꿔보며 그 느낌을 살피고 아는 것이 시를 짓는 일이요. 그러니 시를 짓는 일은 자신을 아는 일이오."

'자신을 아는 일. 그래 나는 이 아기가 커서 대한민국을 위해 위대한 일을 하였으면 좋겠어. 너는 커서 대한민국을 위해 큰 인물이 되어라. 너의 엄마의 불행과 너의 아버지의 슬픔을 딛고 일어나 위대한 사람이 되라.' 난영은 무릎을 쳤다. '위대한. 그래, 네 이름은 위대한이다.'

난영은 아기의 이름을 위대한으로 짓고 자신 앞으로 출생 신고를 올렸다. 이제 아기는 법적으로 난영의 아들이 된 것이다. 난영은 혼자 나지막이 되뇌어본다. '이것이 운명이라는 것일까? 아기가 나의 아들이 되고 그 아이가 자라서 대한민국을 크게 알릴 위대한 인물이 되는 운명' 그러나 그 위대한이라는 이름에 드리운 어두운 그림자를 난영은 그땐 알지 못했다.

대한은 이름과 함께 하루하루 다르게 자라나나 싶었다. 그러나 예상치 못한 문제가 난영과 대한을 찾아왔다. 대한이가 두 돌이 지났을 여름날이었다. 아기가 무얼 주워먹었는지 급작스럽게 구토와 설사를 해대었다. 병원에 가니 의사는 식중독 증상이라고만 한다. 처방약을 먹고 한 1-2주 앓더니 대한이 차도를 보였다. 그때 그 일을 가벼이 본 게 문제였다. 월성각의 일도 정신이 없었지만 후학들을 가르치는 일 때문이라도 난영은 대한을 신경 쓸 겨를이 없었다. 낮에는 시종 아이에게 대한을 맡기다시피 하고 밤에만 대한을 품에 안고 잠을 잤다. 그런데 두 해가 지나도록 아이가 잘 일어나지를 못하는 것이었다. 한쪽 다리 근육도 티가 나게 왜소한 게 어딘가 정상적이지 않아보였다. 사람들마다 돌이 지나면 아이들은 일어나 걸어야 한다면서 대한이가 늦어도 너무 늦다며 고개를 갸우뚱하였다. 난영은 사람들의 말에 걱정이 드는 한편 그럴 수도 있겠거니 하며 개의치 않으려고 하였다. 그러나 난영은 대한의 예방접종을 위해 병원에 방문하였다가 청천벽력 같은 소리를 듣고 만다.

촌에서 와서 오늘 아침 무엇이 분해서 우는 아이여
너는 분명히 하늘이 사랑하는 시인詩人이나 농사꾼이 될 것이로다

우리들은 외로워할 까닭도 없다

― 소아마비입니다. 아이가 불구가 될 수도 있습니다. 너무 늦었군요.

난영은 의사의 말을 듣는 순간 자리에 털썩 주저앉고 말았다.

'이 일을 어쩌나…….'

난영은 대한을 둘러업고 병원 문을 나서기는 했지만 눈앞이 캄캄했다. 당시만 해도 소아마비에 걸린 아이들 중 병을 극복하는 경우는 50프로 정도였고 나머지는 몸의 기형을 안고 평생을 살아야했다. 어떻게 집으로 돌아왔는지 정신이 없는 상황에서도 '너무 늦었다'는 의사의 말이 난영의 마음을 찢어놓는다. 아이가 아팠을 때 알았어야 했는데 일이 바쁘다는 이유로 대수롭지 않게 생각했던 것이 난영은 죽고 싶을 만큼 후회가 되었다. 집으로 돌아와 대한을 요 위에 눕혀 놓자 대한이가 난영의 마음을 아는지 모르는지 방글방

글 웃는다.

'미안하다. 어미라고 하는 년이 바쁘다는 핑계로 너를 불구로 만들었구나. 어떻게 운명이 너한테 이렇게 잔인할 수가 있단 말이냐.'

난영은 설움과 후회를 참지 못하고 매화나무가 있는 뒤뜰로 달려갔다. 뒤뜰엔, 그해 마지막 남은 매화 꽃잎들이 바람에 지고 있었다. 난영은 매화나무 앞에 엎어지듯 쓰러지며 되뇌었다. '어쩌면 좋단 말이냐. 우리 대한이는 이제 어쩌면 좋단 말이냐'

그렇게 되뇌며 얼마나 울었을까. 순간 난영의 눈에 시인의 환영이 나타난다.

— 조금만 기다려. 통일이 안 되면 무슨 방법이라도 써서 당신 곁으로 갈 거야. 당신 곁을 지킬 거야.

시인이 난영에게 걸어오며 말한다. 그러나 그것도 잠시 이내 시인의 모습은 바람에 흩어지고 순복이가 측은한 모습으로 흐느끼며 나타난다.

— 언니, 마음고생이 너무 커서 어쩌지요. 저의 평생 죄를 몽땅 언니한테 맡기고 왔으니…….

그러나 이내 순복의 모습도 사라지고 바람결에 매화나무 이파리들이 일렁이고 있다. 그런데 이번에는 대한과 난영이 보인다.

장맛비가 온 종일 내리는 여름날이다. 난영은 마루에 앉아 처마 밑에 쏟아지는 빗줄기를 바라본다. 다 쓸어 삼킬 것처럼 내리는 비에 난영은 북쪽에도 비가 오는지, 시인이 그립다. 난영 옆에서 대한이가 잠꼬대를 하며 보챈다. 난영은 대한이 옆에 같이 드러누워 마른 젖꼭지를 대한이의 입에 물린다. 대한이의 머리를 쓰다듬으며 가만가만 난영은 노래를 부른다.

저 저 연못 뚝엔
부둘과 연잎 있도다
아름다운신 님이여
애태운들 어찌하리오
자나깨나 님 생각에
눈물만 비오듯 하도다

저 저 연못 뚝엔
부둘과 연잎 있도다
아름다운신 님이여
멋지고 고운 얼굴 훌륭한 자태
자나깨나 님 생각에
가슴속만 답답하도다

쓸쓸허니 먹먹한 여름날이다. 어느새 노래 소리도 빗소리도 사라지고 대한과 난영도 사라진다.

슬픔 속에서 나타났던 환영들이 사라지자 난영은 결심한다. '그래 이 모든 아픈 것들이 있어 내가 시인을 그리워할 수 있는 거야. 난 평생을 아파하고 그리워하도록 태어난 거야. 시인을 향한 그리움으로 대한이를 품어주어야지. 기생의 길을 걸으면서 여자로서 못다 한 한을 대한이 너를 통해 품어주어야지. 네가 커가면서 겪을 아픔을 함께 나누리라. 그래, 어찌 보면 이것이 내 천명인 것 같구나. 내가 너를 기둥 삼아 너의 밑거름과 자양이 되어서 비탈에서 굴러도 절벽에서 떨어져도 너와 한 덩어리가 되어보리라. 이 한 많은 세상이 우릴 버려도 우리는 세상을 버리지 말자구나. 세상을 용서하고 사랑하자구나.'

그날 이후, 난영은 여러 방법을 찾아보았지만 한국에서는 뾰족한 방법이 없었다. 대한은 한쪽 다리가 불편한 채로 그나마 걷기를 시작했다. 굳은 다짐 속에서 난영은 아이를 곁에 두고 보내는 시간이 점점 늘어만 갔다. 대한이의 맑은 눈동자 같은 가을이 오고 있었다. 난영은 언제나 그랬듯 대한을 품에 안고 흰밥에 가재미 살을 얹어 대한에게 먹인다. 운명 앞에 슬프지 않고 울지 않고 원망하지 않게 해달라고.

우리들은 모두 욕심이 없어 희어졌다
착하디 착해서 세괏은 가시 하나 손아귀 하나 없다
너무나 정갈해서 이렇게 파리했다

우리들은 가난해도 서럽지 않다
우리들은 외로워할 까닭도 없다

그리고 누구 하나 부럽지도 않다

흰밥과 가재미와 나는
우리들이 같이 있으면
세상 같은 건 밖에 나도 좋을 것 같다

그립고 저리고 마음이 심란할 때 앞뜰 화단에 한 포기 두 포기 꽃무릇을 심은 것이 이제는 9월이면 붉은 꽃무릇은 앞 산을 집어삼킬 듯 붉다 못해 까만 내 가슴이여.

어진 사람이 많은 나라에 와서

1960년.

대한이의 시름이 어느 정도 밀려가자 그 동안 평온했던 월성각에도 시름이 다가오고 있었다. 이승만 정부의 3.15 관권 부정선거로 인해 학생들이 일제히 대통령 하야와 민주화를 요구하며 들고 일어섰다. 그동안 월성각의 주 고객들이 정부 고위관료들이나 외국 바이어였으므로 한동안 월성각에도 큰 타격을 주었다. 시국이 뒤숭숭한데 요릿집이 잘 될 리 없었다. 그해 4월에 끝내 이승만 대통령이 하야하고 정권이 바뀌었다. 월성각을 운영하는 난영으로서는 긴장하지 않을 수가 없었다. 혹시나 보복을 당할 수도 있었기 때문이다. 왜냐하면 저번 정권의 고위관료들이 월성각의 주 단골손님이었기 때문이다. 역시나 월성각에 대한 보복성 세무 조사가 실시되었다. 월성각의 법적 주인인 난영에 대한 개인 감찰이 이루어졌다. 난영은 수차례 특별한 이유도 없이 정부 감찰 기관 등으로 불려갔다.

그러나 어느새 월성각의 주 고객은 새로 들어선 정권의 정치인들이나 정부 관료들이 되어 있었다. 그나마 월성각이 크게 부딪침을 겪지 않았던 건 월성각이 사라져가는 우리 전통문화를 계승하고 발전시키려는 노력이 엿보였기 때문이다. 새로운 정권이 봤을 때도 월성각은 단순한 술집이 아니었다. 그러나 그것도 일 년을 넘지 못했다.

1961년.

5월16일 군인인 박정희가 쿠데타를 일으키고 계엄을 선포한다. 또 한 번의 역사적 환란이 전국은 물론 월성각에도 드리워졌다. 그 뒤로 월성각으로 한 무리의 군인들이 들이닥쳤다. 저번 정부의 고위 관료들에 대한 내사였다. 정권이 바뀔 때마다 월성각이 본의 아니게 정권의 타깃이 되어가고 있었다. 난영은 이렇게 불안한 시절에 굳이 월성각을 끌고 가야 하는지 회의가 들었다. 그러나 자신을 믿고 따라주는 월성각 사람들을 생각하면 차마 문을 닫겠다는 말을 하지 못했다. 무엇보다 후학을 육성하는 전통문화학교를 유지하기 위해서는 돈이 필요했다. 난영은 군인들에게 끌려가 몇 차례의 심문을 당한 뒤, 자의반 타의반으로 계엄 정부에 기부금을 내놓기로 했다. 권력자들은 얼굴만 달랐지 하는 행동은 똑같았다. 어느새 저번 정권처럼 새로운 권력층들이 월성각의 주 고객층들이 되어갔다. 그리고 1963년엔 쿠데타를 일으켰던 소장 박정희가 대통령으로 당선되었다. 그 뒤, 1965년 한일수교가 체결되어 한일 국교가 정상화되었다. 눈을 뜨면 세상이 어떻게 바뀔지 모르는 격동기였다. 이러한 한국의 정치적 격변과 위기가 월성각에 기회가 된 것일까?

그 당시, 월성각은 한국에서 유일하게 한민족의 전통 음식과 전통문화를 함께 즐길 수 있는 곳이었다. 한일 국교가 수립되자 채 일 년도 안 되어서 단숨에 일본 정·재계 인사들의 발길이 끊이지 않는 명소가 되었다. 물꼬가 트인 듯 일본 귀빈들의 왕래는 점점 늘어갔고 그들을 응대할 수 있는 예인이 더욱 절실했다. 난영은 고학력 여성들을 특별 채용하여 일본어와 영어를 집중적으로 가르쳤다. 월성각은 그렇게 점점 그 규모를 키워나가고 있었다. 월성각은 어느덧 일본인들에게 한국의 문화를 제대로 접할 수 있는 요릿집의 대명사가 되어 갔다.

그러던 어느 날, 월성각에 한 통의 전화가 걸려 왔다. 중앙정보부였다. '다음 주 금요일, 각하가 초빙한 일본 전경련 연합회 회장님 일행의 식사가 월성각으로 결정되었으니 만반의 준비를 하라'였다. 그동안 일본 대사관 직원들이나 정계인사들이 월성각에 방문하기 전 한국 정부 부서들을 통해 예약을 하는 경우 많았지만 당시 서슬 퍼런 중앙정보부가 직접 전화를 한 것은 처음이었다. 난영은 불안하고 긴장되었다. 혹여 접대에 실수라도 하면 어떤 화가 미칠지 몰랐기 때문이었다. 그만큼 중앙정보부는 대통령의 신뢰를 받는 기관으로 무소불위의 권력을 휘두르고 있었다.

　무엇보다 일본 전경련 인사들의 방문은 월성각이 생긴 이래 최대의 행사였다. 난영은 지연재와 함께 선보일 전통문화 프로그램을 계획하고 잘 훈련된 기생들 위주로 예행연습까지 준비하였다. 음식은 한식뿐만 아니라 일본 사람이 좋아할 만한 본토 음식 또한 준비하기로 하였다. 중앙정보부에 의뢰하여 회장 일행이 좋아하는 식재료를 물색하였다. 국내에 없는 식재료는 일본에서부터 직접 비행기로 수송하는 정성을 들였다. 난영은 그만큼 월성각의 명운을 걸고 손님 맞을 준비를 하였다.

　드디어 일행이 방문하는 날이 밝았다. 월성각 식구들은 준비한 대로 실수 없이 만찬을 진행하였다. 기생들이 선보이는 우리 전통의 문화예술인 가야금과 창, 무희는 일본 전경련 회장단들이 볼 때 실로 대단했다. 식민지 시절 자신들에게 억압받고 무시당했던 조선의 전통문화예술이 이토록 대단한 것이었는지 자신들의 무지에 탄식을 내지르기도 했다. 무엇보다 형형색색의 아름다운 한복을 차려입은 월성각의 예인들을 보고 있노라니 제 아무리 일본인들이라도 감탄을 마지않을 수가 없었다.

　한복 저고리의 갸름한 굴곡, 한 손으로 치마폭을 치켜 올리고 걷는 발걸음, 뾰족한 버선발, 뛰는 듯 걷는 듯 매초롬한 움직임. 누군들 매료되지 않을 수 없었다. 고운 한복을 차려입은 절색의 기녀들이 살포시 절을 올릴 때면 또 어떠한가. 틀어 올린 뒷머리의 옥비녀의 정숙함은 또한 어떠한가. 세상 어디에도 없는 슬기롭고 덕이 높은 어진 민족 아닌가.

어진 사람이 많은 나라에 와서
어진 사람의 즛을 어진 사람의 마음을 배워서

— 이 여성이 신은 버선발의 맨 위에 솟은 꼭지 부분이 보이시나요? 이 부분은 여성의 펑퍼짐한 발을 가늘고 길게 보이기 위해서 코를 만들고 높인 한국인의 최고 미학의 절정이라 할 수 있습니다.
회장단을 환영하는 인사로 난영이 한복의 버선에 대해 유창한 일본어로 설명을 덧붙였다. 한국의 미와 난영의 일본어 솜씨에 놀란 콧대 높은 연합회 회장도 어느새 조선의 무릉도원에 온 듯 맘껏 흥에 취해 감탄하고 감탄한다.
손님맞이는 성공적으로 마무리되었다. 손님 일행을 보내놓고 긴장이 풀린 월성각 식구들이 파김치가 되어 상 치우기에 여념이 없다. 난영도 긴장이 풀린 채로 대청마루에 앉아 혹여 연회 중 부족한 점이 없었나 반추해보며 상념에 빠져 있었다.
그런데 연회 전에 미리 인사를 나눴던 정보부 차장이 사랑채 마당을 지나 헐레벌떡 뛰어오는 것이 보였다. '무엇이라도 놓고 가셨나?' 일어나 뜨악하게 차장을 보자 차장이 급한 숨을 몰아쉬며 난영에게 말한다.

— 잠시 드릴 말씀이 있습니다.

놀란 난영이 묻는다.

— 어떤 말씀이신지요?

— 급한 일입니다. 정보부장님 부탁입니다.

— 부장님이요? 제게요?

무엇인가 실수라도 한 것일까? 난영은 불안해진다.

— 저랑 잠시 가볼 곳이 있으십니다. 도화님을 모셔 오라십니다. 함께 가시죠.

푸른 하늘에 비낀 실구름이여

 차는 시청 앞 반도 호텔 앞에 멈췄다. 반도 호텔은 식민지 시절 흥남 질소비료공장을 운영하던 일본인 노구치 시타가후가 지은 호텔인데 해방 이후 미군정과 제1공화국을 거쳐 제2공화국 때까지 이기붕과 장면 총리의 집무실로 쓰였던 곳이었다. 난영은 영문도 모른 채 차장을 따라 차에서 내려 호텔 로비로 들어섰다. 차장은 난영의 손을 두 손으로 부여잡더니 사정을 하였다.
 ─실은 각하와 부장님이 일본 제철소의 기술을 얻기 위해 각고의 노력 중입니다. 도화 씨가 눈 한번 질끈 감고 전경련 회장님 방에 들어가 주십사하고 이곳으로 모셨습니다. 국운이 달렸습니다.
 이게 무슨 소리인가? 난영은 온몸에 힘이 쭉 빠지면서 머리가 하애지는 것 같았다. 그리고 그만 다리에 힘이 풀려 그 자리에 스르르 주저앉았다. '이 일을 어쩌야 하나.' 차장이 난영을 부추겨 일으켜 세우려고 안간힘을 썼다. '국운이 달려있다'는 지금, 절체절명의 순간이었다.

― 이렇게 갑자기 부탁을 드리는 것이 예의가 아닌 것을 알고는 있지만 나라를 생각해서, 구국의 마음으로 부탁드립니다.

난영은 기생이었을 때조차도 손님의 수발을 들어본 적이 없었다. 차장은 감싸 쥔 난영의 손을 잡고 다시 한 번 간곡하게 사정한다. 일본 제철 기술을 얻어야 하고 이것을 얻기 위해 각하까지 극비리 나서고 있다는데 난영으로서는 이것저것 따질 수가 없었다. 나라를 생각하는 마음으로 한때 구국의 여성이 되기 위해 원수의 나라에서 고초를 겪었던 난영이었다.

잠시 침묵이 이어지나 했더니 난영은 그저 아무 말 없이 고개를 끄덕거렸다. 어쨌거나 정부에서는 난영을 일개 접대부로 보는 듯했다. 그도 그럴 것이 월성각이 아무리 전통문화를 보존하고 계승하고 있다지만 사람들의 시선에선 기생들이 있는 요릿집이었다.

차장 손에 이끌려 7층의 호텔 방으로 올라갔다. 그 순간 난영의 눈에 시인의 얼굴이 떠오른다. 난영은 마음이 너무나 괴롭다. 그만 돌아갈까도 생각했지만 이미 차장이 호텔방 벨을 누른다. 그리고 차장은 난영에게 잘 부탁한다는 듯이 인사를 건네고 부리나케 복도를 빠져나간다. 잠시 후 무거운 호텔 방문이 열리면서 가운을 입은 백발이 성성한 회장이 나타났다. 회장 기시다. 몇 시간 전만 해도 월성각에서 직원들에게 접대를 받았던 분이다. 기시다는 난영을 알아보고 놀라 눈이 휘둥그레지며 묻는다.

― 아니, 아까…… 마담? 무슨 일이시죠?

난영의 갑작스런 등장에 회장은 의아해하였다.

― 회장님을 뵈러 왔습니다.

난영은 말을 전하고는 고개를 푹 수그릴 수밖에 없었다. 고개를 갸우뚱하는 것은 회장도 마찬가지였다. 회장은 고개를 수그린 채 말이 없는 난영을 잠시 살피더니 일단 안으로 들어오라고 한다. 난영이 객실 안으로 들어서자 기시다가 소파를 가리키며 앉으라고 한다. 그리고 자신도 맞은편 소파에 앉는다. 서로 마주 향한 채 한동안 어색한 침묵이 흘렀다. 멋쩍은 침묵을 깨트린 것은 기시다였다.

― 와인 한 잔 하시겠소?

기시다는 일어나 장식장에서 와인을 꺼내 잔 두 개에 반쯤 따라 자리로 돌아왔다. 기시다가 와인을 건네자 난영이 와인 잔을 받아들고 결심한 듯 단숨에 마셔버린다.

급하게 와인을 마시는 난영의 모습을 본 기시다는 당황스러움을 감추지 못한다.

― 저에게 하실 말씀이 있으십니까?

난감한 듯 기시다가 난영에게 묻는다. '그래 나는 기생일 뿐이다' 난영은 결심한다. 난영이 일어나 한복 저고리 옷고름을 푼다. 기시다는 난영의 행동에 놀란다. 놀란 기시다가 말릴 새도 없이 난영이 이번엔 치마끈도 풀어버린다. 순간 스르르 치마가 벗겨지며 난영의 하얀 몸 매무새가 그대로 드러났다. 우윳빛 젖무덤이 샹들리에 불빛에 유난히도 곱다. 기시다는 얼결에 일어난 광경을 보고 놀란 눈으로 와인 잔을 카페트 위로 떨어뜨리고 말았다.

— 왜 이러시는 겁니까?

기시다가 당황해하며 한 걸음 뒤로 물러서자 난영의 눈에 눈물이 흘러내린다.

— 이렇게 무례할 수밖에 없는 저를 용서해 주십시오. 이렇게라도 용기를 내지 않으면 도저히 못할 것 같습니다.

흐느끼며 말하는 난영 앞에 이제야 알겠다는 듯 놀란 회장이 난영의 한복 저고리와 치마를 집어 난영에게 건네며 말한다. 기시다도 산전수전을 다 겪은 일본 재계의 거물로 어찌 이 상황이 의미하는 것을 모르겠는가.

— 죄송합니다. 미안합니다. 제 뜻이 아닙니다. 뭔가 한국 측에서 마담에게 무리한 부탁을 한 것 같군요.

회장은 연신 고개를 조아리며 사과를 난영에게 한다.

— 어서 옷을 입으십시오.

난영도 기시다의 정중한 행동에 당황한다. 사내들이 다 똑같은 줄 알았는데 기시다는 역시 재계의 인사답게 달랐다. 기시다가 잠시 자리를 피해 주고 난영이 다시 옷을 입자 기시다가 소파로 돌아와 맞은편에 앉는다. 난영은 자신이 느닷없이 너무 큰 실수를 범한 것 같아 고개를 떨굴 뿐이다.

그런 난영에게 기시다가 다시 와인을 따라준다.

— 일본 와세다에서 문학을 전공하셨다고 들었습니다. 저 또한 젊은 시절엔 시를 무척 좋아했습니다. 혹시 이런 부탁드려도 될지 모

르겠지만 한국의 시에 대해 들려줄 수 있겠습니까.

기시다는 어떻게든 난영의 마음을 풀어주기 위해 화제를 돌리려고 하는 것 같다.

난영도 그런 기시다의 마음 씀이 고맙다.

— 저의 무례함에도 이렇게 자애롭게 대해 주셔서 감사합니다. 저처럼 미천한 계집이 시를 어떻게 입에 담을 수 있겠습니까. 용서를 구하는 마음으로 제가 노래를 한곡 불러드리죠.

난영이 와인 잔을 내려놓고 노래를 부른다. 북에 있는 시인의 시에 곡을 붙여 부르는 정가다.

골안에 이른 봄을 알린다 하지 말라
푸른 하늘에 비낀 실구름이여,
눈 녹이는 큰길가 버들강아지여,
돌배나무 가지에 자지러진 양진이 소리여.

골안엔 이미 이른 봄이 들었더라
산기슭 부식토 끄는 곡괭이 날에,
개울섶 참버들 찌는 낫자루에,
양지족 밭에서 첫운전하는 뜨락또르 소리에.

난영의 노래를 다 듣고 난 기시다가 활짝 웃으며 난영에게 말한다.

— 이걸로 됐습니다. 제 영혼이 봄처럼 건강해지고 맑아졌습니다.

이걸로 마담께서는 저에게 가장 소중한 것을 주신 겁니다. 고맙습니다. 노래 가사가 시처럼 좋군요.

— 제가 아는 어느 시인의 십니다.

난영의 눈에 다시 눈물이 그렁거린다. 기시다가 알겠다는 듯 난영에게 말한다.

— 시인을 사랑하셨군요.

난영이 차마 대답하지 못한다. 그렇게 난영은 반도 호텔에서 기시다와 몇 잔의 와인을 더 나누고 월성각으로 돌아왔다. 긴장이 풀린 채 다음날 늦게까지 난영은 일어나지 못하고 잤다. 꿈속에서 난영은 시인과 함흥에 있었다. 난영은 시인의 손을 잡고 함흥 바닷가를 말없이 걷고 또 걸었다.

꿈속에서 난영이 시인에게 말한다.

온 천지에 꽃이 가득 피던 봄날이었지요. 대한이가 사촌 등에 업혀 놀이공원에 갔을 때였나요. 인형을 쌓아놓고 파는 곳이 있길래 문득 걸음을 멈췄습니다. 그리고는 나도 모르게 눈사람 인형을 사가지고 왔었지요. 아마 당신 생각이 났나 봅니다. 돌아와 눈사람의 눈, 코, 입을 떼어내 보니 눈사람의 모습은 온데간데없었지요. 내 나름대로 당신의 모습을 뜨개질로 만들어 보았습니다. 만들어 놓고 보니 우습기도 하고 새롭기도 하더군요. 당신의 그 눈매와 콧날에 두툼한 입술까지 삐뚤빼뚤한 모습이었습니다만 나와 봄날 꽃놀이하며 안아주던 당신이 그리워 그만 그 인형을 끌어안고 잠이 들었나 봅니다. 꿈속에서 당신과 얼마나 진한 사랑 놀음을 했는지 깨고 보니 실오라기 하나 걸쳐 있지 않은 내 몸뚱이는 땀으로 흠뻑 젖어 있더군요. 나도 모르게 실소가 머금어지더군요. 아이에게 젖을 물리지 않았는데도 탱탱한 젖무덤과 꼿꼿한 젖꼭지에 온 몸이 깨어나는 듯 했습니다. 깨고 싶지 않은 꿈이었습니다. 그냥 그 품에 아주 오래 안겨 죽어도 좋았습니다.

난영이 말을 마치자 어느 순간 시인도 사라지고 함흥의 바닷가도 사라진다.

*

뒤늦게 눈을 떠보니 오전 10시 가량 되었다. 정보부 차량들이 마당으로 들어서 있었다. 어제 호텔방으로 안내해준 정보부 차장이 회장님을 모시고 왔다며 난영을 찾았다.

난영이 별채로 들어서니 차장과 기시다가 앉아 있었다. 난영이 기시다에게 절을 올린다. 기시다도 맞절을 올린다.

— 몸은 좀 어떻습니까?

난영은 혹여나 정보부 사람들이 알고 있을까 마음이 불안하다.

— 어젯밤엔 결례가 많았습니다. 용서가 힘드실 테지만 용서를 청합니다.

— 아닙니다. 괜찮습니다. 좋아졌다니 다행입니다. 내가 더 미안합니다.

회장은 난영보다 더 머리를 조아리더니 난영에게 봉투 하나를 내밀었다. 뜻밖이었다. 난영이 태산 같은 걱정에 고개를 못 들자 차장이 입을 열었다.

— 어제 일이 너무 고마웠다면서 떠나시기 전에 도화님께 인사라도 하신다길래 이렇게 급히 모시고 왔습니다.

기시다가 차장에게 귓속말을 하자 차장이 일어나 방을 나간다. 차장이 방을 나가자 기시다가 고개를 수그린 채 머리를 조아리고 있는 난영의 앞으로 가 난영의 손을 붙잡아 일으켜 세우고는 말한다.

— 다음에 또 오겠습니다.

난영이 고개를 들자 기시다가 환하게 미소를 짓고 있다.

— 마담이 사랑한 그 시인이 누군지는 모르겠지만 정말 부럽군요.

회장의 배웅을 마치고 그가 건넨 봉투를 확인해보니 그 안에는 100만 엔 현금이 들어있었다. 기시다의 마음 씀이 고마웠지만 난영은 그 돈을 다시 봉투에 고이 넣어두었다.

3개월이 지난 즈음 중앙정보부에서 연락이 왔다. 회장이 다시 한국을 방문한다는 소식이었다. 일주일 뒤 월성각에서 저녁 식사를 할 예정으로 종전처럼 가무와 식사를 준비해달라고 부탁한다.

— 알겠습니다. 준비해 놓겠습니다.

전화를 끊기 전 차장이 천박하게 웃으며 난영에게 말한다.

— 그런데 말입니다. 도화 선생의 재주가 보통이 아닌가 봅니다.

기시다 회장께서 개인적으로 도화 씨를 꼭 뵙고 싶다고 하니 말입니다. 재삼 강조하지만 잘 부탁드리겠습니다. 일이 아직 마무리된 게 아니라서…….

— 마무리되지 않았다니요?

— 각하와 부장님 부탁입니다. 이 나라 산업의 쌀이라고 할 수 있는 제철회사를 만들어야 하는데 그보다 회장님이 다시 한국을 찾은 것은 좋은 신호입니다. 거기에 도화 선생님도 한몫하신 거고요. 아무튼 도화 선생의 역할이 큽니다. 부탁드리겠습니다.

바람과 물과 세월과 같이

　난영의 역할이 무엇일까. 최선을 다해서 모셔주기 바란다는 당부와 함께 차장과의 전화는 마무리 되었다. 난영은 서둘러 주방장과 사촌 동생 내외를 데리고 수산시장에 가서 최고품으로 준비를 하였다. 지연재에게도 연락하여 일본 전경련 회장단 일행의 재방문을 알리며 완벽한 준비를 부탁하였다. 두 번째 방문인지라 지난번보다 더욱 신경이 쓰일 수밖에 없었다. 무엇보다 난영은 자신의 실례를 넓은 마음으로 이해해 준 기시다 회장이 고마웠다.
　빼어난 인물은 물론 가무와 창에 능하고 가야금도 잘 타는 기생들을 대기시켰다. 분위기를 돋구어줄 생화 장식에 최고급 요리들로 준비를 마치니 회장단 일행이 방문하기로 한 약속 시간이 가까워졌다. 해가 어스름 넘어갈 때 되자, 월성각 앞마당으로 고급 세단 10대가 줄지어 들어섰다. 대문 밖에서 기다리고 있던 난영은 차장이 회장을 모시고 들어서자 다가가 공손히 인사를 올리고 방으로 일행을 모셨다. 회장에게 상석에 앉기를 권유하고 난영은 기시다에게 큰절을 올렸다. 회장 또한 맞절을 하였다. 연회가 시작되고 기시다와 회장단은 기생들의 공연을 관람하며 술잔을 나누었다. 이번 전경련 회장단에는 저번에 못 온 이들도 많이 참석했다. 그들 중 한국의 전통문화를 처음 보는 이도 있었는데 그들은 기녀들의 춤과 노래에 연신 극찬하며 감탄해마지 않았다. 정보부 차장도 월성각의 만찬 준비를 흡족해하며 연회가 무르익고 있었다. 난영은 기시다에게 돌려줄 것이 있다. 난영은 기시다에게 드릴 말씀이 있다면서 별도로 마련한 다른 방으로 안내를 하였다. 그리고 공손히 기시다에게 큰절을 올리고는 봉투를 내밀었다. 기시다는 어리둥절해하며 봉투를 본다. 그러나 이내 지난번에 자신이 난영에게 준 봉투라는 걸 알고 표정이 살짝 굳어진다.

— 아니 이건 내가 먼저 고맙다고 지난번에 건넨 봉투가 아닙니까?

의아해하는 회장 앞에 난영이 답을 하였다.

— 네 맞습니다. 회장님이 돌아가신 후에 봉투를 확인해보니 너무나 많은 액수인지라 음식 값은 2만 엔밖에 안 되니 나머지 금액은 되돌려 드리려고 합니다. 그리고 지난번 저의 무례함은 부디 용서하십시오.

— …….

기시다는 깊은 침묵에 빠진 듯 보였다. 개의치 않고 난영은 전하고픈 말을 이어갔다.

―그날 저에게 '시인을 사랑하셨군요'라고 말씀하셨죠. 한 시인을 사랑했습니다. 아니 지금도 사랑하고 있고 기다리고 있습니다. 시인은 제가 갈 수 없는 북쪽에 있습니다.

기시다가 담배를 꺼내 물며 말한다.

―그립겠군요.

기시다의 말에 자신도 모르게 두 눈에 눈물이 차오른다.

―그리움만 있고 기다림이 없다면 그것은 안타까움이겠지요. 그래서 제게는 그리움을 채울 수 있는 기다림 때문에 오늘을 살고 내일을 살아갈 의무가 있는 것 같습니다. 그리움으로 인한 기다림. 저를 살게 하는 힘이 되어버렸습니다. 미천한 제가 회장님에게 별 말을 다하는 군요. 부디 그날 밤의 일을 용서해 주셨으면 합니다.

난영의 진심을 듣던 회장이 대답했다.

―오늘 이렇게 다시 뵙게 되어서 정말 반갑습니다. 우리 회장단이 한국과 경제협력을 맺는데 이 기시다가 노력해볼까 합니다. 무엇보다 그날 밤 제게 들려주셨던 노래는 죽을 때까지 영원히 잊지 못할 것 같습니다. 시인이 북쪽에 계시다고 하셨죠? 한민족인 남과 북이 갈라지게 된 것도 사실상 우리 일본의 잘못입니다. 조선을 강제로 병합하고 식민지로 만든 것도 일본이고 수탈과 학살을 자행한 것도 일본입니다. 제가 다시 월성각을 찾은 이유는 부족하지만 마담을 제 인생의 친구로 삼고자 함입니다.

기시다가 월성각을 다시 찾은 개인적인 이유가 여기에 있었다.

이어서 회장은 정보부 차장이 자신에게 최선을 다하려다 보니 뜻하지 않은 일이 벌어진 것이라며 설명하였다. 그럼에도 난영은 용서를 구해야만 했다. 그날 밤의 무례에 난영은 다시 한번 용서를 청해야겠다고 다짐한 터였다.

— 다시 한 번 용서를 빌겠습니다.

— 아닙니다.

회장은 용서를 빌 것이 없다며 재차 난영의 사죄를 사양했다.

— 국가 차원에서도 귀하게 모셔야 할 소중한 분이라 들었습니다. 그런 분을 놀라게 해드려서 정말 면목이 없습니다. 제 무례함으로 인하여 그날 이후 마음 편할 날이 없었습니다.

난영이 기시다에게 거듭 사죄하며 월성각을 다시 찾아주시면 최선을 다하여 모시겠다고 하자 기시다가 손사래를 치며 말한다.

— 말씀만으로도 무척 고맙습니다. 제가 다시 월성각을 찾으면 마담의 노래 한 곡이면 족합니다. 진수성찬과 가무가 어찌 마담의 노래 한 소절을 따라올 수가 있겠습니까. 무엇보다 시인에 대한 그리움과 사랑을 지키시려는 마담의 순결하고 고결한 마음이 또 한번 저를 감동시켰습니다.

그 후로 기시다의 한국 방문은 짧으면 3개월 길어도 5개월 간격으로 잦아졌고 한국을 방문할 때마다 단출히 월성각을 찾았다. 그때마다 기시다는 난영에게 노래를 청했고 난영은 시인의 시에 곡을 붙여 노래를 들려주었다.

이미 해는 늙고 달은 파리하고 바람은 미치고
보래구름만 혼자 넋 없이 떠도는데

아, 나의 조상은 형제는 일가 친척은 정다운 이웃은
그리운 것은 사랑하는 것은 우러르는 것은 나의 자랑은
나의 힘은 없다
바람과 물과 세월과 같이 지나가고 없다

노래가 끝나자 노래에 감동을 받은 기시다가 눈가의 눈물을 훔치고 가방에서 상자를 꺼낸다.
— 이건 친구로서 인간으로서 내 성의입니다. 아무 생각 말고 받아주기 바랍니다.
기시다가 난영에게 건넨 선물은 열두 개들이 1캐럿 다이아몬드였다. 다이아몬드의 영롱함에서 고귀함마저 느껴졌다. 다이아몬드가 불변의 상징이라고 불리는 이유를 납득할 만하였다. 난영은 놀래 얼른 기시다에게 다시 상자를 건네며 말한다.
— 이렇게 비싼 물건은 제가 받을 수가 없습니다. 회장님 넣어두세요.
기시다가 다시 난영에게 상자를 건넨다.
— 불변의 상징인 다이아몬듭니다. 하지만 이까짓 다이아몬드가 어찌 마담의 노래 한 소절만 하겠습니까. 부디 그 시인을 기다리는 마음이 불변하시기를 바랍니다.
난영은 기시다의 선물을 선뜻 받기 어려웠지만 기시다의 순수함과 진실성에 끝내 받기로 하였다.

― 나는 김난영이라는 한국 여성을 알게 되어 너무나 기쁩니다. 그 존엄성에 매번 놀라지요. 한국의 가야금 연주와 창 그리고 궁중무에도 감탄했습니다. 한복의 각선미는 또한 어떻습니까? 한복을 입고 추는 춤사위를 두 눈에 가득 담고 술 한 잔까지 곁들이고 있자면 그동안 복잡했던 심사가 춘삼월 봄눈 녹듯 사라집니다. 마치 휴가를 온 기분이지요. 덕분에 일본 땅에 돌아가면 정신이 맑아져 복잡하고 실타래처럼 엉킨 그 어떤 일도 명석하게 잘 풀어나가게 됩니다.

그런 까닭에 회장은 사업으로 골머리를 앓고 나면 난영을 찾아 휴식을 취하고 일본으로 돌아갔다. 이제 기시다 회장에게 난영은 영혼의 친구였다. 당시 정보부는 전경련 회장단이 제철 합작 사업에 속도를 내지 않는 것에 애가 끓고 있었다. 차장이 빈번히 월성각으로 찾아와 난영에게 기시다의 의사를 묻고 속내를 캐내라 한다. 그러나 난영은 국가의 발전도 중요 하지만 자신을 믿고 신뢰해주는 기시다를 속일 수는 없었다.

어느 날 기시다가 그런 난영의 마음을 헤아렸는지 어렵게 말을 건넨다.

― 난영 씨가 고민하고 있는 것이 무엇인지 잘 압니다. 저의 모든 것을 다 그분들에게 알려줘도 됩니다. 제 마음은 난영 씨가 원하는 대로 결정됐습니다.

진실한 마음 앞에 거짓된 마음이 이길 수 없는 것일까. 난영의 진실한 마음이 결국 국가가 추진하려는 제철 사업에 조금이나마 도움을 줄 수 있게 되었다.

해는 처물고 날은 다 가고
별은 서러웁게 차갑다

1964년.

대한은 자라 어느새 국민학생이 되었다. 소아마비로 인해 왼쪽 다리를 쓸 수 없게 되었지만 학교에 가고 싶어 했다. 피는 못 속이는 것인지 대한은 아이 때부터 남다르게 영특했다. 한글과 천자문을 네 살 때 떼고 일본어도 구사할 수 있었다. 난영은 고민 끝에 대한을 학교에 보내기로 했다. 거동이 불편한 대한을 위해 난영을 비롯해 월성각 식구들이 대한을 업고 학교에 보냈다.

그렇게 대한이 국민 학교 4학년이 되었을 무렵.
어느 날 대한의 담임 선생이 난영에게 급히 전화를 하였다. 대한이가 수업을 받다 앉은 자리에서 똥을 싸 냄새 때문에 수업이 안 된다는 것이다. 난영은 하던 일을 멈추고 부랴부랴 학교로 갔다. 학교에 도착해 보니 난영은 기가 찼다. 얼굴이 사색이 된 대한이 울고 있었는데 담임 선생이라는 작자가 어떻게 수습해 줄 생각은 않고 어린 학생들과 교실 밖에서 코를 막고 서 있었던 것이다. 난영은 분노가 치밀었지만 꾹 참았다. 대한이가 이 일로 창피해하거나 부끄러워할까 봐 되려 아무렇지 않은 듯 대한에게 말했다.

― 대한아 괜찮다. 울지 마라. 아침에 먹기 싫다는 우유를 너무 많이 먹인 모양이다. 그래서 설사를 한 모양인데 네가 다리가 성하지 못해서 화장실에 못 간 모양이구나. 엄마가 다 알아서 해줄 터이니 걱정마라.

난영은 책걸상에 묻은 변을 대충 걸레로 닦고 설사변에 젖은 바지를 갈아입히지도 못한 채 대한을 업고 뛰다시피 집에 와서 목욕을 시켰다. 대한을 재우고 방으로 돌아온 난영의 눈에 참았던 눈물이 솟는다.

'아니다. 아니다. 내가 슬퍼서가 아니다. 네가 살아가면서 앞으로 이보다 더 큰 마음 고생이 있을 텐데…….'

다음날 난영은 대한을 직접 업고 평상시처럼 등굣길에 올랐다. 담임 선생에게 죄송하다는 말과 함께 '아이의 몸이 성치 않으니 선생님이 어려우시더라도 신경을 좀 더 써달라'고 부탁을 하고 집으로 돌아왔다.

그러나 하교 후 집으로 돌아온 대한이 가방과 신발을 집어 던지며 울고불고 난리다. 학교에 가지 않겠단다. 대한을 업고 하교시킨 사촌도 난감한 눈치다. 난영이 대한을 달래가면서 자초지종을 묻자 아이들이 자기 주변에 앉지 않으려 한다고 말하였다. 사촌 말에 의하면 학부모들이 담임 선생에게 자리를 바꿔 달라고 항의를 한단다.

― 대한아, 걱정하지 마라! 엄마가 다 알아서 해줄 터이니.

난영은 그 길로 대한의 담임 선생을 만나러 갔다. 담임도 어찌 해야 할지 방도를 못 찾고 있던 차에 난영을 보자 반색하며 입을 연다.

― 어머니 죄송하지만 조금 전에 학부모님들이 몰려오셨어요. 하시는 말씀이 소아마비 학생과 같이 공부를 못시키겠다면서 대한이를 다른 반으로 옮기든지 아니면 전학을 시켜달라 하십니다. 조치를 취하지 않으면 애들을 학교에 보내지 않겠다고 한바탕 으름장을 놓고 가셨어요.

그도 그럴것이 대한이가 다니던 학교는 꽤 명망이 있는 사립 국민 학교였다. 학부모들도 나름 돈깨나 있고 배운 사람들이었다. 담임 선생은 난감한 표정을 감추지 못하며 이 일을 어떻게 했으면 좋겠냐고 되려 난영에게 묻는다.

난영은 분노가 치밀었지만 두 손을 꼭 쥐고 아무렇지 않은 듯 말했다.

― 그렇다면 하는 수 없지요. 전학을 가야지요.

담임 선생의 눈이 커졌다.

― 전학을 시키자면 어머님 댁도 전학 간 학교 근처로 옮기셔야 하기 때문에 그렇게 간단한 문제 아닐 텐데요.

그것도 그렇지만, 담임 선생이 난영의 눈치를 살피며 어렵게 말한다.

― 어떻게 알았는지는 모르겠지만 학부모님들이 술집 자식하고 같은 반에서 배우게 할 순 없다고 난립니다. 교장 선생님도 학부모들의 항의에 난감한 모양입니다.

난영은 담임 선생의 말에 정신이 아득해져 온다. 우려했던 일이 벌어진 것이다. 대한이가 술집 자식이라는 말을 듣게 하지 않으려고 난영도 감춘다고 감추었는데 월성각이 작은 술집도 아니다 보니 누군가 알게 된 모양이다. 술집에 대한 사회적 편견이 심하던 때였다.

월성각으로 돌아온 난영은 넋이 나간 채 시름에 잠겼다. 아무리 생각해도 어떻게 해야할지를 판단이 서질 않는다. 대한이를 전학을 시킨다고 해서 오늘과 같은 상황이 다시 일어나지 말란 법도 없었다. 난영은 이러지도 저러지도 못하는 자신이 너무도 원망스러웠다.

그런 자신을 타박하듯 그날 밤 난영의 꿈에 순복이 나타났다.

― 언니 대한이를 그렇게밖에 키우지 못해요? 그럼 내가 대한이를 데려가야겠어요.

순복은 생전에 보던 모습과는 전혀 다른 얼굴로 난영에게 모질게 말하고 있었다. 착하고 얌전하던 순복의 모습은 온데간데없이 표독스럽게 일그러진 모습으로 대한이를 끌고 가는 것이었다.

― 내가 잘못했어. 내가 잘못했어.

난영은 울며불며 순복에게 빌고 또 빌었다. 순복은 아랑곳하지 않고 앙칼진 목소리로 '내가 데려가겠다'고 소리치며 잘 걷지도 못하는 대한을 끌며 말한다.

　― 대한아, 널 저런 여자에게는 맡길 수가 없다. 나랑 가자.

　― 내가 잘못했다, 순복아! 그래도 이러면 안 되는 일이다. 한번만 용서해주면 안되겠니?

　난영은 순복에게 끌려가는 대한을 붙잡으며 눈물로 애걸복걸하다 꿈에서 깨어났다. 정신을 차려 보았지만 순복의 일이 꿈이 아닌 생시처럼 느껴졌다. 난영은 뒤채 매화나무를 찾았다. 매화나무는 푸른 잎을 드리우고 어둠 속에서 순복이처럼 서 있었다.

　― 순복아! 내가 부족해서 미안하다. 이러지도 저러지도 못하는 나를 책망하려고 네가 꿈에 나타났나 보다. 내가 정성이 부족한 모양이다. 내 모든 걸 바쳐서 대한이에게 지극정성을 다 하마. 물론 어미로서 부족한 구석이 많겠지만 내 한 몸 다 주어서라도 대한이를 보살피고 최선을 다할 테니 크게 걱정하지 말거라. 허나 낳은 엄마보다는 못하겠지. 그럼에도 최선을 다해보마. 너도 알다시피 내게 누가 있겠니? 피붙이라고는 아무도 없고 마땅한 가족도 없잖니. 나도 대한이를 키우면서 세월이 갈수록 녀석에게 점점 더 의지가 되는구나. 아니 될 수밖에 없구나. 그러니 너도 저승에서 마음 편히 지내거라.

　날이 밝자마자 난영은 학교로 달려가 담임 선생과 의논하여 대한을 이웃 학교로 전학시키기로 하였다. 전학을 결정한 학교는 지금 학교보다 한 시간이 더 걸렸다. 대한을 위해서라면 한 시간이고 두 시간이고 이젠 상관이 없었다. 당분간은 사촌 동생이 대한을 자전거로 통학시켜주기로 하였다. 난영도 시간이 나는 대로 수시로 학교에서 대한을 기다렸다 데리고 오고 했다. 대한의 등·하교 시간은 난영의 기도 시간이기도 하였다.

 '이 인연을, 이 운명을 어떻게 길러야 할까.'

 그렇게 다시 겨울이 왔다.
 그날도 대한을 업고 한 시간을 걸어 집으로 돌아오는 길에 난영은 어느 집 처마 끝에 매달린 꽁꽁 언 명태 두 손을 본다. 큰 명태는 어미 명태 같고 작은 명태는 자식 명태 같다.

 처마 끝에 명태明太를 말린다
 명태明太는 꽁꽁 얼었다
 명태明太는 길다랗고 파리한 물고긴데
 꼬리에 길다란 고드름이 달렸다
 해는 저물고 날은 다 가고 별은 서러웁게 차갑다

 난영은 명태를 보며 자신과 대한의 운명이 애처로워진다.

 '대한아, 네가 커서 무엇이 되든 나는 상관없다. 너는 이 어미의 외롭고 쓸쓸한 삶 속에서 위안이고 사랑이다. 부디 언제까지나 이 어미와 운명을 같이 하자구나.'

아무도 이기지 못할 슬픔도 시름도 없이

　그 뒤로 다섯 차례에 걸쳐 대한은 학교를 옮겨 다녀야만 했다. 그때마다 난영은 결심하고 다짐하며 세상에 대한 분노를 속으로 삼키며 견뎌냈다. 그렇게 몇 년의 시간이 흘러 어느덧 대한이도 고등학교에 진학했다. 다행히 공부에 비상할 정도로 재능이 있던 대한이는 자신의 친아버지인 위고석과 다르게 수학과 과학 등에 두각을 나타냈다. 그동안 난영은 대한의 친아버지인 위고석과 일절 왕래가 없었다. 대한이를 위한 일이었지만 대한이가 자랄수록 난영의 근심도 커져만 갔다. 언젠가는 대한이가 친부모를 찾을 때가 올 것이기 때문이다. 쉽지 않지만 난영은 이제부터라도 그때를 준비해야 했다. 대한이의 고등학교 입학식이 있던 날 난영은 어렵게 붓을 잡아 위고석에게 서신을 보냈다.
　― 대한이가 벌써 고등학생이 되었군요. 순복이가 살아있었다면

우리 모두 대한이의 손을 잡고 함께 입학식에 갔을 텐데요. 그리고 '누구하나 부럽지도 않다'했을 겁니다.

위고석이 답신을 보냈다.

— 이 죄인이 무슨 할 말이 있겠습니까. 나중 모든 인연 앞에 무릎을 꿇고 용서를 구할 날만을 기다리고 있습니다. 부디 그때까지 이 죄인을 세상에 없는 사람처럼 지워주시면 합니다.

인연이 얼마나 가혹하면 세상에 없는 사람처럼 지워 달라 하는지 난영은 그 말이 아팠다.

그러던 어느 날, 별채 쪽으로 다급한 사내의 목소리가 들려왔다. 몸이 피곤하여 누워 있던 난영이 일어나 무슨 소린가 들어봤더니 사촌의 목소리다.

— 큰일 났습니다. 대한이가, 대한이가…….

내실 문을 열고 들어온 사촌은 숨을 헐떡거리며 말을 잇지 못한다.

— 무슨 일이길래 이리 호들갑이에요?

— 대한이가…….

— 진정하고 말을 좀 해보셔요. 대한이가 왜요? 무슨 일인데요?

— 대한이가 동맥을 끊었습니다.

대한의 나이 열일곱 살, 고등학교 1학년이 되었을 무렵이었다. 대한에게도 사춘기가 찾아왔다. 대한은 자신의 친부모에 대해서 알고 싶어 했고, 방황을 시작하였다. 끝내는 동맥을 끊으려고 시도하기에 이른 것이다.

"내 어머니는 누구이며 아버지 또한 누구입니까?"

대한의 방에서 발견된 메모였다. 다행히 사촌이 손목을 부여잡고 피를 흘리고 있는 대한을 발견하여 병원으로 옮겼고 대한은 간신히 목숨을 건졌다.

'내 어머니는 누구이며 아버지 또한 누구입니까?' 이 메모는 필시 난영에게 하는 질문일 것이다. 대한이가 월성각에 산 지도 십칠 년의 세월이고 보면 그동안 누구를 통해서라도 자신의 출생의 비밀을 알았을 것이다. 그동안 난영이 월성각 직원들의 입단속을 한다고 했지만 원체 머리가 똑똑한 대한이가 모를 리가 없었고 난영도 모든 사람들의 입을 다 단속할 수는 없었을 것이다.

난영은 병실 문 밖에서 눈물을 훔치며 넋이 나간 채 기도하듯 혼잣말로 되뇌었다.

— 대한이 네가 2살 땐가 3살 땐가 소아마비로 판명 났을 때 너를 원망하기보다 나를 향한 원망이 컸다. 이토록 잔혹스러운 고통과 쓰라림을 안고 살아가려니 숨이 막힐 지경이었다. 하늘이 아니, 세상 모든 것들이 원망스럽기만 하더구나. 말 못할 그리움으로 응어리진 세월 속에서, 대한아 너를 만났다. 너를 알게 되었다. 불구자인 너를 등에 업고 서로의 부족함과 아픔을 함께하며 지금껏 싸워 왔다. 설움 속에 복받치는 울음을 함께 어르고 달래면서 나는 네가 되었고 너는 내가 되었다. 너와 내가 한 몸뚱아리이건만. 대한아, 아프지 마라. 제발 죽지 마라. 네가 없으면 나도 없다. 인생의 찢어지

는 슬픔과 한은 한 번으로 족했는데 하늘도 무심하시지 제발 살아만 다오. 내가 죽지 않게.

― 이제 정신이 드세요?

난영이 정신을 차려보니 병원 천장이 눈에 들어왔다. 난영이 병실 밖 복도에서 혼절했다 한다.

난영의 곁에는 수술을 마친 대한이 잠들어 있었다. 백짓장 같은 하얀 낯빛이 너무도 안쓰러워 그 모습을 보는 순간 난영의 눈에선 눈물이 솟는다.

― 선생님, 이제 우리 대한이는 괜찮은 건가요?

― 수술은 최선을 다했고 잘되었지만…….

응급실에서 정신을 차린 대한은 손에 잡히는 대로 병실 안의 물건들을 집어 던지면서 '왜 나를 살려놓았느냐'면서 대성통곡하였다. 난영은 대한이가 내던진 깨진 꽃병이 마치 대한과 자신이 함께 보낸 세월인 것 같아 대한을 붙들고 울고 또 울었다. 지금껏 살아온 인생은 누굴 위해서 무엇을 위해서 지금 이날까지 앙칼지게 부여잡으려고 몸부림쳤던가.

늦은 저녁이 되어 난영은 대한과 함께 집으로 돌아왔다. 난영 또한 세상이 싫기는 마찬가지였다. 노력할수록 마음대로 풀리지 않는 인생이었다. 난영은 세상이 너무나 원망스럽고 한탄스러웠다.

― 대한아, 네가 병실 침대에 누워서 왜 살려놓았냐고 대성통곡을 하니 내 가슴은 미어지고 터질 것만 같더구나. 주어진 운명을 나인들 어떻게 해야 한단 말이냐. 이렇게 말 못할 고통과 한을 어떻게

해야 한단 말이냐.

그때, 화장대 위에 올려둔 시인의 빛바랜 사진에 난영의 시선이 머물렀다. 난영은 자신도 모르게 사진 속 시인의 얼굴을 어루만지기도 하고 시인을 향해 화를 내기도 하며 시인에게 말을 했다.

— 시인님! 어떻게 해야 합니까? 당신의 명석함과 속 시원한 결단력으로 대답 좀 해주세요. 말씀을 좀 해보란 말입니다. 방법이 없지요. 나도 압니다. 그래야지요. 운명으로 알고 참고 살아가야지요. 가녀린 여자로 홀로 살아가기에는 너무나도 힘겹습니다. 이럴 때 나를 일으켜 세워주시고 용기를 북돋아주세요.

그러자 빛바랜 사진 속 시인이 말하는 것처럼 난영에게 시인의 목소리가 들렸다. 시인은 함흥에서처럼 난영에게 다정한 목소리로 자신의 시를 들려줬다.

나는 그때
아모 이기지 못할 슬픔도 시름도 없이
다만 게을리 먼 앞대로 떠나 나왔다
그리하여 따사한 햇귀에서 하이얀 옷을 입고 매끄러운 밥을 먹고
단샘을 마시고 낮잠을 잤다
밤에는 먼 개소리에 놀라나고
아츰에는 지나가는 사람마다에게 절을 하면서도
나는 나의 부끄러움을 알지 못했다

그 뒤로 난영은 대한에게서 한시도 눈을 뗄 수가 없는 나날을 보

냈다. 그렇게 6개월쯤 지났을까. 그날은 외국 손님맞이 준비로 정신이 없는 날이었다. 난영은 대한이 하교하여 집으로 돌아왔는지조차 신경 쓸 겨를이 없었다. 그러던 중 청천벽력처럼 난영을 찾는 전화 한 통이 경찰서에서 걸려왔다. 전화벨이 울리는 순간 예감이 좋지 않았다. 난영은 전화를 받자마자 손님맞이를 준비를 하던 복장 그대로 영등포 경찰서로 헐레벌떡 한달음에 달려갔다. 경찰에게 자초지종을 듣고는 난영은 그 자리에 털썩 주저앉고 말았다. 대한이 한강에서 자살을 시도했다는 것이다. 다리가 불편하다보니 난간을 넘지 못하는 대한이를 지나가던 대학생 셋이 붙잡아 경찰에 인계했다고 한다.

— 대한아, 엄마 왔다.

유치장의 철창 너머 대한은 웅크리고 앉아 있었다.

— 자신은 죽어야 한다면서, 살아야 할 의미가 없다고 울며 소리지르더군요.

경찰이 다가와 난영에게 대한의 이야기를 전했다. 대한은 꿈도 없이 살아가는 것이 역겹다며 몸부림을 치고 난동을 부려 임시 보호소에서 보호 중이었다.

— 데리고 가시지요. 어떻게든 안정을 시키셔야 할 것 같습니다.

— 이 일을 어쩝니까. 벌써 두 번째 시도입니다. 자살을요. 집에 데려가는 게 중요한 게 아닙니다. 데려가서 제가 어떻게 해야 할지 감당이 안 됩니다.

난영 앞에 선 대한은 망부석처럼 꿈쩍도 하지 않았다. 난영은 그 모습을 그저 물끄러미 바라볼 수밖에 없었다. 까맣게 타들어가는 난영의 마음에서 한 맺힌 말들이 쏟아져 나왔다. 그러나 그 말은 난영의 입 밖으로 나오지 못하고 난영의 가슴속에서 울음이 되었다.

　— 너는 아무것도 모르는 사춘기이기에 순간의 유혹으로 자살을 저지르겠지만 나는 나이가 많기도 하고 어렵게 살아가다보니 오직 살려는 꿈과 용기뿐이다. 자살이라니. 내게는 어안이 벙벙할 일일뿐이다. 자살을 왜 하지? 왜 삶을 포기하려 했니, 대한아. 어쩌면 나는 용기가 없어서 그 단어에 대해 생각조차 할 수 없는지도 모르겠구나. 나이를 이만큼이나 먹어서인지도 모르지. 하지만 목숨을 끊는다는 것은 생각할 수도 없는 일이다. 자살로 생을 마감한다면 떠나는 너야 미련 없이 깨끗하겠다만 남아있는 사람은 너로 인하여 평생을 가슴앓이하며 살아간다고 생각해봐라. 죽기로 마음먹는다면 혼자가 아닌 둘이 함께 죽어야 너절한 흔적들이 없어지겠지. 그러나 사람이 태어나 살면서 노력하며 최선을 다해 살아가다보면 분명코 뜻이 이루어지기도 한다. 타고난 것이 부족했더라도 오히려 전화위복이 되어 역전되는 인생, 그게 인간의 보람 아니겠니. 나약한 마음으로 죽음을 선택한다면 그저 세상을 도피하고 마는 것이다.

　나는 목발을 짚고 학교로 가는 너의 모습이 너무 안타까워 학교 바로 앞으로 집을 세 번씩이나 옮겼다. 이런 나의 마음을 아는지 모르는지 네가 이러면 되느냐. 네가 잘못되면 저 세상에서 내가 네 엄마를 무슨 낯으로 보겠느냐. 내게는 낳은 정보다 기른 정이 더 크다.

나는 너를 시인의 분신처럼 믿으며 온정과 그리움을 너에게 쏟아왔다. 네가 나이자 내가 너인 것을.

집으로 돌아온 난영은 사촌 내외를 불러놓고 굳게 마음을 먹은 듯 속내를 털어놓았다.
― 대한이 일로 혼비백산이 되어 도통 손에 잡히는 게 없구나. 넋이 나가서 누가 무어라 말을 해도 머릿속에 하나도 들어오지 않는다. 그래서 너희를 불렀다.
― 네, 알고 있습니다.
― 너희들도 알다시피 산부인과에서 핏덩이를 데려다가 키우고, 그 아이가 불구가 되고 내가 어떻게 대한이를 키웠는지 잘 알 게다. 아니, 너희들이 아니었으면 키울 수도 없었고 너희들과 내가 앞서거니 뒤서거니 하며 그렇게 아이를 키웠다. 얼마나 애간장을 태웠니. 불구자인 대한이에게 내가 없어서도 안 되지만 지금에 와서는 나에게 또한 대한이가 없어서는 안 된다. 몸이 성치 않으니 더 애가 탔다. 애처로운 마음에 내가 물고 안고 업고 이고서 내 모든 걸 다 주었으니 나 또한 앞으로 의지해갈 존재도 대한이밖에 없구나. 그러니 지금까지도 잘해왔지만 앞으로도 더욱 더 대한이에게 관심을 가져주기 바란다. 너희들 덕분에 월성각이 이만큼 성장해오지 않았니. 부탁한다.
난영은 긴 한숨을 내쉬면서 사촌 내외에게 한탄 섞인 부탁을 하였다.

― 아이참! 누님도 별 말씀을요. 그리고 대한이를 왜 제가 모르겠어요. 앞으로 걱정 마세요. 제가 지금보다도 정과 성을 다하겠습니다. 대한이를 철저히 보살펴서 다시는 불상사가 없게 할게요.

난영을 안심 시키려는 듯 사촌내외가 희미하게 웃어보였다.

― 그래. 고맙다. 월성각 일보다는 대한이에게 더 관심을 가져주는 것이 그 무엇보다 중요하다.

난영은 사촌내외에게 대한의 일을 부탁하긴 했지만 마음이 놓이지 않았다. 난영은 결심하였다.

― 안 되겠다. 죽더라도 같이 죽어야지. 이렇게 네 인생을 끝나게 할 순 없다. 네가 없으면 외롭고 쓸쓸한 내 인생도 더 이상 살아가야 할 의미가 없다. 모든 것을 전폐하더라도 내가 대한이 너하고 하루 24시간을 붙어 지내야겠다.

내 눈에 뜨거운 것이 휭 괴일 적이며

그렇게 대한은 난영의 철저한 보호 아래에서 생활하였다. 대한의 안전도 걱정되었지만 난영 자신의 눈으로 직접 대한의 모습을 확인하지 못하면 불안해서 잠을 잘 수도 숨을 쉴 수도 없었다. 그쯤, 난영은 대한과 학교까지 함께 가서 수업이 끝날 때까지 기다리며 복도를 서성였다. 담임 선생이 그런 난영에게 우려를 표했다.

— 충분히 어머니 마음도 알겠지만, 이제 대한이도 고등학생이고 하니까 혼자서 등하교를 하는 걸 가르쳐야 하지 않을까요? 무엇보다 학생들과 선생님들이 불편해 하는 것 같습니다.

그러나 난영에겐 담임 생님의 말이 귀에 들어오지 않았다. 난영은 또 다시 대한을 혼자 두어 위험에 빠뜨릴 수가 없었다. 그런 난영의 행동을 대한도 처음엔 창피하다고 말하였지만 그 마음을 모르는 것이 아닌지라 서서히 마음을 열어갔다.

지성이면 감천이라고 했던가. 대한의 모습이 조금씩 밝아졌다. 난영은 환해지는 대한의 모습에 새로운 세상을 만난 것 같았다. 이제야 지옥 구렁텅이에서 빠져나온 것 같은 평안을 얻을 수 있었다.

그러던 어느 날.
난영이 대한과 하교를 한 뒤, 사촌 내외가 차려준 저녁을 같이 하는데 그날따라 대한이 저녁밥을 먹는 둥 마는 둥하며 난영을 피해 멍하니 허공만 바라보는 것이다. 난영은 그런 대한의 모습에 가슴이 덜컹 내려앉았다. 저녁상을 물린 난영은 대한을 당분간 곁에서 재우기로 마음을 먹었다.
그때, 난영은 대한이 병원에서 퇴원한 뒤 집으로 돌아온 날이 생각났다. 난영은 마음이 어지러울 대한에게 잠자리를 펴주고 대한의 옆에 자신의 잠자리를 만들었다.

'창문에 비치는 휘영청 밝은 달은 내 마음을 아는지 모르는지 저 가엾은 달은 밤마다 부질없이 자신의 등불을 밝히고 있구나.'

— 대한아! 아무 생각 말고 자자. 엄마가 지켜줄게.
난영이 불을 끄고 잠자리에 누워 창문에 비춰진 달그림자를 보며 이 생각 저 생각을 하고 있는데 부스럭거리는 소리와 함께 난영의 이부자리로 대한이 기어 들어왔다. 그러더니 옆으로 누워 난영을 덥석 껴안고 한참을 있더니 울먹임이 섞인 소리로 말한다.

― 엄마!

― 응.

한동안 둘은 아무 말이 없었다. 그러다 난영의 가슴팍으로 대한의 손이 살며시 들어와 젖가슴을 보듬는다. 난영은 얼결이라 간지럽기도 하고 왠지 쑥스럽기도 하였지만 죽으려던 아이가 곁에 누워 살아있다는 것만으로도 너무나 고마운 순간이었다. 난영이 원망스러운 것인지 아니면 스스로가 죄스러웠던 걸까. 난영은 여하튼 살아있다는 것이 얼마나 다행인지 고맙기까지 해서 그저 대한의 어깨를 꼭 껴안아주었다. 그렇게 얼마간 시간이 흘렀을까. 이내, 대한이 어깨를 들썩이며 흐느껴 울었다.

― 왜 저를 키우셨어요? 소아마비에 사람 구실도 못할 저를 왜 키우셨어요?

― …….

― 꿈도 희망도 없고 언제까지 사람들의 따가운 시선을 받으며 살아야 하는 건가요? 어디 하나 쓸모없는 저를 왜 이렇게 애지중지 키우시는 거예요? 고맙기도 하지만 원망스럽기도 해요, 엄마.

난영의 어깨는 기대 우는 대한의 눈물로 범벅이 되었다. 그런 대한을 어떻게 위로해줘야 할지 몰라 난영의 가슴은 괴롭기만 하였다.

'이렇게 될 줄 알았다면 너의 엄마가 널 왜 낳았겠니. 너는 네 엄마의 꿈이자 희망이었고, 평생 의지할 존재였다. 그런데 무슨 운명의 장난인지 너를 낳다 엄마가 죽었으니 어떡하겠니. 죽은 네 엄마의 소원이 내가 너를 맡아 잘 키워달라는 것이었다. 그때 차마 네 엄마의 당부를 저버릴 수가 없었다. 네가 소아마비 판정을 받았을 때 눈앞이 깜깜해지더구나. 저 불쌍한 아이에게 하늘은 왜 이리도 모진지, 하늘이 원망스러웠다. '그래, 저런 대한이를 내가 아니면 누가 거둘까. 내 모든 것을 주어서라도 어떻게든 키워보자.' 마음을 굳게 먹었단다.

난영이 흐르는 눈물을 조용히 베갯잇으로 닦을 때 대한이 나지막이 난영을 불렀다.

― 엄마!

― 그래.

― 엄마 없으면 저는 어떻게 살아요?

― 으응…….

난영은 어떻게 대답해야 하나 잠시 망설였다.

― 너 죽을 때까지 엄마는 살아있을 거야.

난영은 얼떨결에 대답하였지만 자신이 들어도 너무나 얼토당토 않는 얘기였다. 그러나 그 마음을 대한이 안 것일까? 대한이 더 이상 말을 잇지 않는다. 어느새 은은히 달빛이 방 안으로 비춰들고 있었다.

― 대한아! 길은 있다. 뜻이 없을 뿐이다. 뜻을 가져보자.

― …….

― 걱정하지 마라. 네 다리가 불편해도 네 색싯감은 엄마가 책임질게. 마음 씨 곱고 예쁘고 네 말 잘 들어줄 색시로 엄마가 골라놓을게. 엄마가 너를 만났듯 어떻게 하든 색시와 애기를 갖고 오순도순

살 수 있는 가정을 꼭 만들어 놓을게. 걱정 마렴.

그러면서 난영은 대한을 더욱 꼭 끌어안고 얼굴을 부비었다.

— 대한아! 약속할게. 우리 손가락 걸자.

대한은 어떤 말도 하지 않았다.

저녁상을 물린 그날 이후부터 난영은 대한을 옆에 두고 잤다. 다 큰 아이와 한 방에서 같이 자는 게 난영은 불편하기도 했지만 혼자 두면 무슨 짓을 저지를지 모를 대한을 위해서라도 그 방법밖에 없었다.

그러던 어느 날. 대한이 무슨 생각에선지 이부자리를 펴는 난영을 물끄러미 보다가 말한다.

— 엄마! 이제는 제 방에 가서 잘게요. 다시는 걱정 끼쳐드리지 않을게요.

난영은 그런 대한을 잠시 근심어린 눈으로 쳐다보곤 결심한 듯 펴던 이부자리를 개며 말한다.

— 그래. 너도 이 어미와 한 방에서 자는 게 불편할 테지. 그럼 너 편한 대로 해라. 다시 한 번 부탁하지만 엄마는 너밖에 없다. 어떻게 보면 사는 의미도 보람도 너 때문이고 의지할 곳이란 너밖에 없다. 대한아! 사니까 사는 것 아니냐. 넌들 꿈과 희망이 있겠냐마는 나 또한 꿈, 희망도 없다. 단지 오늘 너 하나 별 탈 없도록 뒷바라지하는 것이 그냥 내 삶이다. 앞으로의 희망? 그런 거 아예 모른다. 그냥 사니까 사는 것뿐이다. 우리 그냥 욕심 없이 이렇게 살자.

― 네, 어머니. 알겠어요.

― 내가 너를 키우게 된 것을 후회한다고 말한다면 말은 쉽다. 하지만 그렇게 단순하지 않다. 선택이 아니라 숙명이라고 할까? 이제 그런 소리도 다 부질 없는 소리다. 과거는 과거일 뿐이야. 너와 나는 오늘과 내일만 있을 뿐이야. 그렇게 알고 최선을 다해 보는 거야. 그러니 아무 생각 말고 네가 없으면 엄마도 없다 생각하고 우리 꿋꿋이 같이 살아가자. 너와 나만 있으면 세상이 무어라 하든 귀담아 들을 필요 없다. 우리끼리 끼리끼리 맞게 살면 된다. 알았지?

― 네.

― 그래, 고맙다. 정말 고맙다.

순간, 대한이 바닥에 주저앉으며 흐느낀다.

― 어머니…….

난영의 마음이 대한의 마음을 움직인 것인가? 대한이 불편한 다리를 끌고 다가와 난영의 두 손을 꼭 부여잡고는 치마폭에 얼굴을 묻은 채 서럽디 서러운 눈물을 쏟아낸다.

― 어머니, 저는 죽을 운명이 아닌가 보아요. 제 어리석은 생각으로 두 번이나 자살을 시도해보았지만 안 되더군요. 차라리 이럴 바엔 불행한 운명과 맞서 싸워 볼랍니다. 이긴다는 것이 무엇인지는 몰라도 이 몸 닳아서 사그라지도록 이 앙다물고 해보겠습니다. 아마도 이것이 어머니의 불운도 제 운명도 씻겨내는 치유가 되는 것이 아닐까요? 이제부터라도 제가 외롭고 쓸쓸한 어머니의 운명이 돼드릴게요. 부디, 이 어리석은 아들을 용서해 주세요.

그리곤 대한이 난영을 안아준다. 고진감래라 하였던가. 난영은 대한을 키우는 이유를 비로소 찾은 듯하였다. 그러자 난영의 두 눈에 뜨거운 것이 핑 괴이었다. 그것은 눈물이었지만 지금까지와는 다른 눈물이었다.

나는 내 슬픔이며 어리석음이며를
소처럼 연하여 쌔김질하는 것이었다.
내 가슴이 꽉 메어 올 적이며,
내 눈에 뜨거운 것이 핑 괴일 적이며,
또 내 스스로 화끈 낯이 붉도록 부끄러울 적이며

이깔나무 대들보 굵기도 한 집에

1973년.

대한의 방황은 끝이 났다. 대한은 자신의 운명을 저주하던 기운을 공부에 무섭도록 쏟았다. 그 뒤로 대한은 전교1등은 물론이거니와 전국 모의고사에서도 1등을 놓치지 않았다. 대한의 남다른 비상한 머리를 유심히 지켜본 고등학교 3학년 때 담임 선생이 난영을 불러 대한에게 IQ 테스트를 볼 것을 권했다. 당시 IQ 테스트는 한국에선 생소했다.

— 어머니, 대한이가 보통 아이가 아닌 것 같습니다. 몸이 좀 불편한 대신 신께서 남들보다 타고난 머리를 주신 것 같습니다. IQ 테스트를 한번 보시지요.

친아버지가 문학을 하는 시인이니 대한이 머리가 나쁠 리는 없지만, 그렇게 놀랄 정도는 아닐 거라고 생각했다. 하지만 IQ테스트 결과는 놀라웠다. 대한의 IQ가 180이라는 결과가 나왔다. 아직 한국에 IQ테스트가 생소하던 때였으므로 학교 차원에서 그 결과를 미국의 영재학회에 보냈다. 몇 달 뒤 미국의 영재학회에서 정식으로 대한의 IQ를 인정하는 공문이 송달 되었다. 난영도 믿을 수가 없었다. 대한이는 영재를 넘어 분명 천재였다. 담임은 대한이 한국에 있기는 아까운 인물이라며 미국 유학을 권했다. 대한이의 미래를 위해서라도 난영이 결정을 해야 했다. 그러나 일본 유학도 아니고 미국이라니. 난영은 난감했다. 어떻게 해야 좋은 선택인지 방법을 찾을 수가 없었다.

그때 난영은 일본 전경련 회장이던 오랜 벗인 기시다가 떠올랐다. 기시다에게 전화를 걸었다. 자신에게 영원히 변치 않는 다이아몬드를 선물했던 사람이다. 기시다는 일본인이었지만 난영이 의지할 만한 사람이었다. 기시다는 자신이 조지메이슨 대학의 총장과 잘 알고 있다며 자신이 적극적으로 다리를 연결해주겠다고 한다. 물론 자신이 추천인이 되겠다고도 한다. 당시만 해도 한국의 열악한 환경 속에서 미국 유명 대학으로 유학 가는 게 쉽지 않았다. 그 뒤로 대한은 조지메이슨 대학 전액 장학생으로 선발 되었다. 대한은 핵물리학과를 가기를 원했다. 그러나 난영은 어렵고 힘든 핵물리학자의 길을 가기보다는 의학으로 뜻을 펼쳐보길 권유했다.

— 대한아! 핵물리학처럼 어려운 공부보다는 의사가 되어서 어려운 이웃을 돕고 이웃 나라에 가서 봉사하면서 살면 어떠니? 그것이

공부한 보람도 있고 너 또한 어렵게 자라왔으니 도움이 필요한 어렵고 돈 없는 사람들을 치료해주면 그들이 얼마나 고마워하겠니. 우리 둘이 여기까지 오면서 지금껏 얼마나 빈 가슴에 믿을 데 없고 의지할 곳 없이 살아왔니. 난 네가 우리보다 더 아프고 의지할 데 없는 사람들을 위해 의대를 갔으면 좋겠다.

― 네, 어머니. 그 말씀도 일리가 있습니다. 하지만 저처럼 신체장애를 가진 사람이 뭇사람들도 해내기 어려운 학문인 핵물리학을 전공해서 핵물리학계에 한 획을 긋는다면 그것 또한 저보다 더 아프고 힘든 사람들에게 위안이 될 것 같습니다.

난영은 생각이 깊은 대한의 말에 비록 자신이 어미지만 감탄이 절로 나왔다.

― 그랬구나! 네게 그런 깊은 뜻이 있는 줄 몰랐다. 그래. 지금껏 네가 얼마나 모진 수난을 겪었는데 무엇이 두렵고 무엇이 부족하겠느냐. 네 원대로 마음껏 펼쳐보아라.

다음 해에 대한은 조지메이슨 대학으로 유학을 떠났다. 전액 장학생이 된 조건은 대학과 대학원을 졸업한 뒤 미국의 핵물리학 연구소에서 근무하는 조건이었다. 꽤 긴 시간을 아니 어쩌면 대한이와 영원히 떨어져 살아야 할 것을 생각하니 난영은 두려워졌다. 하지만 대한의 미래가 탄탄대로로 펼쳐질 것을 생각하니 이런저런 생각을 할 처지가 아니었다.

미국으로 떠나던 날 김포공항에서 대한이 난영의 손을 잡고 물었다.

― 어머니 가슴속에 계시는 그 시인은 어떤 사람인가요?

난영은 뜬금없는 질문에 잠시 어리둥절해졌다. 대한이 그런 난영의 표정을 살피며 말한다.

― 우리가 다시 만날 수 있듯이 꼭 그 분을 다시 만나실 수 있을 겁니다.

난영은 왈칵 눈물이 쏟는다.

― 그래 대한아, 나는 너를 그 시인으로 여기고 일평생을 살았다. 꼭 다시 건강하게 이 어미 품으로 돌아오너라.

이 먼 타관에 온 낯설은 손을
이른 새벽부터 집으로 청하는 이웃 있도다.
어린것의 첫생일이니
어린 것 위해 축복 베풀려는 이웃 있도다.
이깔나무 대들보 굵기도 한 집엔
정주에, 큰방에, 아이 어른― 이웃들이 그득히들 모였는데.

도야지고기는 돗바늘 같은 털이 드문드문 백였다

　세월이 유수와 같이 흐른다더니 어느덧 대한이 미국으로 유학을 간 지도 6년이 지났다. 대한에게 서운치 않을 만큼 편지가 자주 왔지만 대한에 대한 난영의 그리움은 날로 쌓여만 갔다. 그래도 대한의 미래를 위해 난영은 참고 참았다. 그리움을 참을 수 없는 날에는 그 옛날 어린 대한을 잠재울 때처럼 노래를 불렀다.

저 저 연못 뚝엔
부둘과 연잎 있도다
아름다운신 님이여
애태운들 어찌하리오
자나깨나 님 생각에
눈물만 비오듯 하도다

월성각도 대한이 없는 6년 동안 세월의 부침을 겪었다. 한국 경제가 급속도로 성장하다보니 몇 군데 안 되던 장안의 기생 요릿집이 룸살롱이라는 이름으로 그 수가 많아졌고 저렴하게 유희를 즐길 수 있는 술집들도 우후죽순 생겼다. 하지만 20년 전통의 월성각은 조선의 전통문화를 그대로 유지한 독보적인 요릿집이었다.

그 무렵 정보부로부터 난영을 찾는 전화가 걸려왔다. 제철 산업 이후 소식이 뜸하던 정보부였다.

— 각하께서 전통 가무도 관람하시고 선생과 긴히 나눌 말씀도 있다 하십니다. 내일 저녁에 월성각을 방문하려고 하니 단단히 준비를 해주십쇼.

난영은 각하가 자신과 긴히 나눌 말이 있다는 소리에 가슴이 떨리고 긴장이 되었다. '대체 나 같은 미천한 사람과 무슨 나눌 말이 있단 말인가?' 난영은 일이 손에 잡히지 않았다.

그러던 중에 당시 굴지의 기업인인 정 회장이 각하가 방문한다는 시간보다 한 시간 일찍 찾아왔다. 정 회장은 다짜고짜 난영을 앞세우곤 월성각 이곳저곳을 둘러보았다. 그리곤 난영에게 "귀한 외국 손님들을 맞이할 때 별채가 있느냐?"고 물었다. 난영이 오래된 사랑채 몇 곳을 안내하니 정 회장이 미간을 찌푸리며 묻는다.

— 이런 사랑채가 몇 개나 있습니까?

— 다섯 채가 있습니다.

난영이 말하자 정 회장이 혼잣말로 '우선 별채부터 새로 확장해야 할 것 같군' 한다. 난영은 정 회장이 대체 왜 그러는지 궁금했지만 각하가 올 시간이라 더 이상 묻지 않았다. 그러는 사이 각하 일행이 도착하였다.

각하를 미리 준비해 둔 사랑채로 안내하고 난영도 자리에 함께하였다. 일행들이 모두 자리에 앉자 각하가 거두절미하고 술잔을 정 회장에게 건네며 묻는다.

― 정 회장.

정 회장이 무릎을 꿇고 술잔을 받으며 대답한다.

― 예.

― 국가를 위해서 적극 밀어 드릴 테니 지금부터 버는 수입은 전부 국가에 내어놓을 수 있소.

― 있구 말구요. 저는 도전과 모험으로 이루는 것이 제일 보람 있습니다. 그렇게 사는 게 제 꿈이기도 합니다.

― 꼭 내 마음을 빼다 얘기하는 것 같네요. 사리사욕에 얽매이면 국가 부름과 먼 미래의 장래를 볼 수 없습니다. 지금처럼 이루어놓은 것으로 국가가 부흥한다면 진정한 사업가지요.

― 각하! 도전과 모험으로 이루어놓으면 누가 가져가겠습니까. 우리나라 국민 것이지 가져간다고 갈 곳이 있습니까. 우리집 감나무에 매달린 감을 누가 먹습니까? 우리 가족과 동네 사람 아닙니까? 그러니 누가 하든 국가 부흥만 이루면 온 국민이 혜택 보는 것이지요. 제가 각하가 혼자 먹을 수가 있습니까? 설령 제 자식들이 먹는다 해도 그것이 다 국가 국민이 같이 먹는 것이지요. 신작로 가로수를 감나무로 심었다면 누가 따먹겠습니까? 시민이 먹을 것 아닙니

까? 그러니 신작로 만들고 가로수 심는 게 문제지 그 후는 생각 안 하셔도 될 겁니다.

　정 회장이 술잔을 비우고 소매로 술잔을 정성스레 닦은 후 각하에게 술잔을 건넨다. 각하가 술잔을 받자 정 회장이 조심스럽게 술을 따른다. 각하가 술잔을 비우며 말한다.

　— 옳은 말씀이요. 우리 서로 믿고 오직 국가와 국민을 위해서 혼연일체가 되어 밀고 나갑시다.

　— 각하! 고맙습니다. 저 자신 있습니다.

　— 좋습니다. 우리 개인 사욕이 아니라 국가와 국민을 위해서 당신과 내가 이 한 몸 미련 없이 던져버립시다.

　— 각하! 고맙습니다. 이 한 몸 뼈마디가 다 닳아지도록 피 한 방울 남을 때까지 최선을 다하겠습니다.

　— 고맙소. 각 부 장관들도 적극 협조해주기 바랍니다. 그리고 이 월성각도 앞으로 잘 부탁하오.

　난영은 각하가 정 회장에게 월성각을 잘 부탁한다는 소리에 가슴이 뛴다. '대체 각하께선 무슨 의도로 저런 말씀을 하시는 걸까' 그러나 그 궁금증은 정 회장의 입에서 풀렸다.

　— 각하, 이미 제가 이곳을 둘러봤습니다. 외국 귀빈들과 바이어들을 월성각에서 적극적으로 유치하기 위해선 우선 별채 건물들은 보수하고 산 뒤쪽을 밀어 별채를 몇 채 더 지어 대대적으로 확장해야 할 것 같습니다. 월성각에서만 좋다면 자본과 인력은 저희가 대겠습니다.

― 좋소. 내가 월성각에 진 빚도 있고, 정 회장 잘 부탁드리오.
― 분부만 내려 주십시오.

술잔이 몇 순 돌고 각하가 깜빡 잊었다는 듯 난영을 본다. 자리가 너무 어려워 고개도 못 들고 있는 난영에게 각하가 술잔을 건넨다.

― 아. 내가 이곳의 주인인 임자를 깜박 잊었구만. 자 너무 어려워 말고 내 잔을 받게.

난영이 무릎을 꿇고 술잔을 받자 각하가 흡족한 듯 난영에게 말한다.

― 예전 제철 합작 사업이 임자 덕이 컸다는 소리를 들었소. 진작 감사의 인사를 드렸어야 하는데 바쁘다보니 이렇게 늦었소. 그래. 월성각에 보답을 하고자 정 회장을 불렀소. 들었겠지만 내가 월성각에 기대가 크오. 앞으로 월성각이 대한민국 최고의 전통 요릿집이 될 수 있도록 임자가 잘 판단해서 필요한 것들은 모두 정 회장에게 말씀하시오.

난영은 각하의 마음 씀에 감동이 되어 얼른 머리를 조아리며 대답을 했다.

― 과분합니다.
― 아니요. 임자가 아니었다면 제철 사업이 힘들었을 거요. 그리고, 염치불구하고 임자에게 부탁할 것이 있어 하나 더 있어 이곳에 직접 찾아왔소. 청와대보다는 이곳에서 부탁하는 게 예의인 것도 같고 해서, 다름 아니라.

부탁이라는 말에 난영은 받은 잔을 마시지도 내려놓지도 못하

고 어리둥절할 뿐이다. 그래도 난영이 정신을 차리고 대답을 해야
했다.

　― 각하, 이 미천한 사람에게 무슨 부탁이신지요?

　난영의 대답에 각하가 뜸을 들이며 접시에 담긴 도야지고기를 젓
가락으로 집어 든다. 도야지고기에 돗바늘 같은 털이 드문드문 박
혔다. 음식에 정성을 다한다고 했는데 큰 실수를 저지르고야 만 것
이다. 난영의 얼굴이 노랗게 질린 걸 아는지 모르는지 각하가 도야
지고기를 먹는다. 주변에 잠시 긴장이 흐른다. 그러자 각하가 흡족
하게 도야지고기를 씹으며 말한다.

　― 돗바늘 같은 털이 박혀 있어야 도야지고기는 일품이라우. 내가
만주에 있을 때 도야지고기를 잡으며 우선 불로 털을 구슬리고 칼
로 면도를 했지. 그때 그 맛이구만.

　― 각하는 역시 서민적이십니다.

　정 회장이 말하자 수행원들이 모두 파안대소하며 웃는다. 그러나
난영은 바늘방석이다. 각하가 젓가락을 상위에 내려놓자 경호실장
이 정 회장 일행에게 잠시 나가달라고 눈짓을 한다. 정 회장 일행이
내실에서 나가자 각하가 난영에게 간곡하게 말을 건넨다.

　― 임자의 아들이 미국에서 핵물리학을 전공한다 들었소.

　각하가 말한 내용인즉, 국가 안보 차원에서 비밀리에 핵연구소를
만들고자 하며 대한을 연구기관을 이끌 핵심 인물로 삼고자 한다는
것이다. 핵연구소를 통해 종국에는 대한민국도 핵폭탄을 만들겠다
는 것이다. 구국을 향한 난영의 마음이 다시 한 번 살아 움직였다.

그러나 대한은 지금 미국에 핵물리학 연구소에 묶여 있는 몸이 아닌가. 난영의 표정이 난감해지자 내내 말이 없던 정보부 실장이 각하에게 보고한다.

— 저희가 알아본 바로는 크게 문제될 게 없을 것 같습니다. 귀국의 문제는 대한군의 의지에 달린 거니까 마담께서 잘 설득하면 될 듯합니다.

각하가 다시 도야지고기를 먹으며 말한다.

— 미국 측은 어떤가?

— 당분간은 비밀리에 수행해야할 것 같습니다. 개들이 알면 국제 문제가 될 겁니다.

각하가 입속에서 검은 도야지고기 털을 하나 건져내며 난영에게 말한다.

— 아들을 설득할 수 있는 건 임자밖에 없소. 국가를 위해 임자가 다시 한 번 나서주시오. 우리 민족의 기상으로 강대국으로부터 자주를 이루어 봅시다.

난영은 앞뒤 가릴 것이 없다.

— 국가와 국민을 위하는 길이라면 그 어떤 일이든 적극 대한이를 설득해보겠습니다.

각하가 손에 들고 있던 도야지고기 털을 그제야 상 위에 내려놓는다.

도야지고기는 돗바늘 같은 털이 드문드문 백였다

나는 이 털도 안 뽑은 도야지고기를 물끄러미 바라보며
또 털도 안 뽑는 고기를 시꺼먼 맨모밀국수에 얹어서
한입에 꿀꺽 삼키는 사람들을 바라보며

나는 문득 가슴에 뜨끈한 것을 느끼며
소수림왕小獸林王을 생각한다
광개토대왕廣開土大王을 생각한다

각하가 돌아간 뒤로 난영과 정보부장은 대한이의 귀국에 대해 보다 구체적인 이야기를 나누었다.
― 아드님처럼 그만한 공부를 한 사람이 아직 대한민국에 없기 때문에 국가가 모든 역량을 기울여서 아드님의 연구를 지원할 겁니다. 아드님이 더 큰 세상에서 뜻을 펼치기 바라시겠지만, 아쉬운 대로 어머니께서도 국가를 위해 적극 협조해주시길 부탁합니다.
― 그렇게 말씀해주시니 몸들 바를 모르겠습니다.
― 아닙니다. 훌륭한 아들을 두셨습니다. 각하가 이곳에 직접 찾아와 어머니에게 부탁하는 건 그만큼 국가의 명운이 걸린 중차대한 일이기 때문입니다. 그러니 이것저것 생각 마시고 오직 국가와 국민을 위해서 아드님의 귀국에 적극 노력해주시면 합니다. 아울러, 이 모든 사항은 극비리에 진행되어야 합니다. 혹여나 미국 측에서 이 사실을 알게 되면 아드님의 신변이 위태로울 수도 있습니다. 수일 내에 저희 쪽에서 아드님과의 전화를 성사시켜드리겠습니다. 다른 이야기는 하지마시고 아드님에게 잠시 휴가를 내서 한국에 한번

들리도록 부탁하십시오.

대한의 신변이 위태로울 수도 있다는 정보부장의 말에 난영은 부장이 돌아간 뒤로 마음이 뒤숭숭해진다.

그날 밤, 난영은 정 회장이 추진하는 별채 확장 사업에 대해 사촌과 이야기를 나누고 각하가 특별히 부탁한 말을 의논하였다.

— 너희는 내 피붙이니까 비밀이 없이 말하마. 오늘 각하께서 말하길 대한민국이 강대국들과 어깨를 나란히 하려면 핵폭탄을 가져야 하는데 미국이 주도하는 핵확산방지조약 때문에 어렵다고 하더라. 하지만 핵폭탄을 만들지 않더라도 여차하면 핵폭탄 만들 준비는 해놓아야 국가의 안보가 보장되니 핵물리학자인 대한이를 귀국시켜 국가에서 특별히 관리를 해야 한다 하더구나.

사촌 동생이 눈이 휘둥그레지며 묻는다.

— 귀국이요? 대한이 마음대로 되는 게 아닐 텐데요.

— 그게 그렇지만은 않은 것 같더구나. 대한이가 귀국 의사를 강하게 밝히면 된다고 하는데…….

순간, 사촌 동생의 말이 다급해진다.

— 아니, 그게 그래도 공부하러갔으면…….

난영이 사촌 동생의 말을 끊으며 말한다.

— 생각해보면 일본 지배에다 6.25 사변을 겪으며 우리가 얼마나 힘들었니. 가까스로 보릿고개를 넘고 이제 새마을운동으로 국가 부흥의 시대를 맞이하고 있는데 또 다시 국가 안보가 흔들려 강대국의 식민지가 된다든가 아니면 6.25 같은 전쟁이 다시 일어나면……

생각만 해도 끔찍하다. 그래서 우리 대한이가 대한민국의 안보를 지킬 수 있는 인재라면 나라도 발 벗고 대한이와 귀국에 대해 대화를 나눠볼 참이다.

난영의 말에 사촌 동생이 그동안의 모습과는 다르게 난영에게 대들 듯이 푸념을 늘어놓는다.

― 아니, 누님은 제정신이요, 지금? 국가 안보, 일본 지배, 6.25 다 쓸 데 없는 생각들이에요. 우리가 대한이를 어떻게 키웠습니까? 눈이 오나 비가 오나 그 불쌍한 애를 등에 업고 고등학교까지 보낸 게 저와 누님 아닙니까. 대한이는 누님의 아들도 되지만 제 아들도 됩니다. 막말로 우리가 대한이 때문에 피눈물 나는 고생을 할 때 그때 국가가 뭘 해줬습니까? 그런데 이제 대한이가 세계적으로 잘나가니까 불러다가 이용해 먹겠다니 저는 대한이의 장래를 위해서라도 절대 반댑니다. 정부기관 놈들의 입 발린 소리에 속지 마시고 대한이한테 그냥 미국에서 공부하라고 하세요. 대한이가 안 오겠다면 이 정부가 어쩔 겁니까. 국가 그런 거 믿지 마세요. 다 있는 놈들 좋잖고 하는 짓입니다.

― 알았다 알았어. 내 생각만 가지고 되는 일도 아니니 가서 손님 맞을 준비나 해라.

― 나는 누님의 고견을 믿습니다. 그리고 대한이는 내 아들과 진배없단 말입니다.

사촌이 투덜거리며 방을 나간다. 난영은 그전과는 다른 사촌의 모습에 왠지 느낌이 좋지 않다. 한편으론 사촌이 대한이를 끔찍이 위하는 마음에서 저러거니 이해하려했지만 난영은 자꾸 도야지고기에 박힌 돗 바늘 같은 털이 생각났다. 그리고 과연 자신이 대한을 위해 잘하는 판단일까 걱정이 되었다.

며칠 뒤, 중앙정보부의 배려로 난영과 대한과의 국제전화가 이루어졌다.

누구 하나 부럽지도 않다

조지메이슨 대학을 졸업하고 우수한 성적으로 핵물리학 연구실의 연구원이 된 대한은 학교 측의 전폭적인 지원을 받고 있었다. 6년이라는 세월이 결코 짧은 시간은 아닌지라 대한도 모국에 대한 그리움으로 밤잠을 뒤척이는 나날이 많았다.

그러던 중 갑자기 한국에서 걸려온 난영의 전화에 대한의 마음이 뒤숭숭해졌다. 공부도 중요하지만 시간을 내서 한번 한국에 오는 것이 어떻겠니? 라는 말이 영 어머니답지 않았기 때문이다. 대한에게 어머니 난영은 항상 강하고 인내심이 많은 분이었다. 전화 끝에 덧붙인 "내 긴히 네게 할 말도 있고."라는 마지막 말이 마음에 걸렸다. 무엇보다 당시만 해도 한국에서 미국으로 국제전화가 걸려온다는 것이 특별한 계층이 아닌 이상은 꿈도 꾸지 못할 일이었다. 그런 꿈도 꾸지 못할 일이 가능했던 건 중앙정보부가 적극적으로 나섰기 때문인데 그걸 알지 못하는 대한으로서는 뒤숭숭하기만 했다.

그 전화가 문제였던가?

대한을 둘러 싼 연구소의 분위기가 달라지기 시작했다. 연구소 담당 교수와 총장이 대한에게 면담을 요청하였다. 휠체어에 의지해 대한이 총장실에 들어서자 총장은 반색하며 하던 일을 멈추고 대한을 맞이하였다. 총장은 휠체어 높이에 맞춰 자세를 낮춘 후 대한의 두 손을 붙잡았다.

— 대한 군의 재능이 매우 탁월한 덕분에 우리 대학 연구소가 핵물리학의 역사를 다시 쓰고 있습니다. 그런 대한 군을 위해 어떤 보상을 해줄까 고민하다가 평생을 휠체어 의지해 살아야하는 대한군에게 우리 대학 의과대에서 실험 중인 인공 고관절을 시술해 주기로 결정하였습니다. 수술이 잘 되면 최소한 휠체어에서 일어나 스스로 목발을 짚을 수 있을 것입니다. 어떻게 생각하십니까?

휠체어에서 일어나 목발을 짚고 살 수 있다는 말에 대한은 꿈속처럼 믿기지가 않았다. 생전 한 번도 생각해보지 않았고 상상도 못한 일이었다. 대한이 대답을 못하고 어지러운 마음을 추스르고 있는데 총장이 자신감 있게 말을 보탰다.

— 위대한 씨는 우리 연구소와 미국의 자랑이며 세계적인 공인입니다. 보다 자유로운 몸으로 학문에 매진하도록 돕고 싶습니다. 인공 고관절 시술 팀을 한번 믿어봅시다. 안 돼도 좋고 되면 더욱 좋은 거 아닙니까?

엄청난 비용을 들여 자신에게 인공 고관절을 달아주겠다는 대학

측의 제안이 대한은 마음에 걸렸다. 혹시 자신을 붙들어두기 위한 계략인가? 그러고 보니 대한이 핵연구소의 연구원이 될 때 미국 국무성과 CIA이 요원들이 나와 신원 조사와 비밀유출 금지 서약서를 썼던 기억이 있다. 핵물리학은 핵폭탄과 직간접적으로 연결되기 때문에 핵물리학자들은 국가 관리대상이었다.

하지만 대한의 입장에서 마다할 일이 아니었다. 대한은 총장의 의견에 따르기로 하고 수술을 수락했다.

수술은 성공리에 잘 진행되었다. 몇 달에 걸친 재활 훈련을 통해 대한은 휠체어에서 일어나 목발을 짚고 스스로 걷게 되었다.

대한이 목발을 짚고 걸으니 지금껏 꾸어 보지 못한 여자 생각도 해보게 되었다. 지나가는 커플들을 보며 막연하게나마 가정을 꿈꾸며 아내와 아이와 함께 뒤뜰 꽃밭에서 노는 꿈도 꾸었다. 비애와 슬픔으로만 가득 찰 줄 알았던 미래를 토끼 같은 아이와 오순도순 사는 그림으로 그려보는 것이다.

연구소 측에 휴가 계획을 밝히고 귀국 준비를 하던 대한에게 전화가 걸려왔다. 어머니 난영이었다.

— 언제쯤 고국에 잠시 들릴 수 있겠니?

— 네, 귀국 준비를 하고 있어요.

— 다행이구나. 그런데 뭐, 좋은 일이라도 생겼니?

대한은 귀국 전까지 수술 얘기를 하지 않고 어머니를 놀라게 해주고 싶었다. 하지만 참을 수가 없었다.

— 어머니!

― 아이구, 깜짝이야. 귀청 떨어지겠다. 무슨 놀랄 만한 일이라도 생겼니?

― 제게 다리가 생겼어요!

― 아니, 무, 무슨 뚱딴지같은 소리야? 다리라니?

― 여기 미국 학교에 계신 의학교수님이 인공고관절 시술을 해주셨어요. 이제 제 스스로 목발을 짚고 일어나 걸을 수 있어요. 귀국해서 놀래 켜 드리려고 연락을 못 드렸어요. 죄송해요.

놀란 난영의 목소리가 다급하다.

― 세상에! 아니 그게 정말이니? 어떻게 그런 일이?

대한이가 스스로 일어나 걷다니 난영도 믿을 수가 없었다.

― 자세한 얘기는 귀국해서 할게요.

한껏 들뜬 대한이의 목소리를 들으니 난영은 자신도 모르게 기쁨에 차 눈물을 흘렸다.

― 대한아! 하늘도 너와 나를 가련히 여겨 이런 꿈 같은 일이 일어났구나. 세상에 이럴 수가 있니? 감사하구나. 이 축복받은 행운을 세상 사람들 다 보고 들으라고 서울 광화문 사거리에다 외치고 싶구나. 세상에, 세상에 이럴 수가…….

감격에 겨운 난영의 마음은 계속 방망이질 쳐대고 있었다.

'대한아! 목표가 있으면 길은 만들어진다고, 길이 아닌 자리도 걸어가는 순간 곧 길이 된다고 하잖니. 그래서 이미 만들어진 길은 중요치 않다고 우리는 그렇게 믿어왔지. 지금 이 순간 눈물이…… 가슴이 메는구나. 네 색싯감 생각을 지금껏 안 했는데 안 되겠구나. 이

제는 우리 대한이를 지극 정성으로 돌봐줄 참하고 착한 색싯감을 알아봐야겠다.'

전화 저편에서 말을 잇지 못하고 있는 난영을 대한이 다급히 부른다.

― 어머니 듣고 계세요?

― 그래, 그래. 그나저나 언제 귀국하니?

― 한 달만 기다려 주세요. 미국의 허가가 있어야 해서요. 어머니 곧 뵈러 갈게요.

― 그래. 네가 오면 이 어미가 너를 업고 광화문 사거리에서 소리치마!

    우리들은 가난해도 서럽지 않다
    우리들은 외로워할 까닭도 없다
    그리고 누구 하나 부럽지도 않다

한 달 뒤, 대한은 미국 국무성의 허가를 받고 휴가 차원으로 대한민국에 입국하게 된다. 이때까지도 대한은 국무성과 CIA에서 자신을 감시하고 있다는 것을 알지 못했다.

생각하면 쓸쓸한 일이다

　대한이가 목발을 짚고 스스로 걸을 수 있게 되었다는 사실만으로도 난영은 세상 모든 것을 다 이룬 것 같았다. 한편 그 큰 은혜를 대한이가 어떻게 갚아나가야 할지도 걱정이 되었다. 대한이가 미국에 거주하면서 세계적인 핵물리학자가 되어 그 은혜를 갚는 게 인간적인 도리일 것이다. 그러나 대한민국을 생각한다면 모국으로 돌아와 국가를 위해 봉사하는 것이 국민의 도리다. 그러나 대한이를 위해 대한민국이 해준 게 뭐냐는 사촌의 말도 일리가 없지만은 않았다.

　멧새 소리가 유독 날카롭게 들리는 어느 날이다.
　난영은 이러저런 어수선한 생각으로 사촌 동생과 마주 앉아 이야기를 나눴다. 그런데 난영의 말을 듣던 사촌이 저번 때처럼 성을 내며 난영을 다그치는 것이다.

— 누님, 정말 갑갑하십니다. 대한이는 잘만 키우면 세계적인 물리학자가 될 천재예요. 미국에서도 그걸 알고 다리도 해준 거 아닙니까. 이런 가난하고 거지 같은 한국에 돌아와 봐야 군인 놈들 종노릇밖에 더 하겠어요. 좋은 시설, 좋은 여건 속에서 공부를 해야 세계적인 핵물리학자가 될 수 있으리라 봅니다. 저도 물심양면 부족하지 않게 대한이를 지원할 터이니 그냥 미국에서 공부하라고 하십쇼. 대한이는 절대 한국에 오면 안돼요. 이런 나라에서는 제명에 못살 겁니다. 그리고 미국에서도 대한을 그냥 놔주겠어요? 저 같아도 그냥!

'제명에 못 살아.' 난영은 대한이 이야기만 나오면 초조한 듯 성을 내는 사촌이 이해가 안 갔지만 대한에 대한 특별한 애정이 있어서 그러겠거니 했는데, 오늘은 다르게 느껴졌다. 사촌이 다른 뜻을 품고 대한의 귀국을 반대하고 있는 것 같았다.

— 알았다. 네 생각도 틀린 건 아니지만 결정은 대한이가 하는 거니까. 나가봐라.

난영이 단호하게 말을 자르자 사촌이 각오한 듯 말한다.

— 말이 나온 김에 누님한테 드릴 말씀이 있어요.

— 무슨 얘기길래? 피곤할 텐데 내일 얘기하면 어떠냐?

— 내일은 또 점심, 저녁 손님 음식 준비 때문에 누님과 둘이 시간 갖기가 어렵습니다. 간단한 얘기니 듣기만 하시면 됩니다.

'듣기만 하시면 됩니다.' 난영은 어처구니가 없었다. 예전의 사촌은 이 정도는 아니었다. 대체 뭣 때문에 사촌이 이렇게 천박하게 나오는지 난영도 심기가 불편해졌다.

— 그래? 간단하니 그럼 얘기해 봐라.

— 외람된 말씀 같지만 저도 월성각에 어언 20년을 몸 담아왔습니다. 그런데 지금 저에게는 가진 거라고는 마누라하고 자식 하나밖에 없습니다. 대한이는 이제 세계적 석학이 되었고 하니 이 월성각은 저희에게 주시면 누님 죽을 때까지 편안히 잘 모시고 살게요. 후일에 대한이가 성공해서 귀국한다면 더욱 좋고요. 같이 살면 얼마나 좋겠습니까.

난영은 사촌의 말이 너무나 터무니없이 들려 실소가 나올 뻔 했다.

— 글쎄다. 그런 건 여지껏 생각해본 적이 없는데 갑자기 왜 그런 뚱딴지같은 소릴 하고 그래?

순간 사촌의 두 눈이 살기로 번뜩였다.

— 뚱딴지라니요. 저도 지금껏 할 만큼 했고 나이도 먹을 만큼 먹었으니 제 살길 찾아야지요.

사촌의 감춰진 속내가 드러나는 순간이었다. 그러나 난영은 아무렇지도 않은 척 태연하게 말했다.

— 살 길? 누가 찾지 말랬니? 아직 이렇다 저렇다 할 얘깃거리도 아니고 아무 생각 말고 일이나 열심히 해라. 그리고 말이 나왔으니 말이지 너는 여기서 할 만큼 했다고 하는데 그래 공짜로 했냐. 내가 준 월급으로 너희 가족 먹고 살고 했잖느냐. 그래도 네가 내 유일한 피붙이라서 나도 너한테 서운치 않게 할 만큼 했다고 본다. 그 말은 못들은 걸로 할 테니 나가봐라.

단호한 난영의 말에 사촌의 얼굴빛이 붉으락푸르락해진다.
— 아니, 누님이 어떻게 저한테 그렇게 말씀하실 수 있죠? 그래도 누님 그렇게 말씀하시면…….
난영도 평생 술을 팔며 산전수전 다 겪은 여자였다. 좋게 말하려고 했는데 더 이상 듣고만 있을 수 없었다.
— 뭐? 월성각을 달라고? 이 월성각이 한 개인의 것인 줄 알아? 이 월성각은 많은 사람들의 피눈물로 이룩한 한이고 역사다! 네 눈엔 이 월성각이 술 파는 기생집정도로 보이냐. 그릇이 될 놈이 물려달라고 해야 물려주지! 나가서 일이나 봐.
사촌도 쉽사리 포기하지 못하겠다는 듯 되받아쳤다.
— 누님은 그릇이 되고 저는 안 된다는 소립니까. 제가 이 월성각에 뼈를 묻은 지 20년입니다. 불목하니부터 온갖 잡일까지 안한 게 없습니다. 누님, 월성각에 대해서 딴 생각하시면 저는 이 월성각 다 불태우고 죽어버릴 겁니다! 알아서 하세요!
으름장을 놓듯 거칠어지는 사촌 말에 난영은 기가 찼다. 등잔 밑이 어둡다는 말이 이런 경우인가. 믿었던 사촌이 가장 시커먼 생각을 가지고 있을 줄이야 난영은 탁상을 내리치며 소리쳤다.
— 뭐? 불태우고 죽어? 지금 누구 앞이라고 점점 못하는 소리가 없구나. 정신이 미쳤으면 부끄러운 줄 알아야지! 내가 너한테 이 월성각을 물려주고 싶어도 오늘 하는 짓을 보니 애시당초 틀렸다. 나가봐! 꼴도 보기 싫으니까.
난영이 화를 내며 단호하게 몰아붙이자 사촌이 갑자기 난영 앞에 무릎을 꿇으며 흐느낀다.

― 저 정말 잘할 수 있습니다. 저 믿으시잖아요. 그럼 대한이한테 이 월성각 넘겨주실 겁니까. 누구한테 넘겨주실 겁니까? 대한이가 이런 요릿집이나 할 놈이 아니잖아요. 제가 배운 것은 없어도, 저도 꿈이 있습니다.

밖에서 멧새 소리가 날카롭게 창문을 찢고 들려온다. 난영도 나중 월성각을 물려받을 사람을 생각해보지 않은 것은 아니다. 하지만 이 월성각이 어떤 요릿집인가? 돌아가신 매월 선생의 정신과 조선 마지막 기생들의 한이 고스란히 담긴 곳이 아닌가? 월성각은 무식한 장사치들과 소인배가 물려받을 곳이 아니다. 난영은 사촌의 얼굴을 더 이상 보고 싶지 않았다. 자리에서 일어나 방을 나갔다. 그러자 사촌이 난영의 뒤에 대고 소리친다.

― 대한이를 위해서라도 이 월성각을 저한테 주셔야 할 겁니다!

밖으로 나온 난영은 뒤뜰로 가 고고하게 서 있는 매화나무를 본다. 매화나무를 보자 난영은 한동안 잊고 지낸 시인이 생각났다. 고결한 매화나무를 사랑했던 시인. 그 나무 아래 묻힌 대한의 생모 순복. 불현듯, 난영 자신도 죽어 매화나무 아래 묻히고 싶어졌다.

나는 지나支那나라 사람들과 같이 목욕을 한다
무슨 은殷이며 상商이며 월越이며 하는 나라 사람들의
후손들과 같이 한 물통 안에 들어 목욕을 한다
서로 나라가 다른 사람인데

다들 쪽 발가벗고 같이 물에 몸을 녹이고 있는 것은
대대로 조상도 서로 모르고 말도 제가끔 틀리고 먹고 입는 것도
모두 다른데
이렇게 발가들 벗고 한 물에 몸을 씻는 것은
생각하면 쓸쓸한 일이다

오늘 고향의 내 집에 있는다면

기다리고 기다렸던 대한이 김포 공항 출입국문으로 나오고 있다. 난영은 대한이가 목발을 짚고 나오는 것을 본다. 조금 힘들어 보이기는 하지만 대한이가 스스로 걷고 있었다. 난영의 두 눈에 뜨거운 것이 핑 돈다. 대한이가 저편에서 난영을 알아보고 활짝 웃으며 손을 흔든다. 난영은 신발이 벗겨진지도 모르고 대한에게 달려갔다.

— 대한아!
— 어머니!

난영은 대한을 끌어안고 그동안 참았던 눈물을 쏟는다. 대한과 헤어져 지낸 지 근 6년의 세월이다. 어린 대한에게 처녀의 마른 젖을 물려주고 업어 키운 세월이 난영의 젖은 눈앞에 주마등처럼 흘러갔다.

— 어머니 잘 계셨죠?

─ 그래 어디보자. 내 아들.

─ 어머니 저 이제 혼자 걸을 수 있어요.

─ 장하다. 내 아들.

난영의 눈엔 목발을 짚고 서 있는 대한이 대견하기만 하다. 대한이 휠체어에 의지해 산 세월이 20년이 넘었으니 난영이 볼 땐 정말 기적 같은 일이 일어난 것이다.

그렇게 대한과 난영이 회포를 풀고 있을 때 정보부 실장과 요원들이 난영과 대한에게 걸어온다. 난영은 정보부에 대한의 입국 날짜는 알려줬지만 정보부에서 공항까지 마중 나온 것은 알지 못했다. 대한이 그들을 보고 어리둥절해하며 난영에게 묻는다.

─ 어머니, 누구죠?

─ 정보부에 계시는 분들이다. 내가 네게 긴히 할 말이 있다고 한 게 저분들과 관계된 일이란다.

정보부 실장이 대한에게 다가와 악수를 청한다. 대한이 목발 때문에 불편한 손을 간신히 내밀어 악수를 한다.

─ 위대한 씨, 먼길 오시느라 고생하셨습니다. 오늘은 저희와 함께 가셔야겠습니다.

대한이 얼떨떨해하며 난영을 본다. 난영도 난감해 정보부 실장을 보자 실장이 주변을 살피며 난영에게 귓속말로 말한다.

─ 미리 말씀드리지 못한 점 사과드립니다. 신변 조사 후 귀가 시켜드리겠습니다. 잘 아시겠지만 워낙에 조심해야하는 부분이라 미국은 물론 북한도 예의주시하고 있을 수 있습니다.

북한이라는 말에 난영은 대한이 대한민국의 안보에 관련된 막중한 책무를 지고 있음을 깨닫는다. 난영은 아쉽지만 대한을 달랬다.
　— 대한아, 오늘은 아쉽지만 이분들과 함께 가는 게 좋겠다. 무엇보다 너의 안전을 위해서라니까. 내일 다시 만나도록 하자.
　대한과 공항에서 헤어지고 월성각으로 돌아온 난영은 앞으로 대한이가 한국에서 짊어져야 할 짐이 많은 것에 자신이 정말 대한을 위해 잘한 선택을 한 것인지 걱정이 되었다. 그러나 그 옛날 자신을 일본유학 보내준 정천 선생님의 뜻이 애국애족이었으니 난영은 늦었지만 대한을 통해 정천 선생님의 큰 뜻을 이루고 있다고 생각했다.

*

　달이 휘영청 크고 밝은 정월보름이다. 6년 만에 만난 대한을 정보부 사람들에게 보내고 심난한 마음으로 있으니 밖에서 대보름 음식 만드는 내음과 취객들의 노래 소리가 시끄럽다.
　난영이 손님 접대를 접고 방안에 누워 쉬고 있는데 밖에서 사촌 동생의 소리가 들린다.
　— 저기 누님, 그 남자가 또 누님을 찾아왔습니다.
　그 남자라면 몇 번 월성각으로 찾아와 난영을 뵙길 청했던 남자다. 월성각에 일자리를 구하려고 찾아오는 별별 남자들이 많다보니 그때마다 다 만날 수는 없고 해서 사촌 동생을 시켜 돌려보내곤 했다. 그런데 또 찾아오다니 난영은 남자에 대한 궁금증이 일었다. 남자를 방안에 들라하고 남자와 마주했다. 삼십대 초반으로 보이는 남자는 추레해 보이는 복장에 함경도 말씨를 썼다. 작달막한 키에 광대뼈가 불거져 나온 잔나비형 얼굴, 깡마르고 뼈 가죽만 입혀놓은 궁색함이 어딘가 어색하고 낯설어 보는 이로 하여금 경계심을 불러일으켰다. 일하는 아이가 내어온 차를 권유하며 난영이 궁금함에 질문을 건넸다.

― 나를 찾아오셨다고요?

― 예. 그렇습메다.

― 저를 아십니까? 무슨 일이죠?

이렇게 몇 번 돌려보낸 사람이 극구 찾아오기는 처음이었다. 필시 목적이 있겠다 싶었지만 그것보다 이북 사투리를 쓰는 사람이라 경계심이 쉬이 늦춰지지 않았다.

남자가 자신만만하게 대뜸 물었다.

― 혹시 평안도에 계시는 시인을 아십메까?

가슴이 철렁 내려앉는다. 평안도라면 북에 있는 시인을 말할 터였다. 천년만년 잊지 못할 그리운 이의 이름을 이 깡마르고 추레한 낯선이한테서 듣다니 가슴이 방망이질해대며 숨까지 막혀온다. 난영은 얼른 차 한 잔으로 숨을 가다듬고는 대답한다.

― 네, 알지요.

그러자 낯선 이는 기다린 듯 말을 이어간다.

― 저는 그분의 제잡니다.

순간 난영은 섬뜩해지며 이 남자가 혹시 간첩이 아닌가라는 생각이 들었다. 남자가 그런 난영의 표정을 읽었는지 말한다.

— 실은 저는 일본에서 왔습네다. 원래 평안북도가 고향인데 재일 조총련과 관련된 업무를 보다가 십 년 전 일본으로 망명해서 일본인이 되었습네다. 걱정하지 않으셔도 됩네다. 간첩 아닙네다.

— 아, 그러셨군요.

난영이 안도의 한숨처럼 가볍게 탄식을 하자 남자가 사람 좋게 웃으며 말한다.

— 망명 전 선생님을 뵙고 여러 야기를 하던 중 난영 선생에 대해 알게 되었습네다.

난영의 가슴이 또다시 뛴다.

— 시인님이 제 얘기를 하던가요?

— 네. 시인님이 함흥에 계실 때 함흥옥에서 사랑했던 여자라고 했습메다.

난영은 순간 가벼운 현기증이 일었다.

— 지금 그분은 어디에서 어떻게 살고 있습니까?

남자가 난영의 눈치를 살피며 조심스럽게 말한다.

— 마지막 뵌 게 평안도에 계실 땝네다. 그게…… 선생님이 결혼하실 때 하객으로 가 뵙습네다.

시인이 결혼했다는 말에 난영은 방바닥이 꺼질 듯이 아질한 현기증을 느꼈다. 세월이 세월인지라 당연히 결혼했을 거라 생각했지만 다른 사람에게 직접 들으니 정신이 아득해진다.

― 그러시군요. 그런데 어떻게 저를 찾았습니까?
― 선생님의 친구인 남한에 계시는 위고석 씨와 일본에서 서신을 주고받다 알게 됐습메다.

난영은 위고석이라는 말에 대충 남자가 자신을 어떻게 찾게 됐는지 대충 알 것도 같았다. 모든 게 다 인연이라면 인연이었다. 악연 하나 버릴 것이 없는 게 인연이었다.

― 북에 계신 선생님이 난영 씨를 말씀하실 때 너무나 슬퍼하셔서 한국에 가면 꼭 찾아뵙겠다 혼자 다짐했습메다.

너무나 슬퍼하셨다는 말에 난영은 마음이 천 갈래 만 갈래 찢어지듯 아파왔다. 기어이 뜨거운 눈물이 솟았다. 남자는 시선을 돌려 먼 허공을 본다. 얼마나 지났을까. 난영이 눈물을 수습하고 남자에게 말한다.

― 고맙습니다. 제가 어떻게 보답을 할까요?

남자는 손사래를 치며 말한다.

― 아닙네다. 무슨 의도가 있어 이러는 게 아닙네다. 제자 된 자로서 존경하는 선생님의 사연이 너무나 마음 아파 찾아온 것뿐입네다. 선생님은 북에 살아 계십네다. 그 말 한 마디 전하려고 왔습네다.

남자는 다시 일본으로 돌아간다고 한다. 돌아가기 전에 이렇게 얼굴이라도 뵙게 되어 다행이라며 다시 한국에 오면 찾아뵙겠다고 한다. 난영은 자신도 모르게 남자의 손을 덥석 잡고 부탁한다.

― 어떻게, 시인님을 만날 수 있는 방법이 없을까요? 할 수 있다면 저의 전 재산을 다 들여서라도 죽기 전에 꼭 한번 시인님을 보

고 싶습니다.

남자는 고개를 젓는다.

— 통일되지 않는 이상 힘들 겁네다. 그래도 혹시 모르니 제 연락처를 남겨 놓겠습네다. 제 이름은 한국 이름 마천석 일본 이름은 마쓰답메다. 혹시 나중에 북으로 가는 길이 열리면 제가 도울 수도 있지 않겠습네까.

그렇게 남자는 자신의 일본 주소와 이름을 남기고 떠났다. 떠나기 전 남자는 흑백사진 한 장을 가방에서 꺼내 난영에게 건넸다. 시인과 남자가 같이 찍은 사진이다. 남자는 사진을 난영에게 주면서 절대 밖으로 보이지 말라고 당부한다. 그렇게 남자를 보내고 답답한 마음에 방문을 열어놓고 휘영청 밝은 대보름달을 혼자 보고 있노라니 그날의 시인의 목소리가 들려오는 듯하다.

— 아마 생이별처럼 아픈 것은 없을 거야? 드러낼 수 없고 마음껏 불태울 수 없는 사랑. 끓는 피를 주체할 수 없는 사랑. 열정적으로 당신을 찾는 그 시선을 당신은 볼 수 없을 거야. 어찌 보면 인생은 원래 짧은 만남과 영원한 이별의 연속이라고들 하지.

난영은 그 환청처럼 들려오는 시인의 목소리에 혼잣말처럼 말한다.

— 당신이 말했죠. 1년이야. 1년만 기다리면 돼. 내년 이맘때면 우리 둘이 그렇게도 갈망하던 신혼살림을 차리는 거야. 아. 그런데…… 그렇게 우리는 이별하였지요. 영영 이별하였지요. 6.25가 터지면서 영영 이별이 될 줄이야. 저 달은 저렇게 밝은데, 우리들은 영

영 이별하였지요. 저 달도 몰랐을 겁니다. 당신과 내가 30년 동안 헤어져 살 거란 걸.

오늘은 정월 보름이다
대보름 명절인데
나는 멀리 고향을 나서 남의 나라 쓸쓸한 객고에 있는 신세로다
옛날 두보(杜甫)나 이백(李白) 같은 이 나라의 시인도
먼 타관에 나서 이날을 맞은 일이 있었을 것이다
오늘 고향의 내 집에 있다면
새 옷을 입고 새 신도 신고 떡과 고기도 억병 먹고
일가친척들과 서로 모여 즐거이 웃음으로 지날 것이련만
나는 오늘 때 묻은 입든 옷에 마른 물고기 한 토막으로
혼자 외로이 앉아 이것저것 쓸쓸한 생각을 하는 것이다

내 뜻이며 힘으로, 나를 이끌어 가는 것이 힘든 일인 것을 생각하고

다음날 월성각으로 귀가할 줄 알았던 대한이 며칠이 되도록 오지 않았다. 난영은 인편을 넣어 대한의 소식을 청와대 사람들에게 물어봤지만 극비라 알려줄 수 없다고 한다.

그렇게 애가 타는 며칠이 흘러갔다.

더이상 참을 수 없었던 난영이 아침부터 사촌 동생을 불렀다.

— 내가 직접 청와대에 좀 가봐야겠다.

사촌이 아직도 뭐가 못마땅한지 난영의 눈을 피하며 대답한다.

— 그러니까 제가 그랬잖아요.

난영은 그런 사촌이 화가 나고 한심했다.

— 뭐가 그래?

— 이 새끼들 하는 짓 보세요. 아마 대한이가 미국으로 다시 돌려보내달라고 했을 겁니다.

난영도 내심 대한이가 그럴 수도 있다고 생각했다.

― 내가 점심 먹고 청와대에 좀 다녀와야겠다. 정보부 실장은 연락이 안 되고 하니 윤 비서관을 만나야겠어.

― 누님 순진하십니다. 걔들이 순순히 보내주겠어요? 대한이는 한국에 돌아오지 말았어야 했어요.

― 또 그말이냐?

사촌이 코를 탱하고 풀며 말한다.

― 갑갑하십니다. 대한이하고 누님은 덫에 걸린 거예요.

― 덫?

― 국가의 꾐에 넘어간 거라고요.

일이 이렇게 된 이상 사촌의 말을 전부 부정할 수는 없었다. 자신이 직접 청와대를 찾아가는 수밖에 없었다. 점심을 먹고 외출 준비를 하고 있는데 기다렸다는 듯이 대한이를 싣고 정보부 차량이 월성각으로 왔다. 난영이 맨발로 뛰어가 대한이를 맞이하는데 대한의 안색이 좋지 않다.

정보부 실장이 요원들을 물리고 난영에게 할 말이 있다며 내실로 가자고 한다. 난영은 대체 무슨 일이 있기에 이러는가 싶어 잔뜩 긴장을 하는데 정보부 실장이 내실로 들어서자마자 난영에게 답답하다는 듯이 말한다.

― 대한이가 자신을 미국으로 돌려보내달라고 하더군요.

난영도 답답하다.

― 그럼 우리 대한이는 어떻게 되는 겁니까?

― 저흰 돌려보낼 수가 없습니다. 아시다시피.

돌려보낼 수가 없다니 난영은 일이 잘못 돌아가는 것을 느끼고 다급해진다.

― 그래도 대한이의 판단이 중요하지 않나요?

정보부 실장이 한심하다는 듯이 난영을 노려본다. 그러다 다시 표정을 바꾸곤 말한다.

― 어머니, 아니 마담. 우리가 장난으로 이러는 거 아닙니다. 정부가 대한이에게 맡길 일은 국가의 존망이 달린 일이고 각하께서 특별히 지시한 일입니다.

난영은 각하라는 말에 긴장을 하며 대답한다.

― 대한이가 겁을 먹고 그러는 것 같은데 제가 잘 설득해 보겠습니다.

― 그것보다 문제는 대한이의 친아버지가 위고석 씨더군요.

정보부에서 대한이의 출생을 조사했다 한들 대한이의 생부가 뭐가 문제가 되는 난영은 이해가 안 갔다.

― 그 아이의 친부가 뭐가 문제됩니까? 위고석 씨는 저 아이가 태어난 이후 한 번도 만난 적이 없는데요.

정보부 실장이 난감한 듯 난영을 본다.

― 위고석 씨가 북쪽 사람 아닙니까? 그리고 위고석 씨는 지금 저희 측 사찰 대상입니다.

정보부에서 대한이의 출생을 조사하는 과정에서 친부가 위고석 씨라는 사실이 밝혀졌으며 위고석 씨가 경찰의 요시찰 대상이라는 것이다.

— 위고석 씨가 정부에 대한 안 좋은 글들을 투고한 경력이 있습니다. 이 자식 빨갱이라고 보시면 됩니다.

빨갱이. 난영은 가슴이 뛰었다. 빨갱이라면 공산주의자를 말했다. 난영도 그동안 위고석 씨와 서신을 끊은 지 오래라 위고석 씨의 동향을 전혀 몰랐다. 실장이 난감한 듯 담배를 꺼내 물며 난영을 노려본다. 난영이 죄지은 것처럼 움찔하자 실장이 담배 연기를 내뿜으며 말한다.

— 마담의 옛 연인이 북쪽에 있죠?

시인을 말하는 것이다. 순간 난영은 현기증이 일었다. 난영은 실장이 대체 자신한테 무슨 말을 하려는지 갈피가 잡히지 않았다.

— 친부는 빨갱이고 대한이를 키운 마담의 연인은 북한에 있다. 저희로서는 최악입니다.

정부는 대한이의 주변이 모두 빨갱이들이라고 판단하는 것 같았다. 난영은 정신을 가다듬고 단호하게 말했다.

— 그건 해방 전의 일이고, 저는 국가와 민족을 위해 우리 대한이가 큰 일을 할 것으로 믿습니다.

실장이 담배 연기를 길게 내뿜으며 말한다.

— 아, 그렇다고 해서 마담을 의심하는 건 아닙니다. 무엇보다 각하는 마담을 믿습니다. 그런데 미국 측 동향이 이상합니다. 귀국 후 대한이의 동향을 미국이 알 수 없었을 텐데. 미 대사관에서 외교부 쪽으로 연락이 왔어요. 대한이가 남산에 있다는 걸 알고 있더군요.

다시 말해 대한이가 미국의 감시를 받고 있든지 아니면 대한이가 미국과 어떤 방식으로든 연락을 취하고 있다는 건데…….

미국의 감시? 연락? 그 순간 난영은 대한을 둘러싸고 벌어지고 있는 일이 나중에 대한의 생명을 위협할 수도 있겠다는 끔찍한 생각이 들었다. 난영의 가슴이 방망이쳐댔다. 숨이 쉬어지지 않았. 실장이 그런 난영에게 물잔을 건네준다. 난영이 물잔을 들이키자 실장이 말한다.

― 마담, 이거 자칫 잘못하면 국제적인 비화사건이 될 수도 있습니다. 한미 동맹은 물론 미중일의 관계도 그렇고…….

실장이 다시 난영을 매섭게 쏘아보며 취조하듯이 다그친다.

― 며칠 전 일본에서 사람이 왔다갔죠?

난영은 정보부에서 월성각에서 벌어지는 일들을 모조리 알고 있는 것에 등골에 소름이 돋으며 다시 숨이 막혀온다. 그러나 난영은 이 순간 자신이 정신을 놓아서는 안 된다는 것을 안다.

― 일본 이름 마쓰다. 북쪽 이름 마천석. 10년 전에 북에서 일본으로 망명한 사람이던데, 취조 결과 그 시인의 소식을 마담에게 알려주려 왔다고 하더군요. 사실입니까?

난영은 두 주먹을 꽉 쥐고 실장을 쏘아보며 말한다.

― 다 알고 계시는군요.

― 사실입니까?

― 네. 사실입니다. 그분이 자신은 시인님의 제자라면서……. 그것뿐입니다.

― 내용은 다 알겠고. 그 친구가 준 거 있죠?

사진을 말하는 것 같다. 난영은 실장을 원망어린 눈으로 본다. 실장이 담배를 재떨이에 비벼 끄며 말한다.

― 저도 이러고 싶지 않습니다. 사진 어디 있습니까?

― ……

― 마담이 지금 어떤 일을 저질렀는지 모르시는 것 같은데 보안법 위반입니다. 북쪽과 서신을 교환한다든지 인편으로 북쪽의 소식을 듣는다든지.

난영은 사진만은 절대 내놓을 수가 없었다.

― 가지고 있지 않습니다.

― 정말입니까?

― 태워버렸어요.

― 이거 대한이를 위해 좋은 일이 아닙니다! 그 빨갱이 시인, 사진 내놓으세요!

난영은 기어이 참지 못하고 실장에게 소리친다.

― 아무리 국가와 민족을 위해서라지만 시인이 무슨 잘못을 했습니까? 제가 시인을 30년 동안 잊지 못하고 사랑하는 게 죕니까? 생부로부터 버려진 불쌍한 대한이가 똑똑한 게 죕니까?

이때, 대한이가 내실 문을 열고 들어선다. 대한이가 밖에서 이 모든 이야기를 듣고 있었나 보다. 요원들이 황급히 달려와 대한이를 막아선다. 대한이 힘겹게 목발에 의지한 채 실장에게 말한다.

― 제가 한국에 있겠습니다. 제가 빨갱이의 자식이라도 제 목숨을

다해 대한민국이 핵을 가질 수 있도록 노력하겠습니다. 미국이 저를 죽이려할지라도 제가 대한민국이 핵을 가질 수 있도록 하겠습니다. 하지만 한 가지 조건이 있습니다. 어머니한테서 그 사진은 뺏진 마세요. 어머니에게는 그 시인이 전붑니다.

대한이 훌쩍이며 난영에게 말한다.

— 어머니 절대 사진을 주지 마세요. 그 시인이 어머니의 전부잖아요.

난영이 울컥하며 일어나 대한에게 걸어가 대한을 안는다.

— 대한아! 다 내 잘못이다. 내가 너를 힘들게 하는구나. 이 어미는 네가 국가와 민족을 위해 재능을 바치길 원하지만, 이 어미가 할 수 있는 일이 없구나. 판단은 너의 뜻대로 해라. 그리고 내 전부는 너다! 네가 있어서 이 어미가 이 모진 세월을 살아낸 거야. 앞으로도 내 전부는 대한이 너다.

이 때 나는 내 뜻이며 힘으로, 나를 이끌어 가는 것이
힘든 일인 것을 생각하고,
이것들보다 더 크고, 높은 것이 있어서, 나를 마음대로
굴려 가는 것을 생각하는 것인데,
이렇게 하여 여러 날이 지나는 동안에,
내 어지러운 마음에는 슬픔이며,
한탄이며, 가라앉을 것은 차츰 앙금이 되어 가라앉고

그 뒤로, 대한은 정보부와 각서를 쓰고 한국에 머물기로 하였다. 극비에 부쳐진 프로젝트이다 보니 난영의 일거수일투족도 감시의 대상이 되었다. 무엇보다 연구소로 복귀하지 않는 대한을 놓고 미국의 압력이 거세졌다. 약소국에서 그것도 분단된 나라에서 핵을 가진다는 것은 목숨을 거는 위태로운 일이었다. 하지만 대한은 정보부의 감시를 받으며 극비리에 전국의 내로라하는 수재들을 데리고 핵 프로젝트를 진행하게 된다.

어니 먼 산 뒷옆에 바우섶에 따로 외로이 서서
어두어 오는데 하이야니 눈을 맞을, 그 마른 잎새에는
쌀랑쌀랑 소리도 나며 눈을 맞을,
그 드물다는 굳고 정한 갈매나무라는 나무를 생각하는 것이었다.

곧고 정한 정신은 시련을 겪는 것일까. 그렇게 대한과 난영은 위태로운 시간 속으로 빠져들었다.

조용히 조용히 눈이 내린다

1977년.

    대한은 정보부에서 비밀리에 관리하는 숙소에 묵으며 가끔 월성각에 다녀갔다. 정보부 실장은 예전처럼 난영을 대하며 전에 있었던 일들은 일절 말하지 않았다. 모두가 살얼음판을 걷고 있다는 걸 알고 있었다.

    그러던 어느 날.
    4월의 끝자락인데 하늘이 어두워지고 눈이 날린다. 예사롭지 않은 눈이다. 난영이 별채에서 손님맞이로 눈코 뜰 새 없이 바쁜데 사촌댁이 급한 전화라며 신발도 안 신고 난영에게 달음질쳐 왔다.
    — 형님, 큰일났구만요, 큰일이어요.

― 뭐가 그렇게 급하길래 이 야단이야? 그럴수록 한 번 더 생각하고 정신 차려야 손님에게 그만큼 실수가 없는 법이야.

난영이 숨을 돌리라고 사촌댁에게 핀잔을 주긴 했지만 사촌댁의 얼굴이 하얗게 질려있다.

― 죄송합니다. 허나, 병원 응급실에서, 워낙 급하다고 하길래요. 저도 모르게 혼비백산이 되어 달려왔습니다.

― 뭐? 병원 응급실? 나한테? 응급실에서 전화가 왔다고?

난영은 서둘러 거실 전화기로 향했다.

― 여보세요. 전화 받았습니다.

수화기 속에서는 기다렸다는 듯 다급한 목소리가 쏟아져 나왔다.

― 아! 여기 고려의료원인데요, 혹시 위대한 씨 보호자 되시나요?

대한의 보호자로 난영을 찾는 전화다. 예감이 좋지 않다. 난영은 전화기를 두 손으로 움켜잡았다. 대한은 정보부에서 관리하는 숙소에 묵고 있었기 때문이다.

― 맞는데요. 제가 어머니 됩니다. 무슨 일입니까?

― 지금 교통사고로 위대한 씨가 중환자실에 와서 연락드렸습니다.

병원 관계자의 설명에 난영은 정신이 아득해지며 자신도 모르게 소리를 질렀다.

― 뭐라구요? 그래서요, 많이 다쳤나요?

― 지금 상태로는……, 생명이 위독합니다. 급히 오셨으면 합니다.

하늘이 노랗다. 노랗다 못해 캄캄하다. 세상의 빛이 모두 일순간에 꺼진 듯만 하다. 다리에 힘이 풀려 바닥에 주저앉은 난영이 사촌 댁에게 소리친다.

— 아이고. 이 일을 어쩌나. 어쩌면 좋나. 애야, 나, 병원, 고려의료원으로 좀 데려다 주라. 우리 대한이 어쩌니, 아이고. 아이고.

난영은 사촌댁에 의지한 채 부랴부랴 택시를 불러 병원으로 향했다. 병원에 도착하니 어디가 어딘지 글씨고 간판이고 아무것도 눈에 들어오질 않았다. 난영은 병원 앞을 지나는 사람을 붙잡고 다짜고짜 대한이 어디에 있는지 물었다.

— 우리 아들 교통사고가 났다는데 어데로 가야 하나요? 어디 있나요?

울음 범벅이 되어서 닥치는 대로 행인을 붙잡고 묻자 누군가 난영에게 안내실로 가보라고 말해주었다. 숨이 차서 걷기도 힘든 상황에 간신히 병원 로비로 향하였다. 사람들로 북새통이었다. 난영은 한참을 정신없이 헤매다 간신히 안내 데스크를 찾아 직원에게 물었다.

— 저기, 저기, 저…….

입이 떨어지지 않았다. 숨도 쉬어지지 않았다. 난영은 간신히 숨을 몰아쉬었다.

— 우리 애가, 대한이가, 교통사고가 났다는데 어디, 어디 있습니까?

그제야 직원은 난영의 말을 알아들었다는 듯 답을 하였다.

— 일단 진정하시고요. 환자분 성함이 어떻게 되시죠?

— 위대한이요. 대한이요. 선생님, 살려주세요. 제발 좀 살려주세요.

직원이 명단을 뒤적이더니 고개를 가로저으며 말하였다.

— 여기에는 없는데요?

난영은 다리에 힘이 풀렸다.

— 방금 내가 여기서 전화를 받고 달려왔습니다. 없다니요. 부탁합니다.

그제야 직원은 뭔가를 알았다는 듯이 답을 하였다.

— 아, 그래요? 그럼 응급실로 가보세요.

— 응급실이 어디에요?

— 나가셔서 우측 모퉁이를 돌아가면 응급실이라고 써 있습니다.

더 지체할 겨를도 없이 난영은 직원이 알려준 응급실로 달려가 간호사부터 찾았다.

— 위대한 보호자입니다. 대한이 어디 있나요?

그런 난영을 보더니 잠깐 기다리라던 간호사가 응급실 안으로 들어갔다. 잠시 후 하얀 가운을 입고 청진기를 목에 건 남자 의사가 따라 나왔다.

— 대한이 어디 있나요? 대한이 좀 보여주세요. 우리 아들 좀 살려주세요.

의사가 울부짖는 난영을 부축하곤 간호사에게 눈짓을 건넸다. 의사의 얼굴이 침통해 보인다.

— 일단은 저희 의료진이 최선을 다하고 있습니다. 그러니 진정하

시고 조금만 기다려 주세요.

　순간 난영은 다리에 힘이 풀리면서 바닥에 주저앉아버리더니 그대로 정신을 잃었다.

*

　이 상황에 응급실로 뛰어 들어와 대한을 찾는 이가 또 있었다. 정보부원 사람들이었다. 분주히 병원을 뛰어다니는가 싶더니 이내 침통한 표정이다. 각하의 꿈이자 대한민국의 미래 안보의 꿈인 핵이 물거품이 되는 순간이었다.

　─ 사망한 것 같습니다.

　정보부 요원 한 사람이 급히 전화를 걸어 정보부장에게 보고를 한다. 그리곤 전화를 끊고 급히 간호사를 시켜 의사를 찾는다. 잠시 뒤, 의사가 복도 저쪽에서 헐레벌떡 달려온다. 요원이 신분증을 의사에게 보여준다.

　─ 정보부에서 나왔습니다. 긴히 상의할 일이 있습니다. 교통사고인지 아니면 타살인지 부검을 해야…….

　─ 준비하도록 하죠.

　의사가 황급히 응급실로 돌아가자 그때, 복도 저편에서 외국인 두 명과 한 한국인 한 명이 숨을 헐떡이며 들어서더니 소리를 지른다.

　─ 여기 책임자가 누굽니까?

　순간 응급실 내에 정적이 흐른다. 우왕좌왕하던 사람들이 일순간

멈춰 서서 그들을 바라본다.

─ 위대한이 책임자 누굽니까?

정보부 요원과 의사가 그들을 막아서며 물었다.

─ 댁들은 누구시죠?

그때 그들 중 한국인으로 보이는 사람이 신분증을 보여주며 말한다.

─ 우리는 미국 CIA 한국지사 직원입니다.

요원들이 미국 CIA라는 말에 긴장한다.

─ CIA가 여긴 무슨 일이죠?

요원이 묻자, CIA 직원이 거들먹거리며 말한다.

─ 그런 것은 아실 필요 없고 지금 말입니다. 위 박사가 어떻게 된 것이죠? 위대한 박사 어딨습니까?

그들의 질문에 의사가 답했다.

─ 지금 사망했습니다.

─ 뭐라고? 위 박사가 죽었어? 확실하오?

─ 그렇습니다. 20분 전에 사망 판정 떨어졌습니다.

간호사가 복도 저편에서 요원들에게 소리친다.

─ 부검 준비됐습니다.

정보부 요원들과 CIA 직원들이 부검실로 향한다. 꽤 긴 시간이 지나 의사가 간호사에게 라이트를 좀 더 밝게 하라더니 메스로 인공 고관절 무릎을 절개한다. 그리곤 흠칫 놀래더니 핀셋으로 무엇인가를 꺼냈다. 강낭콩 크기의 반짝이는 구슬 같은 것을 불빛 아래로 들어 올린다. 마치 구슬은 천연 다이아몬드처럼 오묘한 빛을 냈다.

의사가 부검실 밖 나와 요원들에게 구슬을 보이며 묻는다.

— 이것이 무엇이죠?

요원들이 신기하듯 몰려들며 구슬을 보자 CIA 한국 요원이 의사에게 구슬을 내놓으라 손짓했다. 그리고 난감하다는 듯이 두 명의 외국인 요원을 보며 뭐라고 말한다. 한국 정보부요원이 CIA 직원에게 다그치듯 묻는다.

— 당신들은 알고 있는 거 같은데 대체 위대한 씨한테 무슨 짓을 한 거요.

CIA 한국 직원이 정보부 요원을 노려보다가 할 수 없다는 듯이 말한다.

— 어차피 나중에 알게 되겠지만 위대한 박사는 핵물리학자라 미국 국무성의 관리를 받고 있는 요주의 인물이었소. 때문에 한국으로 출국 전 인공 고관절 수술을 시행하여 위치 추적 칩을 삽입하였소. 뭐 이제는 죽었으니 다 끝난 일이지만. 한국은 위대한의 죽음에 미국에 납득할 만한 이유를 대야 할 것이오.

CIA 직원의 이야기를 듣던 한국 정보부요원이 무릎을 친다.

— 어쩐지. 그래서 위 박사가 숙소에서 5km 반경만 벗어나면 미국의 미행이 붙는 거였군. 미국 측 요원들이라 뭐라 할 수는 없었지만, 귀신같다했지. 근데 당신들은 다 알고 있었는데 오늘 왜 위대한 씨를 놓친 거요?

— 그걸 미국 측에서 한국 측에 말할 의무가 있소? 그것보다 위대

한 씨가 왜 외출한 거요?

위대한을 측근에서 관리하는 젊은 정보부 요원이 난감해하며 말한다.

─ 그게 위대한 씨가 누군가한테 전화를 받고 어머니를 좀 뵙고 오겠다고 하기에 대수롭지 않게 허락했는데 이런 일이 벌어질 줄 몰랐습니다.

그러자, 나이든 정보부 요원이 젊은 요원 정강이를 걷어차며 버럭 소리를 지른다.

─ 야! 새끼야 그걸 왜 지금 말해! 누가 위대한 씨한테 전화를 건 거야!

─ 처음 듣는 남자 목소리였습니다.

*

그쯤 혼절했던 난영이 안정을 되찾고, 응급실 복도로 나와 간호사를 찾았다.

─ 우리 대한이 어떻게 됐나요?

─ 보호자님, 일단은 여기 의자에 앉아 기다리세요.

난영의 상태를 살피던 간호사가 물과 약을 갖다 주면서 먹으라고 한다. 난영은 간호사가 주는 약을 먹고 의자에 비스듬히 기대앉았다. 얼마쯤 지났을까 복도 저편에서 의사와 간호사가 무표정으로 난영을 향해 오는 것이 보였다.

― 선생님, 우리 대한이는요?
의사가 침울한 표정으로 한숨을 쉬며 말한다.
― 안타깝게 되었습니다. 워낙 출혈이 심해서 최선을 다했지만 어쩔 도리가 없었습니다. 죄송하게……
의사의 말이 채 끝나기도 전에 난영은 또다시 바닥에 주저앉으며 혼절하고 만다. 병실 창문 밖으로 아직도 4월의 눈이 내리고 있었다.

초저녁 이 산골에 눈이 내린다.
조용히 조용히 눈이 내린다.
갈매나무, 돌배나무 엉클어진 숲 사이
무리돌이 주저앉은 오솔길 위에
함박눈, 눈이 내린다.
초저녁 호젓도 한 이 외딴 길을
마을의 여인 하나 걸어간다

하늘 빛같이 훤하다

뜰에 꽃이 다 떨어졌으니 봄은 이미 가 버렸고
은자의 마음을 누구를 향하여 열어야 하나?
하지만 조물주는 일부러 깊은 모습을 만드니
나무 가득 붉은 복사꽃이 흐드러져 있구나!

난영이 대한을 강물 위에 뿌리며 노래를 마치자 어느새, 어둑해진 하늘에는 초저녁 별들이 눈물처럼 박혀있다. 난영은 별들 하나하나에 대한의 얼굴이 어린 듯하여 차마 눈을 감아버린다. 대한의 목소리가 난영의 귓전에서 또 한 번 살아난다.

'안녕히 계십시오. 어머니.'

— 다 끝난 일이다.

이제는 모두 부질없다.
한을 남기지 않고 흐르는 저 강물들이 바다에서 만나듯,
대한아 나도 언젠가는 저 세상에서 너를 만나겠지.
그때 다시 만나 너를 낳은 어머니와 기른 나와
그리고 우리 셋이 이 세상에서 못다 이야기를 오순도순 나눠보자.
이것으로 모든 설움과 원한을
내 가슴속에 칭칭 동여매어 둘란다.
그리고 이 순간 이후로는 열어보지 않으련다.
그것이 우리들의 아프고 쓰린 생채기를 위로하고
다듬는 유일한 방법일 테지.
그리 알고 너도 내 가슴에 저 별들처럼 파고들지 말거라.
저 세상에서 만난다는 꿈만을 갖고 살자.
대한아.
잘 가라.
모든 것 다 잊어버리고 저 세상으로 훠이훠이 날아가라.
나 또한 허물어진 마음자리에 네가 날아간 하늘을 들여놓고
남은 세월 파란 혼처럼 곱게 살아가련다.

산빼턱 원두막은 뷔었나 불빛이 외롭다
헌겊심지에 아즈까리 기름의 쪼는 소리가 들리는 듯하다

잠자리 조을든 문허진 성빼터

반딧불이 난다 파란 혼(魂)들 같다
어데서 말 있는 듯이 크다란 산(山)새 한 마리 어두운 골짜기로 난다

헐리다 남은 성문(城門)이
한울빛같이 훤하다
날이 밝으면 또 메기수염의 늙은이가 청배를 팔러 올 것이다

> 나는 이 세상에 가난하고 외롭고
> 높고 쓸쓸하니 태어났다

 대한을 저 세상으로 보내고 몇 날 며칠을 난영은 두문불출했다. 식사도 거를 때가 많았다. 굳게 닫힌 난영의 방안에서 가끔 흐느끼는 소리만 들렸다.

 그러던 어느 날.
 난영은 슬픔을 털고 일어나 대한의 흔적을 정리하기 시작했다. 그동안 신줏단지처럼 매일 아침저녁으로 어루만지던 아들의 사진과 유품들을 거두어다가 마당에서 불태웠다. 그러고는 뒤뜰의 그 애틋한 매화나무도 앞뜰에 꽃무릇들도 모두 사람들을 시켜 베어 버렸다.
 순복의 유골은 대한과 하나가 되라고 한강에 뿌려주었다. 그날, 모든 것을 정리하고 난영은 사촌댁 내외를 불렀다.
 ─ 모든 것이 운명이라면 운명이고, 숙명이라면 숙명이겠지

만…… 나 아닌 그 누구더라도 받아들이기가 너무도 벅차고 감내하기 어려운 일이구나.

난영의 말에 사촌이 방바닥을 쳐대며 울부짖는다.

― 누님! 어떤 놈이 우리 불쌍한 대한이를 죽였단 말입니까? 그 불쌍한 놈을! 누가 죽였단 말입니까! 뺑소니라면 누가 봤을 거 아닙니까. 근데 목격자도 없고, 귀신이 죽였단 말입니까! 이게 말이 됩니까. 틀림없이 미국 놈들이나 북한 놈들 소행일 겁니다.

난영도 대한의 죽음에 의문이 많았다. 뺑소니 교통사고라지만 대한이가 왜 다 늦은 저녁에 자신을 보겠다고 외출을 했는지, 대한이한테 전화한 사람이 누군지 의문투성이였다.

하지만 난영이 할 수 있는 일이 없었다. 대한의 죽음은 한미 양국 간에 예민한 정치 문제가 될 소지가 컸다. 한국 측은 조심스럽게 대한의 죽음을 조사하고 있었고 미국 측은 공식적으로 항의서를 전달했다. 난영은 한국을 떠나기로 결심했다. 대한과의 기억을 안고 한국에서 살아갈 엄두가 나지 않았다.

― 오늘 내가 결심한 바가 있어 너희를 불렀다.

난영의 목소리는 그 어느 때보다 단호했다. 두 내외는 난영의 단호한 목소리에 긴장한다.

― 그럼 누님 어떻게 하시려고요?

― 나는 앞으로 살아갈 의욕도 없고 살아갈 의미 또한 없다. 그래서 생각한 것이 미국에 있는 혜란 언니에게 당분간 가 있으려고 한다.

혜란은 난영이 열여섯에 기생이 될 때 도와준 언니다. 함께 월성각에도 있었지만 해방 뒤 소식이 닿지 않았는데 몇 해 전 혜란이 먼저 월성각 소식을 듣고 연락을 해왔다. 미군과 결혼해 캘리포니아에 산다고 한다.

— 일단은 한 일 년 쉬면서 생각해보겠지만 그냥 그렇게 처음부터 혼자였고 여전히 혼자인 몸. 지금 생각 같아서는 한국엔 다시 돌아오고 싶지 않구나.

— 누님…….

사촌 내외의 눈에 그렁그렁 눈물이 맺히더니 급기야 흐느끼기 시작한다.

— 그러니 너희들이 우선 이 월성각을 운영하고 내가 미국에서 마음이 정리되는 대로 너희들과 상의할 테니 그런 줄 알아라. 그러고 보니 그때 동생 너의 이야기를 들었다면 대한이한테 이런 변괴가 없었을 텐데. 다 내 어리석음이 자초한 일이다.

— 아닙니다. 누님. 누님은 대한이한테 잘못한 게 없습니다. 누가 피 한 방울 섞이지 않은 대한이한테 그토록 헌신할 수 있습니까. 누님 절대 괴로워하지 마십시오.

사촌이 난영의 손을 붙들고 위로 한다. 난영은 사촌이 못미더웠지만 방법이 없었다. 그렇다고 해서 월성각을 하루아침에 접을 수도 없는 일이었다. 월성각 이름으로 벌려놓은 전통문화학교만 해도 딸린 식구들이 많았다.

— 잘 부탁한다. 그리고 나는 다음 달에 미국으로 떠나기로 했다,

일본에 계시는 기시다 회장님이 또 신경을 써주셨구나.

사촌내외가 어리둥절해하며 다급하게 말한다.

— 아니, 누님 이렇게 갑자기 떠나시면 어떡합니까? 우리 부부가 오랜 세월 같이 일해 왔지만 누님 없이 이 월성각을 운영한다는 게…… 이렇게 빨리는 자신 없습니다. 다시 한 번 생각하시죠.

사촌댁도 눈물을 훔치며 말한다.

— 성님 없인 절대 안 됩니다. 이이가 아무리 의욕이 앞선다고 하지만 다 제 그릇이 있는 법입니다. 성님 좀 더 시간을 가지고 결정하시면 합니다.

사촌이 사촌댁을 흘겨보며 나무라듯이 말한다,

— 이놈의 여편네가 당신 뭘 안다고 그래. 나 월성각에 욕심 없어. 예전 짝에 그런 마음은 접었다고. 누님 좀 더 시간을 가지고……

난영이 사촌의 말을 끊는다. 말이 많아지면 생각이 많아지고 생각이 많아지면 결심이 흔들린다는 걸 난영은 잘 알고 있다.

— 아니다. 너도 알다시피 내 살아온 모든 것을 잃었는데 무얼 어떻게 하겠느냐. 큰 욕심 안 부리고 부족하면 부족한 대로 적으면 적은 대로 운영하면 너희 가족 밥이야 못 먹고 살겠니. 그러니 이제부턴 이 월성각을 네가 운영해봐라.

사촌이 말이 없다. 난영이 사촌의 사람됨을 모르는 게 아니었다. 성실하지만 분수를 모를 만큼 욕심이 많은 사람이었다. 사촌은 난영의 결정을 내심 좋아라 할 것이다.

사촌이 부끄럽다는 듯 머리를 긁적이며 말한다.

― 정 그러시다면 누님이 안 계시더라도 최선을 다해서 월성각을 크게 번창시켜보겠습니다.
― 그래. 알았다. 나가봐라.

사촌 내외를 내보내고 혼자 우두커니 창밖을 내다보자니 북에 있는 시인이 사무치게 그리워지며 주체할 수 없는 회한에 빠져들었다. 난영은 그 그리움과 회한을 노래에 담아 나지막이 불렀다.

―나는 이 세상에서 가난하고 외롭고 높고 쓸쓸하니
살아가도록 태어났다
그리고 이 세상을 살아가는데
내 가슴은 너무도 많이 뜨거운 것으로 호젓한 것으로 사랑으로
슬픔으로 가득 찬다
그리고 이번에는 나를 위로하는 듯이 나를 울력하는 듯이
눈질을 하며 주먹질을 하며 이런 글자들이 지나간다

―하눌이 이 세상을 내일 적에 그가 가장 귀해하고 사랑하는 것들은 모두
가난하고 외롭고 높고 쓸쓸하니
그리고 언제나 넘치는 사랑과 슬픔 속에 살도록 만드신 것이다
초생달과 바구지꽃과 짝새와 당나귀가 그러하듯이
그리고 또 '프랑시쓰 쨈'과 도연명陶淵明과
'라이넬 마리아 릴케'가 그러하듯이

캄캄한 비속에 새빨간 달이 뜨고

사촌 동생 내외에게 월성각 운영을 맡기고 난영은 혜란이 있는 미국으로 떠났다. 혜란도 그새 많이 늙었지만 여전히 밝고 건강해 보였다. 혜란의 노력에도 불구하고 난영은 한동안 미국의 낯선 풍경과 생활에 흥미를 느끼지 못했고 삶에 의욕도 없었다.

'한국을 떠나면 괜찮을 줄 알았는데.'

산불로 온 산이 재가 되어 모든 것이 사라져 버린 것처럼 허탈한 나날이 이어졌다. 보다 못한 혜란이 바람 좀 쐴 겸 공원에 놀러가자고 해도 난영은 묵묵부답이었다. 식사할 때나 거실에 잠깐 나올 뿐 온 종일 방안에 들어앉아 넋이 나간 사람처럼 있었다.

— 이러다 사람 잡겠다. 좀 정신을 차려보렴. 네가 좋아하는 음식을 준비했다니까. 정말 그럴래!

혜란이 다그쳐도 소용없었다.

그렇게 6개월의 시간이 흘렀다. 난영도 조금씩 미국 생활에 적응하며 어느새 대한을 잊어가고 있었다. 아니, 난영 자신의 운명이 누군가를 잊어야 하는 운명이라면 잊고자 노력하고 싶었다. 대한을 잊은 빈자리에 난영은 실타래 같은 자신의 삶을 조금씩 풀어보았다. 후회와 아쉬움, 외로움과 허전함을 쓸어 담아 보았다. 한 번뿐인 인생, 행복한 삶이 어떤 것인지 그러나 잡힐 듯 잡히지 않았다. 마치 캄캄한 빗속에 새빨갛게 든 달 같았다.

캄캄한 비속에
새빨간 달이 뜨고
하이얀 꽃이 퓌고
먼바루 개가 짖는 밤은
어데서 물외 내음새 나는 밤이다

혜란의 덕분인지 아니면 난영의 강한 의지력인지 난영은 다시 예전의 일상으로 돌아간 듯 혜란과 함께 미국 구석구석 먹거리와 명소들을 찾아 다녔다. 내친김에 혜란의 집에서 나와 아파트를 구하며 차근차근 미국에서 혼자 지낼 준비를 했다. '좀 더 일찍 이런 여행을 시작했더라면.' 하는 아쉬움 속에서도 난영은 지금에서라도 이런 여유를 누릴 수 있게 되어 다행으로 여겼다.

그러던 어느 날.
잠자리에 들려고 하는데 느닷없이 전화벨이 울렸다. 진희가 올 일도 없고 더더구나 미국에는 아는 친구도 없는데 무슨 일인가 싶어 어리둥절한 마음으로 전화를 받았다.

― 여보세요?

― 김난영 씨 되시죠?

― 네.

― 한국 치안본붑니다. 본론부터 말씀드리자면 위대한 씨의 살인범이 잡혔습니다.

난영은 깜짝 놀랐다.

― 아니 그게 무슨 소리입니까? 대한이는 뺑소니 교통사고로 죽은 줄 알고 있는데요.

자초지종을 들어보니 대한의 교통사고는 우발적인 뺑소니가 아닌 고의로, 조직적으로 이루어진 살해였다고 한다. 주범은 조직 폭력배들로 이 폭력배들에게 살인을 사주한 게 사촌이라고 한다. 청천벽력 같은 소리다. 사촌이 대한의 살해범이라니. 인두겁을 뒤집어쓰고 어떻게 사람이 짐승만도 못한 짓을 할 수가 있단 말인가.

정신이 혼미해지며 언젠가 사촌이 했던 말들이 떠올랐다.

이 못된 놈의 세상을 크게 크게 욕할 것이다

― 누님! 월성각에 대해서 딴 생각하시면 저는 월성각 다 불태우고 죽어버릴 거예요. 알아서 하세요!

그날, 난영의 반응이 탐탁지 않았는지 방으로 돌아간 사촌은 분함을 참지 못하고 씩씩대며 사촌댁에게 난영과 나눈 이야기를 들려줬다.

― 이봐 생각해봐. 미국에서 세계적으로 인정받는 대한이가 이런 기생집이 성이나 차겠어? 월성각을 나한테 안 주고 대한이에게 주면 당장 팔아버리겠지. 그럼 당신과 나, 찬우까지 갈 데가 어디 있겠어.

― 여보, 그래도 천천히 생각해보는 게…….

사촌은 사촌댁이 한심하다.

― 미련 밥통 같은 소리 허고 자빠졌네, 천천히는 무슨 천천히야.

그동안 얼마나 신중하게 생각해온 문제인데. 쫓겨난 뒤 울고불고 할 게 아니라 우리도 나름대로 방법을 찾아야 되지 않겠어?

사촌은 옛날부터 대한을 못마땅하게 생각하였던 차였다. 난영이 자신과 피 한방울 섞이지 않은 대한을 마치 자신이 배 앓아 낳은 자식인냥 애지중지하는 것이나 난영의 뒤통수를 치고 서로 연애행각을 한 뒤 무책임하게 대한을 난영에게 떠맡긴 그 친부모나 할 것 없이 사람처럼 안 보였다. 그런데 이젠 자칫하다간 월성각까지 말도 안 되게 넘어가게 생겼다.

사촌이 다른 방법으로 찾아낸 것이 당시 종로 쪽에서 활동하던 폭력배들이었다. 월성각이 요릿집이라 장안에 힘깨나 쓰는 건달들이 자주 출입했는데 그때 알게 된 폭력배들이었다. 사촌이 행동대장을 만나서 상의하니 요즘 돈벌이도 없는 참에 잘 됐다며 군침을 삼키곤 보상비나 많이 달라고 한다.

— 그거야 서운치 않게 드리는데 문제는…….

— 문제가 뭡니까?

— 위대한이 미국 핵연구팀의 핵심 멤버라 미국은 물론이거니와 한국 정보부에서 24시간 그림자처럼 경호를 한다고. 그러니 어떻게 하면 흔적도 없이 깨끗하게 해결할 수 있는지를 체계적으로 계획을 짜서 보여주어야 할 거야.

행동대장이 음흉한 미소를 지으며 말한다.

— 조심은 하겠습니다. 형님, 우리가 이런 일이 한두 번인 줄 아십니까? 큰 걱정할 것 없습니다.

─ 그래도 조심해 나쁠 것 없으니 경계해야 하네.

─ 우리 조직을 어떻게 보시고 그러십니까? 설령 경찰에 걸린다 해도 우리 조직에서 뺑소니 범으로 한 명 엮어 필리핀으로 피신시키면 일은 깨끗해집니다.

행동대장의 말은 똘마니에게 공소시효가 만료될 때까지 한 10년 필리핀에서 현지 처 하나 데리고 살게끔 여행사 하나 차려주면 된다는 것이다. 그 말을 듣자 사촌은 그나마 안심이 되었다.

─ 그럼 금액을 계산해보지. 지금 공작 직공 월급이 말이야, 10만원이니까…….

사촌이 공장 직공 10년 월급인 1200만원에다 기타 비용 300만원을 추가해서 1500만원을 주겠다고 하자 행동대장의 얼굴색이 달라진다. 뭔가 잘못된 것인지 사촌은 조바심이 났다.

─ 그렇게 하지 마시고.

─ 그럼 좋은 방법이 있겠나?

─ 사람 하나 없애는데 어찌 돈 가지고 되겠습니까? 그것도 국가에서 24시간 감시하는 주요 인물인데. 더구나 미국에서 핵물리학의 핵심 인물이라면 세계적인 핵연구자 아닙니까?

─ 그렇지, 그런 인물이 위대한이라서 더욱 신중해야 한다는 거 아닌가?

행동대장의 목소리가 커진다.

─ 한번 생각해보세요. 이 얼마나 어려운 일인가. 말이 쉬워 똘마니 하나 필리핀 보낸다고 하지만 잘못되면 우리 변사파 조직이 와해

되는 모험입니다. 우리도 쉽게 뛰어들 문제가 아닙니다. 여하간 나도 두목과 그 위에 형님들과 상의해보고 연락드리겠습니다.

사촌의 계략은 월성각을 차지하기 위함이었다. 대한이 없으면 자신이 난영에게 월성각을 상속받을 것이라 생각한 것이었다. 대충의 이야기를 치안본부를 통해 들은 난영은 머릿속이 하얘지며 다시는 느끼고 싶지 않았던 감정의 소용돌이에 빠져들었다. 수화기를 잡았던 손에 힘이 빠져 수화기가 힘없이 바닥으로 떨어졌다. 전화기 저편에선 무슨 소린지 모를 얘기를 계속 떠들고 있다. 소파에 주저앉아 생각을 정리해보려는데 아무 생각도 들지 않았다. 그렇게 한참을 눈만 껌벅거리던 난영의 눈에 갑자기 독기가 서린다. 순간 난영이 거실에 있는 집기들을 마구 집어 던지며 소리 지른다.

— 세상에 어떻게 이럴 수가 있어! 내가 그 아이를 얼마나 사랑하고 아꼈는지를 아는 놈이 내 두 눈을 빼주어도 아깝지 않은 아이를……. 그런데 그깟 월성각을 빼앗자고 그 아이를 죽여. 갓난 아이 때부터 부모 없이 버려져 소아마비까지 앓은 그 불쌍한 아이를!

난영은 지금까지 자신의 가슴속에 웅크리고 있던 어두운 분노를 불러내어 무섭게 소리쳤다.

— 개만도 못한 놈. 지금 내 앞에 있어라. 네 뛰는 심장을 내 손으로 꺼내 내가 내 입으로 뜯어 먹으련다. 아니 잘디잘게 씹어 먹어도 이 허탈함과 허망함, 분노는 삭혀질 것 같지 않다. 심장이 아니라 네 모든 걸 뜯어 먹어도 내 억울함이 풀리지 않는다. 산천초목이 귀가 멀도록 울부짖어도 풀리지 않을 것이다. 내 살아온 모든 것들

이……. 네 오장육부를 내 손으로 끄집어내어 길바닥에 내동댕이쳐 개만도 못한 놈들이 널브러지고 피 묻은 네 살점을 핥고 씹어 먹게 해주고 싶구나. 아! 이 억울함, 이 분노……. 가난 때문에 기생이 됐는데 그 더러운 돈 때문에 내 모든 것을 잃어 버렸구나. 돈이 있어야 되는 거냐, 없어야 되는 거냐. 있으면 얼마만큼 있어야 되는 거냐. 아! 돈! 돈! 돈! 돈에서 썩은 악취가 나는구나. 아, 이 세상에 사람다운 사람은 있는 것이냐! 가난해도 서로 의지하고 품어줄 아름다운 사람은 있는 것이냐!

이 추운 세상의 한 구석에
맑고 가난한 친구가 하나 있어서
내가 이렇게 추운 거리를 지나온 걸
얼마나 기뻐하며 낙단하고
그즈런히 손깍지베개하고 누워서
이 못된 놈의 세상을 크게 욕할 것이다

나타샤가 아니 올 리 없다

　사촌과 폭력배들은 구속되었지만 난영은 한국에 가고 싶지가 않았다. 난영은 한동안 극심한 우울증에 시달리며 살아도 살아있는 것 같지 않은 시간을 보냈다. 혜란을 한국으로 보내 월성각을 대신 맡아줄 사람들을 물색했고 최종적으로 전통문화학교를 이끌어가는 분에게 당분간 맡기기로 하였다. 난영은 세상과의 모든 것을 끊고 죽음과도 같은 시간 속으로 침몰해 들어갔다.

　1995년.

　대한의 죽음도 어느덧 십여 년 전의 일이 되었다. 난영은 어느 때부터인가 조금씩 세상 밖으로 나오고 있었다. 예전처럼은 아니더라도 간간히 여행도 다니면서 자신의 마지막 삶을 준비했다. 어느덧 난영도 일흔을 훌쩍 넘긴 나이였다. 난영은 나이가 들수록 북에 있는 시인이 떠올랐다. 시인은 까맣게 잊혔다가도 바늘처럼 불쑥 튀어나와 난영의 영혼을 찔러대었다.

그러던 중 일본에서 전화가 한통 걸려왔다. 시인의 제자 마천석, 마쓰다였다.

— 안녕하세요. 마쓰다입니다.

난영은 처음엔 누군지 도통 기억이 나지 않았다.

— 누구시라고요?

— 아주 예전 시인님의 사진을 가지고 찾아간 평안도 사람입니다.

시인이라는 말에 난영의 가슴이 마구 뛰기 시작했다.

마쓰다는 그 옛날 그 일 이후로 한국에는 가지 않았으나 간혹 재일 교포들을 통해 월성각에 대한 이야기는 들었다고 한다. 한중 수교가 몇 년 전에 체결됐으므로 북에 계신 선생님을 뵐 수 있는 길이 생길지도 모른다면서 자신이 한번 알아보면 어떻겠냐 묻는다.

마쓰다와 긴 통화를 끝낸 뒤로 난영은 당최 손에 일이 잡히지 않았다. 몇 날 며칠 밤을 설치며 난영은 괴로워했다. 다 늙어 얼굴마저도 기억이 안 나는 시인을 본들 무슨 소용인가 싶기도 하고 시인을 볼 수 있는 방법이 있지도 의문이었다.

그러나 날이 갈수록 그리움은 커져만 갔다.

'아냐! 이렇게 그리움을 찢는다고, 불태운다고 해서 잊히지 않고 더욱더 커지기만 하는구나. 안되겠다. 이렇게 잊지 못할 바엔 차라리 시인을 찾아가보자. 만나보자. 그러고 나서 서로가 그리움을 칼로 찢든 죽음으로 찢든 이 앙칼지고 표독스럽고 질긴 그리움을 끝내보자. 그것만이 그리움을 이기는 길일 것이다.'

그러던 중 마쓰다에게서 다시 전화가 걸려왔다. 중국으로 입국해서 연변으로 가면 시인을 만날 수도 있다고 한다. 한국 사람이면 한국의 국가보안법 위반이지만 난영은 이미 십 년 전부터 미국 시민권자였으므로 해당이 안됐다. 마쓰다는 시인을 만나기 위해서는 북쪽에 뇌물로 먹일 돈이 필요하다면서 여러 절차들을 친절하게 알아봐 줬다. 모든 것은 일사천리로 진행됐다. 난영은 믿기지가 않았다. 평생을 그리워했던 님을 50여 년 만에 만날 수 있게 되다니, 한 사람을 만나는 일이 평생이 걸리다니.

몇 달 뒤 난영은 중국행 비행기에 몸을 실었다.

*

북경을 통해 중국에 입국한 난영은 북경에서 연변으로 데려다 줄 가이드를 만나 연변으로 향했다.

이틀 뒤 연변에 도착했다. 이제부터는 단둥까지 난영 혼자 이동하고 이후 동순관 호텔에서 마쓰다가 미리 섭외한 중국 교포를 만나기로 하였다. 단둥에 도착한 다음날 북한을 왕래하는 중국 교포가 찾아왔다. 교포는 양강도 협동 농장에서 시인을 만났다고 한다. 난영이 교포 말을 듣고 보니 절반은 믿을 수가 없고 절반은 기가 막힐 노릇이었다. 결혼을 한 시인은 현재 지방에 위치한 집단 농장에서 4남매를 두고 평범한 농민으로 살아가고 있다는 것이었다. '사상과 함께 문학적 요소도 중요시하자'는 글을 썼다가 부르주아로 몰려 숙청된 듯 양강도 협동 농장에서 양치기 일을 한다고 한다. 양치기라니 시인다운 운명이라고 난영은 생각했다. 교포는 난영에게 시인의 가족사진까지 보여주었다.

그 사람이다. 그리움이다. 슬픔이다.

사진 속에는 그 옛날 모던보이의 모습은 온데간데없었다. 인민복 장에 군살 하나 없이 비쩍 말라 양 볼은 쏙 들어갔고 힘 없는 머리카락은 희끗희끗한, 여지없는 촌 노인의 얼굴이었다. 남한으로 치자면 근근이 농사를 지어서 먹고 사는 남의 집 머슴꾼과 다름없는 몰골이었다.

난영은 자신도 모르게 흑백 사진을 가슴에 감싸 안았다. 옛 생각이 울컥 나며 뜨거운 눈물이 두 눈에서 주르륵 흘러 내렸다. 난영은 오랫동안 시인을 체념도 했고 원망도 했다. 하지만 남북이라는 너무도 큰 장벽에 막혀 어찌할 도리가 없었다. 그러나 지금 이렇게 사진으로 시인의 존재를 확인한 것이다.

시인과 함께 보냈던 그 행복했던 순간들. 손에 잡힐 듯 머물다 날아가 버린 시간들.

― 감사하고 고맙습니다. 이제 어떻게 하면 됩니까?

― 준비하신 달러와 당 간부에게 뇌물로 먹일 선물을 주시면 됩니다.

난영은 준비한 달러와 선물들을 가방에서 꺼내 중국 동포에게 건 넸다. 중국 교포는 다음날 자신이 다시 모시러 오겠다고 하며 돌아 갔다. 중국 교포가 돌아간 뒤 난영은 그날 밤 한숨도 자지 못하고 새 벽까지 뒤척인다. 혹시 나를 몰라보면 어쩌지 하는 터무니없는 마 음에 초조해지고, 그냥 다시 돌아 갈까하는 용기 없는 마음에 울적 해졌다.

그렇게 날이 밝았다. 중국 교포가 숙소로 다시 찾아왔다. 난영은 중국 교포를 따라 차량으로 북한 땅으로 이동했다. 그리고 한 시간 을 달려 어느 허름한 사무소에 도착하였다. 북한 직원의 안내를 받 아 사무실에 들어가 보니 검은 인민복 차림에 인민 모자를 눌러쓴 굳은 표정의 남자가 난영의 눈에 들어왔다. 남자는 잘 훈련된 군인 처럼 다른 사람들에게는 전혀 눈길을 주지 않은 채 자신의 일에만 몰두하고 있었다. 이때, 간부쯤 돼 보이는 사람이 사무실 한쪽 방에 서 나와 난영에게 다가왔다.

— 안녕하십네까? 상부의 지시를 받았습메다.

— 아, 네. 안녕하세요?

난영은 최대한 공손하게 인사를 했다. 간부가 난영의 공손함이 마 음에 들었는지 사람 좋게 웃고 있으며 말한다.

— 그 동무 곧 도착함네다. 여기에 앉아있으시라요.

긴장감이랄까, 불안감이랄까. 낡은 걸상에 앉아 기다리는 시간은 왜 이리 떨리고 지루하기만 한지 난영은 그 시간이 곤혹스러웠다.

'만나면 어떻게 할까. 북받치는 그리움에 얼싸 안을까? 아니면 쌓인 설움에 투정을 해볼까? 아니면 주변 시선도 있으니 두 손만 마주 잡고 그리고 단 둘이 있을 때 그동안의 속내를 털어놓을까? 그것도 아니면 복받치는 눈물로 하소연해볼까?'

얼마쯤 지났을까? 난영이 30분쯤 지났겠거니 하고 벽에 걸린 시계를 보니 10분도 지나지 않았다.

'시간이 왜 이렇게 안 가지. 그리고 왜 안 오는 거야?'

시인과 난영의 운명은 생각해보면 기다림이었다. 시인의 마지막 말이 '조금만 기다려줘'였으니 난영은 지금까지 기다려야만 했는지도 모른다.

그러는 사이 간부가 허름한 인민복 차림의 한 사내를 데리고 들어온다. 표정이 없고 낯빛 또한 어둡고 눈에는 초점도 없다. 그 희미한 형체가 점점 난영에게 다가온다.

— 이 분이 동무가 찾는 분이요. 두 분이 앉아서 이야기해보시라우. 우리는 볼 일 보겠수다.

간부가 사무실 방으로 들어간다. 사무실 안엔 문 앞에 앉아 있는 보안요원과 난영과 시인뿐이다. 어색한 침묵이 흐른다.

'내가 기다린 사람, 나를 기다리게 만든 사람, 그리웠던 사람. 그 사람이 지금 내 앞에 있다.'

후줄근한 검은 인민복을 걸친 회색의 사람. 눌러쓴 인민 모자에 깡마른 체구가 안쓰럽기까지 하다. 거기에 햇빛에 그을린 새까만 얼굴. 손은 까맣다 못해 주름지고 여기저기 때가 꼈다. 막노동꾼의 그것과 달라 보이지 않았다.

'이 빠진 모습처럼 양 볼이 쏙 들어가서 가죽만 씌워 논 사람이 저 사람이 그 사람이란 말인가. 도저히 내가 알던 시인으로 보이질 않는다. 믿어지지 않는다. 그래도 그 사람이라니.'

목석처럼 그저 가만히 서로가 서 있는데 보안요원이 적막을 깨트렸다.

— 앉아서 얘기하라우. 쳐다만 보면 뭐가 나온답니까?

둘은 서로에게 눈을 떼지 않은 채 엉거주춤 의자에 앉았다.

— 당신. 잘 계셨어요?

난영은 시인을 당신이라 불러본다. 함흥에 있을 때도 난영은 시인을 당신이라고 불렀다. 그러나 시인은 멍하니 어딘가를 응시하는지 아무 말이 없다. 난영은 시인과 헤어져 있던 오랜 시간을 흔들어 깨우듯 말한다.

— 당신…… 당신이 내가 찾는 분인가요?

들릴 듯 말 듯 목 메인 한마디가 난영의 입에서 힘겹게 튀어나온다. 난영은 자신도 모르게 덥석 두 손으로 시인의 손을 잡는다. '보기보다 더 거친 손. 손톱에 낀 때와 손등 위로 툭 튀어나온 핏줄. 이 사람이 그 옛날의 시인이란 말인가……' 난영의 두 볼에 눈물이 흘러 내린다.

아! 마주한 시인의 눈에도 어느새 눈물이 그렁그렁한다. 난영은 그런 시인이 너무나 안쓰러워 소리죽여 흐느낄 뿐 입이 떨어지지 않는다.

— 아픈 곳은 없어요?

가까스로 꺼낸 난영의 말에 시인은 아무 답도 하지 않는다. 그러나 이미 시인의 눈은 젖어가고 있다. 그러다가 시인이 마른 목소리로 말한다.

― 일 없소.

무심한 듯 내뱉은 한마디에 이어 난영의 질문이 이어졌다.

― 식사는 잘 하고요?

― 그렇소.

입 떼기가 힘들었던 건 조금 전의 일일 뿐 난영에게서는 질문이 끊이지 않고 계속 쏟아져 나왔다. 시간이 야속할 뿐이었다.

― 무얼 하면서 살고 계신가요?

― 목장과 과수원 일을 시키는 대로 하고 그런대로 살고 있소.

시인의 대답은 건조하다. 시인은 난영의 질문에 미리 대비한 사람처럼 망설임 없이 대답을 한다. 마치 이런 상황을 예견하기라도 했다는 듯 혹은 이런 질문에 익숙하다는 듯. 그러는 사이 정말 궁금한 질문이 난영의 가슴을 뚫고 올라온다.

― 여기가 불편하면 다른 곳에 나가 얘기할까요?

난영이 작은 소리로 시인에게 말하자 보안 요원이 난영의 목소리를 들었는지 끼어들며 말한다.

― 안 됩니다. 이곳에서 얘기 하시라우.

아, 원망스럽다. 한탄스럽다. 난영이 잠시 잊었나보다 이 땅은 어떠한 자유도 주어지지 않는다는 것을. 보안 요원이 엄숙하게 말을 이었다.

― 이것도 1시간밖에 시간을 줄 수 없습니다. 아직 20분 정도가 남았으니 여기서 할 말을 다 하시라우요.

그제야 난영은 손목시계를 바라보았다. 시인을 기다리는 동안은 그토록 흐르지 않던 시간이 20분밖에 남지 않았다니. 보안요원이 재촉하듯 덧붙여 말했다.

― 동무는 마지막 차편으로 농장에 들어가야 합니다. 시간을 잘 지켜주시라요.

그 소리에 난영의 마음은 촉박해진다.

도통 무슨 말을 해야 할지 당황스러웠다. 난영은 시인 앞으로 고개를 숙이고 보안요원 모르게 준비한 돈 봉투를 내밀었다. 돈 봉투를 눈치 채고 시인이 건네받을 줄 알았지만 시인이 단호히 거절한다.

― 그럴 필요 없소. 어차피 돈이 있어도 쓸 곳이 없소.

시인은 연달아 거절당하는 난영의 마음을 알 리 없었다. 50년을 기다렸는데 할 수 있는 게 없다는 것에 난영은 절망감을 느낀다. 이윽고 다시 난영의 눈에는 눈물이 그렁그렁해진다. 그러는 사이에도 시간은 속절없이 흐른다.

― 그럼 내가 무엇을 어떻게 해주면 좋겠어요? 저는 여기에 올 때 이곳 사정을 잘 몰라 중국 돈을 가져왔어요. 받아주세요.

몇 십 년의 세월을 사이에 두고 만난 두 사람은 그저 거듭되는 거절만을 반복하고 있었다.

― 그럴 필요 없소. 그냥 돌아가시오. 나는 결혼해서 가족도 여러

명 있소.

시인의 입에서 아무렇지도 않게 툭 튀어나온 말, 둘이서만 있을 때 조심스럽게 물어보고 싶었던 말이었다. '결혼'이란 단어가 갑자기 난영의 가슴을 후벼 팠다.

― 나를 찾아주어 고맙소. 그러나 다 지난 일이오.

난영은 건조한 목소리로 기계처럼 말하는 시인이 야속했다.

'이 목소리가 평생을 기다렸던 님의 목소린가.'

시인이 다음 말을 이어갔다.

― 내가 몇 자 적은 것이 있으니 돌아가서 읽어보시오.

그러면서 주머니에서 꼬깃꼬깃 접은 종이 하나를 내밀어 난영의 손에 쥐어준다. 그리고 아무 말 없이 책상 위에 떨어지는 난영의 눈물을 가만히 손바닥으로 닦아준다. 다정하다. 그가 맞다. 그리고 나서는 시인이 난영의 볼에 흐르는 눈물을 손등으로 닦아 준다. 난영은 시간을 거슬러 옛 함흥에서의 다정했던 둘만의 순간을 떠올린다. 따뜻하다. 시인의 온기가 난영의 얼굴을 스친다.

시인의 목소리가 지금까지와는 사뭇 다르게 떨리며 난영에게 말한다.

― 돌아가서……, 누가 나를 묻거든 잘 있다고 전해주시오.

그때, 보안 요원이 창밖을 바라보며 큰 소리로 말한다.

― 동무들, 시간이 다 되어가오. 동무, 막차를 놓치면 걸어가야 합니다.

이런 상황에 익숙하다는 듯 시인이 대답을 한다.

― 알겠소.

난영은 영원히 기억하려는 듯 다시 시인의 얼굴을 들여다본다. 삐쩍 마른 얼굴에 나이보다 훨씬 늙어 보이는 모습이지만 시인의 눈은 소년의 눈동자처럼 검고 맑다. 불현듯, 표정이 없던 시인이 난영의 손을 으스러지도록 잡아준다. 이제 영원히 마지막이다. 그걸 시인도 알고 난영도 안다. 그렇게 난영과 시인은 손을 붙잡고 한참을 서로를 바라본다. 기어이 시인의 두 볼에 참았던 눈물이 흐른다.

― 내게 마지막으로 당신의 노래를 들려줄 수 있겠소?

난영은 시인의 마음을 알 것 같았다. 왜 자신의 노래를 마지막으로 듣고 싶은지. 시인이 사랑했던 노래. 그 노래가 바로 난영이었기 때문이다.

난영이 고개를 끄덕이며 시인의 시에 곡을 붙인 노래를 부른다.

보안 요원이 잠시 난영을 보다가 창문 밖으로 시선을 돌린다.

가난한 내가
아름다운 나타샤를 사랑해서
오늘밤은 푹푹 눈이 나린다

나타샤를 사랑은 하고
눈은 푹푹 날리고
나는 혼자 쓸쓸히 앉어 소주(燒酒)를 마신다
소주(燒酒)를 마시며 생각한다
나타샤와 나는

눈이 푹푹 쌓이는 밤 흰 당나귀 타고
산골로 가자 출출이 우는 깊은 산골로 가 마가리에 살자

노래가 끝나자 시인이 일어선다. 그리고 난영에게 마지막 말을 건넨다.

— 잘 가시오.

— 동무 갑시다.

보안 요원이 사무실 문을 열고 나가자 시인이 돌아서 성큼성큼 사무실 밖으로 걸어 나간다.

난영은 혹시나 하고 그저 멍하니 멀어져가는 시인의 뒷모습을 한참이나 바라보고만 있다. 한번쯤 돌아보겠지 기대했지만 시인은 뒤도 돌아보지 않고 시야에서 사라져간다.

꿈만 같다. 그저 잠깐 꿈속을 헤맨 것만 같다. 자신도 모르게 난영은 의자에 맥없이 털썩 주저앉았다. 50년이란 기다림이 한낱 꿈처럼 사라지는구나.

'기다림의 순결이 이것이란 말이냐? 아니야! 그럴 리가 없어. 50년 동안 한결같이 그리워한 세월이 단 한 시간 만에 끝나버리다니. 난 지금 꿈을 꾸고 있는 거야. 이건 현실이 아니야. 꿈이 아니래도 꿈이라고 믿고 싶어. 원래 꿈도 현실처럼 선명한 법일 때가 있어. 이건 분명 현실이 아니야.'

난영은 단둥으로 돌아오는 내내 자신을 달래고 달랬다. 그러나 꿈은 아니었다. 호텔로 돌아와 멍하니 앉아있던 난영은 시인이 건넨

메모지가 그때서야 생각났다. 난영은 외투를 뒤져 메모지를 찾았다. 꼬깃꼬깃한 메모지엔 이렇게 쓰여 있었다.

― 도화, 약속을 지키지 못해 미안하오. 그러나 나는 그대가 아니 올 리 없다고 믿었소. 고맙소. 그리고 부디 이토록 가련한 그대와 나의 운명을 용서해주시오. 나의 나타샤에게.

눈은 푹푹 나리고
나는 나타샤를 생각하고
나타샤가 아니올 리 없다
언제 벌써 내 속에 고조곤히 와 이야기한다
산골로 가는 것은 세상한테 지는 것이 아니다
세상 같은 건 더러워 버리는 것이다

눈은 푹푹 나리고
아름다운 나타샤는 나를 사랑하고
어데서 흰 당나귀도 오늘밤이 좋아서 응앙응앙 울을 것이다

나타샤. 사무친 그리움을 더는 글로 풀어낼 수 없어 불러보는 영원불멸의 이름.

난영은 혼자 되뇌었다.

'나타샤가 아니 올 리 없다. 이 시 구절들을 가슴에 부여안고 있으면 겨울과 여름에도 춥지 않고 덥지 않았습니다. 밤하늘의 별과 같던 세월들. 당신을 그리워하며 숨죽여 울어만 보았습니다. 오늘

은 이 시 구절을 품에 꼭 안고 먹구름이 휘몰아치는 이 가슴으로 원도 끝도 없이 당신의 이름을 부르고 싶습니다. 너무도 그립고 소중한 그대여!'

난영은 '나의 나타샤에게' 라는 시인의 글에 그날 밤, 날이 지새도록 시인의 메모지를 가슴에 부여안고 울고 또 울었다. 마지막 울음처럼, 목 놓아 울부짖었다.

너는 분명히 하늘이 사랑하는 시인이나 농사꾼이 될 것이로다

더는 기다릴 것도 바랄 것도 없는 세월들…….

미국으로 돌아온 난영은 그날 이후부터 달라졌다. 무슨 마음을 먹었는지 식사도 잘 하고 눈빛도 살아나고 언제 그랬나 싶게 다시 새로운 삶을 시작하고 있었다. 꽃이 진 자리에 새가 날아와 앉는다고 시인에 대한 그리움이 사라진 자리에 삶이 들어찼다.

어느덧 2년쯤 흘렀을까. 어느 날 혜란이 사찰에 가보지 않겠냐고 한다. 그 사찰에 유명한 스님이 가끔 한국에서 오시는데 그분의 강의를 들으러 가자고 한다.

— 스님이 미국에 오신다는구나. 난영아, 우리 같이 스님을 뵈러 가는 건 어떨까?

난영도 그동안 스님이 쓴 수필집과 LA에서 발간하는 월간지에 실린 스님의 글들을 읽어온 터라 스님을 한번 뵙고 싶은 마음이 들었다.

이튿날 난영과 혜란은 LA에 있는 사찰로 향했다. 스님이 사람들에 둘러싸여 설법을 하고 있었다.

— 인간은 빈손으로 왔다 빈손으로 가는 것이지요. 모든 물질은 잠깐 빌려 쓰고 가는 건데 그 물질을 손아귀에 움켜쥐는 것도 부족해 창고에 쌓고 또 쌓다 보니 욕심은 과욕이 됩니다. 과욕으로 시기와 질투가 생겨 본래의 내가 내가 아니게 됩니다. 결국엔 빈손으로 가는 건데 얼마나 부질없는 인생입니까. 사람이 살아가는데 기본만 있으면 됩니다. 그 과욕을 없애면 시기와 질투도 없고 경쟁도 없습니다. 얼마나 편안합니까?

스님의 말을 듣고 있자니, 난영은 열여섯에 기생이 되고자 집을 나와 월성각으로 뛰쳐 갔던 그날과 남의 아이를 숙명처럼 안아 키우고, 가슴에 묻어야 했던 그 세월과 50년 동안 한 시인을 기다렸던 그 기다림의 시간이 무슨 의미였는지를 깨닫게 되었다.

집으로 돌아온 난영은 몇 날 며칠 동안 생각에 빠졌다. 그러다 문득 월성각이 불쑥 떠올랐다. 그리고는 무슨 다짐이라도 한 듯 사찰에 연락을 하였다.

— 스님이 언제 한국에 가시죠?
— 앞으로 한 1개월가량 LA에 더 머무실 계획입니다.

난영은 홀로 공원을 걷거나 집 마당 벤치에 앉아 골몰히 생각에 잠기는 때가 많아졌다. 그 모습이 무언가 예사롭지 않게 보여 혜란이 무슨 고민이라도 있느냐며 난영에게 물었지만 그때마다 난영은 괜찮다는 답변과 함께 알쏭달쏭한 미소만 지어보였다.

보름쯤 지났을까. 난영은 혜란에게 스님을 한 번 더 뵈었으면 좋겠다고 말하였다.

— 이렇게 갑자기 스님을 만나자고? 무얼 또 물어보려고 그러니? 혹시 천당이라도 보내달라고 부탁하려고?

그렇게 해서 난영은 혜란과 다시 스님을 만났다. 함께 차를 마시며 이런저런 얘기 끝에 난영이 어렵게 말문을 열었다.

— 스님, 외람된 말씀 같지만 제가 30년 동안 운영하던 한정식집이 한국에 있는데 대지가 약 3000평 되고 한옥으로 된 가옥이 5채가 됩니다. 이것을 스님에게 무상으로 드리려고 합니다. 어떠신지요.

난영의 말에 방 안에 있던 모든 이들이 화들짝 놀라 난영을 일제히 쳐다본다. 스님도 놀란다.

— 네? 무슨 연유인지는 모르지만 저는 받을 수가 없습니다. 그거 받아봐야 인생에 짐만 됩니다. 왜 저에게 짐을 주시려고 하십니까? 이만 돌아가 주십시오.

그러고는 스님이 불쾌한 듯 벌떡 일어나 밖으로 나간다. 그 모습을 지켜보던 혜란이 난영에게 소리를 지른다.

— 아니 너 제정신이냐? 그 많은 재산을 생각도 없는 사람한테 주려고 사정이야? 너 미쳤구나. 애야, 딴 생각하지 말고 집으로 가자.

집으로 돌아와 난영은 혜란에게 꾸지람도 듣고 야속한 소리도 들었지만 오히려 결심이 굳어졌다.

 시간이 흘러 1년이 지났다. 난영은 스님이 LA에 다시 방문하였다는 소식을 듣게 되었다. 난영은 다시 한 번 마음을 굳게 먹고 스님을 찾아갔다. 차를 마시던 난영이 작정한 듯 말을 꺼냈다.
 ─ 기억하실지 모르겠지만, 작년에 오셨을 때 제가 한정식 집을 드린다고 했던 사람입니다. 스님이 가시고 1년이란 세월을 보내면서 곰곰 생각해보았지만 스님밖에 제 소원을 들어 주실 분이 없는 것 같아서 이렇게 또 뵙고 말씀을 드리는 것입니다.
 ─ 아니 그런 말씀하실 거면 나가주시거나 아니면 제가 나가겠습니다.
 그 순간 난영이 마시던 찻잔을 내려놓으며 단호하게 말한다.
 ─ 스님, 제 말씀을 들어보시고 제가 어떻게 했으면 좋겠는지 방법이라도 말씀해주셔요. 불자를 위해서라도 제 뜻을 들어보고 불자의 앞날을 빌어주시는 것 또한 스님의 일이 아닙니까?
 그 소리에 스님의 마음이 움직인 듯 스님이 다시 제자리에 앉는다. 잠시 침묵이 흐른다.
 ─ 저에게는 무관한 일이고 관심 없는 일이지만 불자께서 그렇게 말씀을 하시니 저도 실수를 한 것 같습니다. 그럼 말씀을 해보세요. 제가 도움이 되는 일이라면 나름대로 노력해보겠습니다.
 이렇게 해서 난영은 스님에게 자신이 살아온 세월을 조심스레 꺼내놓았다. 그러고는 그동안 마음속에 가졌던 뜻을 이야기한다. 열여섯에 기생이 된 얘기, 6.25로 어머니와 두 동생을 잃은 얘기, 월성각을 차린 후 데리고 있던 아이가 임신을 하고 애를 낳다가 죽은 이야기, 그 아이를 맡아 키우며 한 생명의 어머니가 된 이야기, 그 아이가 두 살 때 소아마비가 된 것을 알게 되었고 이것이 자신이 저지른 전생의 죄인 것 같아 평생을 죄인처럼 살았던 얘기, 사촌 동생 내외와 같이 월성각을 꾸려나가며 아이를 키웠던 이야기와 한국에 돌아온 아이가 끝내 사고로 죽은 일, 그러나 아이는 살해당한 것이고 교통사고로 위장해서 아이를 죽인 사람이 다름 아닌 사촌 동생이었던 사연, 그의 살인 동기까지.

― 그런 사건을 겪은 인생입니다. 미천한 계집이 천하게 벌어 놓은 재산입니다. 불심을 공부하다보니 미모와 기예가 뛰어난 기녀 '암바팔리*'라는 여인이 부처님에게 자신이 소유한 망고동산을 보시하고 불제자가 되었다는 이야기를 들었습니다. 비록 그 여인의 불심에 비하면 저의 불심은 한없이 낮고 얕지만 저 또한 깨달은 바가 있기에 부처님에게 제 전 재산을 바치는 것입니다. 거두절미 마시고 받아주시기 바랍니다.

이야기를 마친 난영은 무릎을 꿇고 스님에게 절을 올렸다. 절을 받고서도 스님은 고민에 찬 표정이다.

― 글쎄요, 말씀을 듣고 보니 저도 어쩌지 못하겠습니다.

그때 옆에 있는 젊은 스님이 불쑥 한마디 거든다.

― 큰스님, 이렇게 하면 어떨까요? 그 한정식 집을 받아서 절로 쓴다면 재산으로 인한 이해 상관이 일절 없어지니까 마음도 편하

실 테고요.

— 음.

이내 스님도 고개를 끄덕거리더니 젊은 스님의 말에 동의한다.

— 그거 괜찮은 생각인데, 그럼 오늘은 여기까지 대화를 나눕시다. 좀 더 좋은 뜻이나 생각이 있는지를 살펴본 후에 다음에 다시 만나 결정을 내리도록 합시다.

집으로 돌아오는 길에 난영은 자신의 결정에 대한 이런저런 생각에 빠진다.

'지금껏 1년이란 세월을 갖고 결정했으면서도 내가 결정을 잘한 건가? 스스로도 반신반의하지만 그렇다고 다른 방법이 없잖아. 고아원? 교회? 아냐. 지금껏 보면 절 가지고 싸운 적은 없어. 그리고 잘됐어. 기생 아가씨들의 한과 대한이의 억울함과 나와 시인의 그리움을 새벽 예불 타종에 실어 불국토로 보내는 거야.'

스님이 한국으로 귀국하기 전, 난영에게 젊은 스님으로부터 연락이 왔다. 부랴부랴 혜란과 함께 스님을 만났다. 스님이 무겁게 입을 열었다.

— 그래, 불자님께서 그동안 다른 좋은 방도를 생각한 게 있으십니까?

— 없습니다.

난영이 단호하게 말했다.

— 그럼, 그 한정식 집을 영원히 절로 만들어도 좋겠습니까?

— 네. 월성각을 절로 만드는 것이 다른 어느 것보다 제일 좋다고

생각했습니다.

난영은 기쁨에 차 환한 미소를 지으며 대답했다. 스님은 난영의 뜻을 알았다는 듯 끄덕였다.

― 그럼, 알겠습니다. 모든 문제는 젊은 스님과 상의해서 진행해 주시기 바랍니다.

이야기가 끝나갈 무렵 난영이 다급하게 스님에게 부탁을 올린다.

― 스님! 외람된 말씀이지만 꼭 한 가지 부탁하고 싶습니다.

― 그래요, 무엇인가요?

― 지난번에 언뜻 말씀드렸듯이 지금껏 저는 원한과 그리움으로 살아왔습니다. 이런 한을 새벽 예불에 울리는 타종으로 풀어주십사 합니다. 3번의 타종만 울려주시길 부탁드립니다.

― 아니! 한 번도 아니고 세 번씩이나요?

― 네. 부탁드리겠습니다.

― 알겠습니다만은…….

― 부탁드리겠습니다. 뜻이 있기에 그렇습니다. 한 번이라도 빠지면 저는 저승으로 가더라도 이승을 떠나지 못할 겁니다. 첫 번째 타종은 북에 있는 시인을 향한 그리움으로, 두 번째 타종은 아들 대한 을 위해, 세 번째 타종은 그동안 같이 일하였던 기생들의 맺힌 한을 위해. 제가 이렇게라도 풀어 주지 않으면 그들의 한을 풀 수가 없어서입니다.

― 아! 그런 응어리들이라면 풀어드려야지요.

― 아참, 그리고 또 하나는 새벽 예배를 위해서 종을 만들어 걸어

놓아야 하잖아요.

— 그렇지요.

— 기생들이 출근하여 옷을 갈아입던 아담한 집이 있습니다. 월성각에서 제일 높은 곳에 있지요. 그곳에 있는 집을 부수고 종을 걸어 놓으면 어떨까합니다.

— 그것도 괜찮지요. 어차피 종을 걸어놓을 종각을 지어야 하니까요. 그것도 월성각에서 제일 높은 곳이라면 더욱 좋지요.

— 스님 고맙습니다. 정말 고맙습니다.

난영은 지금껏 가슴앓이로 살아오던 모든 것을 매일 새벽 예배마다 울리는 타종에 실어 보낼 생각에 가슴이 벅차올랐다.

'아무도 없는, 누구 하나 흔적 없는 깊고 깊은 산 속 설원에서 나와 시인과 대한이 셋이 손잡고 걸어보자. 호숫가 옆에 오두막을 짓고 멸시와 천대와 시기와 질투가 없는 그런 세상. 오로지 우리 셋이서만 하늘이 되고 호수가 되고 옹달샘이 되는, 자연과 하나가 되는 그런 삶을. 저 세상에서라도 살아보자꾸나. 세상 사람들 속에 난쟁이가 살면 멸시와 저주와 천대와 웃음거리가 되겠지만 난쟁이들 속에서는 우리가 그런 눈요깃거리가 되겠지. 즐거이 우리 셋이서 난쟁이 나라에서 살아보자.'

— 스님! 이제야 모든 걱정거리를 훌훌 털어버린 것 같습니다. 남은 생 편안하게 한 마리 나비가 되어서 시간과 장소와 과거에 얽매

이지 않고 그냥 그렇게 훨훨 날아다녀 볼랍니다. 감사합니다.
　난영의 눈에 뜨거운 눈물이 맺혔다.

　며칠 후에 연락이 왔다. 스님이 한국으로 귀국하기 전에 난영에게 확인서를 받아야 한다고 하여 난영은 사찰로 향했다. 난영과 스님은 전과는 달리 아주 오래된 오누이처럼 마주하였다.
　― 참 어려운 결단을 해주셨습니다. 다 내어주면서 다 얻은 것처럼 말씀하시니 삶의 내공 또한 보통이 아니십니다.

*

　난영이 모든 것을 부처님께 다 바치고 집에 돌아와 세상에서 가장 가난한 사람이 되어 소박한 차 한 잔을 마시니, 그 옛날 매월 선생이 하신 말씀이 떠올랐다.

　"무엇이 되든 이것만 명심해라. 사람은 모든 것을 다 잃고 넋 하나를 얻는 것이다."

　그리곤 이러한 생각들도 지나갔다.

　'인생이란 산 위에 올라 바다를 보고 강을 보고 쏟아지는 밤별을 보면서 감흥에 젖지만, 정작 자신의 내면을 보는 눈은 갖고 있지 않

았다. 사람이 살아가는 가치는 다 중요하지만 어떤 가치인가가 중요할 것이다.'

너는 분명히 하늘이 사랑하는 시인詩人이나
농사꾼이 될 것이로다

암바팔리 『대반열반경』에는 '암바팔리'라는 여자가 부처님께 자신의 망고동산을 기증하는 장면이 나온다. '암바팔리'는 부모가 누군지도 모르고 버려진 아이였다. 하지만 '암바팔리'는 자라면서 그 미모와 기예가 뛰어나 뭇 남자들이 누구나 차지하고픈 여자가 되었다. 많은 남자들이 '암바팔리'를 차지하기 위해 목숨을 걸고 혈투를 벌이자 그곳을 다스리던 왕은 고심 끝에 '암바팔리'를 누구의 여자도 아닌 공인된 기녀로 만든다. '암바팔리'는 고급 기생이 되어 많은 돈을 벌게 된다. 그러나 그녀는 인생에 대한 회의를 느끼고 늘 외롭고 허전했다. 어느 날 '암바팔리'는 부처님께서 자신의 소유인 망고동산에 머물고 계신다는 소식을 듣고 부처님을 찾아뵙는다. 그리고 부처님께 법문을 청했다. 부처님께서는 '암바팔리'를 위해 설법을 해주셨고, 그녀는 감동하여 부처님께 청원하였다. "세존이시여 이 망고동산을 부처님께 기증하겠습니다. 부디 허락하여 주옵소서." 하니 부처님은 기쁜 마음으로 이를 수락하였다.

참고문헌

고형진, 『정본 백석시집』, 문학동네, 2022
김자야, 『내 사랑 백석』, 문학동네, 2019
이동순, 『백석시선집 모닥불』, 솔출판사, 1998

* 본 소설의 장별 제목은 백석의 시로 구성되었습니다.

작가의 말

신의 축복 속에서 태어난 새 생명은 첫 울음으로 세상에 고합니다.
"넋 하나 건지러 왔다."고.

살아가면서 세속이 세속인 줄 모르고 헛된 욕망과 아집 속에서 삶의 답을 찾기 위해 뛰고 또 뛰었습니다. 하지만 세월이 흘러 인생 뒤안길에서 외롭고 쓸쓸하고 허무한 '나' 자신을 발견합니다. 부끄럽게도 작든 크든 '넋 하나' 건지지 못한 거 같습니다……. 그래서 시작한 것이 글쓰기였습니다. 첫번째 장편소설 『나팔봉』에 이어 두 번째 장편소설을 세상에 내놓습니다. 3년이라는 시간 동안 침침한 눈을 부비며 영혼에 군살이 배도록 쓰고 또 썼습니다. 누군가에게 자랑하고픈 마음도 미천한 내 이름 석자를 알리고 싶은 마음도 없습니다. 탈고 뒤, 소박하게나마 깨달은 것이 있다면 살아있는 한(죽을 때까지) 인생은 진행형이라고 감히 자답해봅니다.
이번 소설 내용은 시인의 시에 혼을 뺏기고 절절한 그리움과 기다림으로 평생을 산 한 여인의 이야깁니다. 실제 우리와 함께 살다 간 이 여인을 생각하며 감히 상상하고 그 뜻을 그리워했습니다. 부디, 부족한 저의 글재주가 그 여인에게 누가 되지 않기를 바라며 독자들이 그 여인의 삶을 아름답게 기억하기를 바랍니다.

책이 나오기까지 졸고에 아낌없는 조언과 편집에 도움을 주신 출판사 및 관계자분들에게 심심한 감사를 표합니다. 그리고 마지막 남은 '나'의 삶에도 감사드립니다.

2022년 7월
원명희

나타샤가 아니 올 리 없다

1판 1쇄 찍음 2022년 7월 15일
1판 1쇄 펴냄 2022년 7월 20일

지은이 원명희
펴낸이 구한민
펴낸곳 낮과밤

주소 (01035)서울특별시 강북구 인수봉로 68길 19-6(수유동)
전화 02)6368-1228
팩스 0504)191-0387
전자우편 dayandnight999@naver.com

등록 2022. 06. 22. 제 2022-000031호
ISBN 979-11-979283-0-7(03810)

* 잘못된 책은 구입하신 서점에서 교환해드립니다.
* (사)세종대왕기념사업회에서 개발한 문체부 궁체 흘림체를 사용하였습니다.